Alain DELATTRE

DES LENDEMAINS ENSOLEILLÉS

PRESSESDUMIDI

Du même auteur, aux Presses du Midi :

- *Au cœur de l'apocalyspe,* biographie, 2004

Ceci est un roman.

Hormis les personnages historiques cités et leurs interventions, tous les acteurs et les actions sont fictifs, livrés simplement par l'imagination de l'auteur. De ce fait, toute ressemblance avec des personnes existantes ou ayant existé ne serait que pure coïncidence...

Impression PDM

---

121 avenue d'Orient - 83100 Toulon
Tel. : 04 94 16 90 20 - Fax : 04 94 16 90 29
www.lespressesdumidi.fr
Dépôt légal mai 2006
ISBN : 2-87867-719-6

Première Partie

LE BONHEUR EN PROVENCE

Les grands pins maritimes, aux troncs obliques orientés vers la mer, recouvraient l'esplanade au-dessus des rochers. Dans la douceur matinale, un couple âgé bavardait, appuyé contre la rambarde.

Grands tous les deux ; l'homme, en chemisette claire sur un pantalon de toile beige avait le crâne dégarni, ceint d'une couronne de cheveux argentés. Il tenait la main de la femme brune, mince, qui était tendrement contre lui. Elle était vêtue d'une robe fleurie. Ses épaules étaient recouvertes d'un châle fin joliment ouvragé. Malgré quelques rides et des pattes d'oie aux commissures des lèvres, son visage était encore joli. Quel âge pouvaient-ils bien avoir? Soixante-dix ans, soixante-quinze peut-être? Ils semblaient absorbés par ce paysage pittoresque de la côte varoise méditerranéenne. Alors qu'ils étaient seuls à cette heure matinale, leur promenade s'apparentait-elle à un pèlerinage?

- Vois-tu, Mathilde, hormis l'intense urbanisation de ces dernières décennies, Carqueiranne n'a rien perdu de son charme.

Un moment plus tard, alors que le soleil de fin avril pointait son nez pour réchauffer l'air frais de la fin de nuit, une silhouette s'approcha d'eux. Un quadragénaire, les cheveux bruns, ondulés, tombant sur les épaules, les salua.

- Bien le bonjour monsieur, bonjour madame.

- Ah! Bonjour Michel, comment allez-vous? Vous n'êtes pas au journal ce matin?

- Non. Notre quotidien a programmé un grand reportage sur plusieurs jours, pour le cinquantenaire de Diên Biên Phu et les cinquante ans du début de la Guerre d'Algérie. Chaque journaliste recherche des témoins de ces époques tourmentées. Étant carqueirannais, les habitants de la commune m'ont parlé de vous et m'ont affirmé que vous aviez participé à ces deux conflits. Est-ce exact ? Et je souhaiterai découvrir quelle a pu être votre implication dans ces épisodes de l'histoire que les jeunes d'aujourd'hui ne connaissent que par bribes. En effet, monsieur, je souhaiterais qu'enfin vous vous décidiez à me raconter l'histoire de votre vie ! Allez-vous le faire, cette fois ? Les anciens Carqueirannais mentionnent souvent votre famille, évoquent votre vie, enfin simplement ce qu'ils en savent ; très peu, semble-t-il. Depuis des semaines, j'essaie de la connaître. Mais sans vous ? Allez-vous lever le voile ? Vous savez, dans mon métier il faut être patient, persévérant, ne pas brusquer les personnes mais être tenace très souvent et, dit-il en riant, je le suis ! Je venais justement vers ici sachant pertinemment que je vous trouverais en ce lieu.

- Mon cher Michel, je vous reconnais bien là. Aujourd'hui je suis redevenu sentimental et de nouveau enthousiasmé par la beauté de ce décor. Vous allez enfin être satisfait par ma narration mais également désappointé par la banalité de mon histoire. Elle pourrait être celle de n'importe quel Français de mon âge ; enfin, si cela peut vous aider pour votre reportage... Hum ! et puis... bien ! Vous jugerez par vous-même ! Venez cet après-midi à la Mare Nostrum, nous bavarderons autour d'un bon café.

Les rayons inondaient la grande véranda vitrée qui surplombait les pins, face à la mer. Assis confortablement dans les fauteuils de style Renaissance espagnole, les deux hommes conversaient comme de vieux amis.

- Bon, eh bien allons-y !... J'ai à présent soixante-quinze ans. Tout a passé si vite, nous sommes déjà en 2004 ! Mes souvenirs remontent loin... Ils émergent à présent d'un imbroglio de rêves de bonheur et de songes cauchemardesques que je ne peux oublier...

Tout en parlant, le visage soudain plus pâle, les yeux fermés plusieurs minutes durant, le vieil homme était transporté bien des années plus tôt. Son regard s'humidifia…

Diên Biên Phu, avril 1954

Les nuages sombres chapeautaient les sommets environnants, mais il ne pleuvait pas. Les avions plongeaient dans les fumées s'élevant des points de résistance incendiés. Les balles traçantes zébraient le ciel plombé. Les tirs incessants de la DCA ennemie encadraient les appareils. Plusieurs étaient touchés durement. Des éclats fouettèrent l'avion de Jean.

- Bon Dieu ! Une balle a traversé la verrière ! Ventoux 2, on remonte ! Vite, on dégage !

Ballotté comme une feuille dans les rafales de vent, le *Hellcat* subissait le souffle des explosions des obus antiaériens. Les impacts déchiraient la tôle. Le pilote frissonna. Ses mains tremblaient. Son front se couvrit de gouttelettes brillantes. Brusquement, la peur le parcourut de la tête aux pieds. Telle une décharge électrique, elle traversa son corps, descendit le long de sa colonne vertébrale, en s'accompagnant de picotements désagréables.

- Ouf ! À quelques centimètres près, plus rien, le trou noir ! L'adieu au monde des vivants… Ventoux 2 de Ventoux bleu un, tu me reçois ?

Toujours pas de réponse…

Jean vira en s'écartant de la zone des tirs, et il l'aperçut ! Le *Hellcat* en feu de son équipier plongeait en vrille vers le sol. Désemparé, le chasseur était perdu !

- Ventoux 2, Lafontaine ! Éric ! Réponds bon Dieu ! S'il te plaît, réponds ! cria-t-il dans un réflexe, mais il le savait, c'était sans espoir !

La position de l'avion, à si basse altitude, ne lui permettait aucun salut, même si le pilote, encore vivant tentait une manœuvre désespérée. Trop tard ! La gerbe de flammes et le panache de fumée, au pied d'Isabelle, signaient le crash de Ventoux 2 !

- Put… de guerre ! Lafontaine, pauvre gars ! Encore un qui ne rentrerait pas en France. Vingt ans, le plus jeune de la flottille ! Le désastre continue ! Combien d'entre nous reviendront de ce conflit ? Reviendrai-je seulement ?

Plus loin, près de l'ancienne piste, un autre *Hellcat* s'écrasait ! Un parachute, ouf ! Miracle, le pilote s'en tirerait.

En repartant vers Haiphong, un coup d'œil lui permit d'apercevoir le rescapé toucher le sol près des barbelés d'enceinte. Inexorablement, le drame indochinois se consumait. L'Armée française commençait à payer un lourd tribut. Durant le retour, Jean s'engloutit dans le songe, dans le passé, son passé. Son enfance, sa jeunesse, apparaissaient comme un rayon de soleil dans la grisaille environnante. Les années de guerre, les peurs, les doutes mais aussi ces moments d'insouciance, de bonheur qui émergeaient maintenant de sa mémoire comme les images d'un vieux film déjà vu. Et puis, la Libération, avec ses scènes de joie, la fin des études et son engagement dans l'aéronautique navale, le Tonkin…

La neige recouvrait Avignon en ce début de février 1937. Trois gamins s'amusaient en se jetant des boules de neige. Ils traînaient comme bien d'autres sur les trottoirs pavés devenus glissants. Ils étaient chaudement vêtus. De leurs bonnets colorés s'échappaient quelques cheveux rebelles, vite blanchis par les épais flocons.

Des cris de joie arrivaient du fond de la rue. Deux garçons d'environ huit ans semblaient chaperonner une fillette. Ils se dirigeaient gaiement vers l'école communale, en haut du quartier Carretterie, proche du centre-ville. Le ciel nuageux et le froid persistant de la veille, annonçaient la surprise matinale. Un paysage nordique, inquiétant, obligeait les adultes à presser le pas, mais entraînait les bambins à flâner volontiers sur le parcours.

Arrivés devant l'austère porche d'entrée de la petite école, ils furent accueillis par une dizaine de gamins désinvoltes qui les attendaient en embuscade derrière les colonnes du préau. La couche blanchâtre qui transformait le petit établissement en un fascinant tableau générateur de rêves, semblait les exciter grandement. Non loin de là, sur le pas de la porte, madame Germain veillait d'un œil aguerri. Elle était l'une des plus anciennes institutrices de l'école. De taille relativement grande, son corps était resté mince sous la traditionnelle vieille blouse grise. Avec son visage anguleux d'où le sourire s'absentait souvent, elle avait en charge de calmer leurs ardeurs mâtines, en insufflant ordre et discipline.

Quand la cloche retentit, elle les incita à adopter une attitude plus discrète et respectueuse, sans cela la règle métallique ferait son apparition !

J'étais le petit Jean Larrieux. J'avais huit ans comme mon copain André Ménard qui me suivait comme mon ombre. La blondinette qui nous collait, était ma sœur, d'un an notre cadette.

Au tintement de la cloche nous entrâmes en classe, silencieux et en ordre. André et moi étions en cours moyen, Catherine en seconde année de cours élémentaire.

Assis derrière mon pupitre, j'écoutais distraitement la longue litanie de l'appel. Elle fut suivie par la leçon de morale, que nous récitâmes tous en chœur. Peu à peu, mon esprit s'évada. Je rêvai…

Au dehors, la tempête de neige s'estompait. D'abord discrètement, le mistral se leva sur la Cité des Papes. Je songeais à ces étés idylliques au bord de la Méditerranée, à notre liberté d'enfants insouciants et heureux, à nos vacances carqueirannaises. Ce matin-là, la lumière blafarde d'un soleil hivernal et paresseux caressant l'étendue neigeuse, m'entraîna dans le mirage. Je n'écoutais que furtivement notre enseignante, madame Morachilli, une dame d'un âge moyen, gentille et toujours souriante avec ses élèves qui le lui rendaient bien. Le temps s'égrenait, le cours de calcul se poursuivait, pourtant je n'étais plus à l'écoute. Ma pensée avait quitté depuis longtemps Avignon.

Celle-ci, comme dans les contes de fées, m'avait assis sur les rochers des Pins Penchés à Carqueiranne. Je contemplais la mer et, de ma position j'embrassais tout. Mes petits yeux ouverts sur l'immensité moirée, je parcourais ce paysage fascinant. Tout autour de moi, ce n'était que couleurs et lumières, tel un tableau de Van Gogh. Quel contraste entre les champs de tulipes, de marguerites, d'iris, dominant le petit port de pêche des Salettes et la rigoureuse architecture féodale de la capitale du Vaucluse, même si ce matin elle avait revêtu son magnifique manteau blanc ! Mes souvenirs me détournèrent plus encore.

En effet, depuis des années, nous passions les vacances estivales au bord de la mer, chez l'oncle Léon. Là, pendant les longs jours de canicule, ce n'était que joies, rigolades, parties de pêche et bien d'autres péripéties. Léon était agriculteur au hameau de la Grande Bastide, perché sur une petite colline, dont les dernières restanques surplombaient le port. Mon oncle était le frère aîné de ma mère, Pauline. Celui-ci s'exprimait souvent en provençal ! Avec André, au début, nous étions circonspects. Mais pourquoi ne parlait-il pas français ? Et mon père de répondre :

- Allons, les enfants, ne soyez pas offusqués ou étonnés, ce brave Léon n'est pas un étranger. Mais ici, en Provence, les anciens utilisent encore bien souvent le patois.

Plus tard, toujours sans rien y comprendre, nous nous amusions de ce langage exotique.

Mes souvenirs m'accaparaient d'autant plus que mes parents m'avaient confié, lors d'un repas, que dès le mois de juillet prochain nous irions y habiter définitivement…

Mon père Charles, comme Robert celui d'André, était enseignant au lycée Théodore Aubanel. Ils avaient tous deux réussi à être mutés dans le Var pour la prochaine rentrée. Ce serait dans la grande ville d'Hyères qu'ils professeraient. Mon père enseignait les lettres, et Robert, les mathématiques. Il était avignonnais de souche, et ma mère, carqueirannaise. Les parents d'André étaient des montagnards, originaires des Hautes-Alpes. Après plusieurs rencontres, invitations, ils avaient rapidement sympathisé, nos pères d'abord. Hormis leurs dissemblances, nous pouvions les croire frères. Leurs valeurs sociales et humanistes, alliées à leur foi en l'école de la République, avaient galvanisé leur amitié au fil des ans. Nos mères apprirent à mieux se connaître et à s'estimer au fil des rencontres. Nos pères étaient pourtant différents de caractère, comme de physique. De taille au-dessus de la moyenne, mon père était très large d'épaules. Son visage réservé entourait des yeux d'un bleu doux, ses cheveux châtain clair étaient ondulés. Tolérant et chaleureux, philosophe à ses heures, la matière qu'il enseignait collait bien au personnage. Robert, le père d'André était longiligne. Son visage, pourtant anguleux, était toujours souriant. Ses yeux marron et sa courte chevelure brune, raide, rappelaient ses origines transalpines. Son esprit rigoureux et méthodique n'égratignait nullement son extrême gentillesse et sa bonne humeur.

Le temps s'écoulait et mon rêve m'entraînait loin des bancs scolaires. Il était tôt, le soleil étirait langoureusement ses rayons sur la Méditerranée. Nous descendions à travers les restanques et les champs cultivés vers notre petit domaine, les Pins Penchés et sa barrière de rochers couleur caramel.

L'année précédente, nous avions emmené la famille Ménard en vacances avec nous. André, Catherine, mes deux cousins Jules et Étienne qui étaient de parfaits jumeaux, et moi, gambadions sur les chemins de terre décorés de genêts odoriférants, de bourraches et autres coquelicots.

Ils nous conduisaient directement jusqu'à notre amie commune : la mer. Elle étalait son magnifique bleu azur, dans la douceur matinale de ce mois de juillet.

Nous étions munis de nos épuisettes, confectionnées durant l'hiver par l'oncle Léon. Un léger vent d'ouest, ce jour, balayait le rivage. Le mistral imposerait-il sa suprématie comme il se plaisait à le faire au cours de l'été ?

La Grande Dame n'appréciait pas du tout le vent qui venait perturber sa quiétude. À chaque fois, il la réveillait par son habituelle incorrection et la surprenait dans sa somnolence, attisant ses colères. La petite jetée du port était presque vide de ses pointus, petits bateaux de pêche multicolores aux voiles latines. Ce matin, ils étaient tous sortis très tôt en mer draguer les fonds ou relever casiers et filets. Ceci était un bon présage car il indiquait que le mistral ne se lèverait pas. Les pêcheurs, en parfaits connaisseurs, ne se hasardaient pas à affronter ce grand seigneur de la Provence, dans ses chevauchées impétueuses…

- Jean ! Encore dans la lune, pour ne pas changer ! s'écria la maîtresse, les sourcils froncés.

Surpris dans mes pensées lointaines, je m'éveillai. Je rougis devant les éclats de rire de mes camarades habitués à mes rêveries. Penaud et inquiet, j'essayais de trouver rapidement une excuse :

- Oh, moi ? Mais j'écoute, maîtresse !

Madame Morachilli me connaissait très bien. Elle donna, comme à chaque fois, l'apparence d'être fort mécontente, mais fit semblant de me croire.

Elle n'ignorait pas mes capacités de travail et mon inclination aux rêves. Elle me réprimanda pour la forme. La classe reprit son cours normal…

Tous les dimanches, nos familles se recevaient et profitaient de ce repos dominical pour bavarder de choses et d'autres, autour d'excellentes agapes dans une amicale ambiance. Ces rencontres n'étaient jamais tristes et nous donnaient l'occasion de nous remémorer nos rêveries enfantines, les jeux animés et les intenses moments de profonde amitié. Nos parents, malgré leur enthousiasmante joie de vivre, parlaient quelquefois avec inquiétude des pays voisins où se déroulaient des violences. L'Espagne et l'Allemagne revenaient très souvent dans leurs conversations. Mon père annonçait avec pessimisme des bouleversements politiques dans toute l'Europe. Certains dimanches, durant le repas, l'inquiétude était pesante, nos mères, fortement inquiètes, changeaient rapidement de sujet et le moral réapparaissait. À notre âge, nous ne nous sentions pas encore concernés par les histoires des grands. Seuls nos rêves d'évasion à bord de grands voiliers nous passionnaient. Ils nous transportaient vers des territoires lointains et idylliques, où nous étions les seuls aventuriers. Nous étions tour à tour princes hindous, pirates qui enlevaient une belle princesse, explorateurs, et que sais-je encore. Des noms aussi évocateurs que Zanzibar, Valparaiso, Bombay, illuminaient notre fertile imagination.

Les jours passaient et, dans notre appartement, d'un côté comme de l'autre, les cartons s'emplissaient. Toutefois, dans la sérénité, l'année scolaire s'écoula.

Nous quittâmes en train la vieille Cité des Papes au début juillet. Même si nous connaissions les lieux que nous traversions pour les avoir déjà parcourus auparavant, nous savourions cette traversée de la Provence millénaire avec émotion, comme si demain elle allait se déliter. Nos yeux d'enfants curieux redécouvraient des sites magnifiques et verdoyants.

Ce ne fut que dans le compartiment de seconde classe que, assis gentiment, nous appréciâmes la campagne ensoleillée et les rivières paisibles le long desquelles des haies de peupliers se balançaient doucement au gré du vent. Le confort était de moindre qualité.

- Les premières classes, c'est pour les riches ! expliqua mon père.

À Marseille, nous changeâmes rapidement de train en essayant de ne pas oublier les quelques paquets encombrants que nos mères s'étaient empressées d'emporter. Malgré la fumée du train, quelques kilomètres plus loin, dans une grande courbe, la Méditerranée nous apparut, somptueuse, au travers des branches de pins. Face à un tel spectacle, notre joie explosa bruyamment, faisant sursauter les autres voyageurs. Cette magnifique région, nous allions la côtoyer toute l'année. Ici, même l'odeur nous semblait différente. Nous avions hâte d'arriver à Carqueiranne car la fatigue commençait à se ressentir. Les freins crissèrent sur les rails, le train ralentit pour entrer en gare de Toulon. Nous quittâmes sans regrets ce grand serpent métallique. Embarrassés par nos bagages que nous trouvions de plus en plus lourds, nous nous dirigeâmes vers un autre quai où stationnait déjà un curieux et pittoresque petit train, aux multiples couleurs. Il ressemblait à un jouet ! Il assurait le voyage de Toulon à Saint-Raphaël par le bord de mer. Je me rappelais avoir entendu mon oncle en parler. Lorsqu'il se rendait à Toulon ou à Hyères, il prenait le *macaron*, petit train des touristes. Ici, pas de compartiments, des banquettes de bois se faisaient face et occupaient l'espace autour d'un couloir central. Ce fut dans le soleil couchant, fourbus et harassés, que nous arrivâmes au terme de notre voyage : Carqueiranne. Petite et modeste, elle était la plus belle, pour nous.

Là-bas, à quelques mètres de distance, à travers la fenêtre sans vitre, nous entrevîmes l'oncle Léon qui, à grand renfort de signes de ses bras musclés, nous invita à le rejoindre.

- Charles ! *Venès pér eici ! Bounjou en touti. Sigues lei ben vengu. À, leis enfant venès pèr eici !**

Le voyage se terminait.

Après de grandes embrassades, nous montâmes dans un drôle d'attelage. En effet, l'oncle était venu avec sa grande charrette, tirée par Papillon, le cheval de labour.

Le paysage, les maisons, les chemins arborés et fleuris, avaient encore changé, l'air aussi. Il était imprégné de senteurs iodées. Le balancement nous assoupit légèrement. Ce fut avec de réels efforts que nous essayâmes de garder les yeux ouverts.

L'oncle Léon était un solide gaillard d'un mètre quatre-vingt-dix, tout en muscles, et qui avoisinait le quintal. Son visage enjoué était tout en rondeur et barré par une épaisse moustache. Sur celui-ci, une tignasse auburn légèrement frisée s'y écroulait. Dans son pantalon de toile marron et son tricot vert, il ressemblait bien au terrien sympathique qu'il était.

À la Grande Bastide, tante Louise, Jules et Étienne piaillaient d'impatience. Tout juste descendus de notre charrette, nous fûmes accueillis par de grandes effusions de joie.

Dans la vaste cuisine qui fleurait bon les senteurs de Provence, mijotait sous le couvercle, une soupe au pistou parfumée et colorée,

* Charles, venez par ici. Bonjour à tous. Soyez les bienvenus.
Ah ! venez par ici les enfants.

une des spécialités de Louise. Ce premier soir, après cette rude journée, Louise et Léon avaient tenu à nous garder tous avec eux. Le souper traîna en longueur. Mais les heures passées dans le train influencèrent nos paupières et, avec joie, nous rejoignîmes les chambrées, à l'étage. La vieille bâtisse, avec sa façade jaune ocre sur laquelle se découpaient de grandes ouvertures avec leurs volets verts décatis par le temps, était une grande bâtisse de pierre. Elle se composait d'un étage et elle était prolongée par deux vastes remises, suivies par l'écurie de Papillon et par un petit appentis abritant la charrette et les outils agricoles. Une grande terrasse ombragée monopolisait le devant de la façade jusqu'à l'un des puits, voisin d'un grand figuier aux gros fruits noirs et aux grandes feuilles. Ce puits était profond d'une dizaine de mètres. Il servait, d'une part à l'usage de la maisonnée, et d'autre part à l'arrosage des cultures qui se situaient là-bas, au milieu des terres, bâties en terrasses.

Nous allions habiter dans l'appartement voisin, celui qui nous accueillait lors de nos précédentes vacances. Les parents d'André trouvèrent à louer une petite maisonnette, non loin de là, sur la route qui conduisait au port.

Les vacances s'écoulaient joyeusement entre les baignades, les repas enchanteurs sous la tonnelle ombragée par la glycine odoriférante et les parties de pêche mémorables au bord de la mer.

Notre lieu de prédilection restait avant tout le port et ses alentours. En vacances, nous n'avions pas besoin que nos mères nous secouent. Dès le lever du jour, débarbouillés à l'eau fraîche, le petit déjeuner englouti, nous partions en vadrouille lorsque nous pouvions échapper aux sempiternels devoirs de vacances que nous imposait mon père. En été, ces corvées nous paraissaient inutiles. À pied ou à bicyclette, nous partions assister à l'accostage des pêcheurs. Nous étions constamment émerveillés par ces magnifiques pêches, répandues pêle-mêle sur le pont des bateaux entre les tas de filets.

Le *Marie-Pierre* était déjà arrivé. Blanc, avec une large bande rouge en haut de la coque, le pointu de vingt et un pieds de long était le plus beau, à nos yeux. Sa voile latine, lie-de-vin, était carguée sur la vergue oblique. C'était celui d'Adrien Marel, un camarade de classe de l'oncle Léon. En nous voyant, lui et Raymond, son matelot, sourirent.

- Vè, les touristes sont de retour ! Alors les enfants cette fois vous restez à Carqueiranne à ce qu'il paraît ? nous apostropha Adrien.

Tout autour de lui, rascasses, sars, saint-pierre et langoustes sautillaient. Une murène énorme, dans son apparat violet à points jaunes, trônait tel un seigneur au milieu de ses sujets !

Après ce pèlerinage quasi quotidien, nous retournâmes enchantés vers les Pins Penchés. À peine parvenus sur nos rochers fétiches, alors que nous rêvions de faire d'aussi belles pêches, nous entendîmes un bruit inhabituel de moteur qui nous fit lever la tête. Trois avions biplans nous survolaient. Ils s'éloignaient en direction de l'aérodrome voisin du Palyvestre. André et moi étions admiratifs devant ces machines volantes. À chaque passage d'un de ces aéroplanes, nous avions la même réaction :

- Quand je serais grand, je serais aviateur ! affirma André.

- Moi aussi ! dis-je.

Bien évidemment, nous avions lu les aventures de Jean Mermoz, d'Antoine de Saint-Exupéry et frissonné devant l'exploit de Guillaumet, le miraculé de la Cordillère des Andes. Ils étaient devenus nos idoles. Nous nous imaginions les imiter plus tard, égaler leurs extraordinaires péripéties !

L'été fuyait lentement avec l'arrivée de septembre. À cette même époque, l'an passé, nous — plutôt nos mères, devrais-je dire — commencions à refermer nos bagages, pour remonter sur Avignon. Pour la première fois, nous allions fêter mon anniversaire et ceux de Jules et Étienne, ensemble. Nous étions nés tous trois en septembre.

La rentrée des classes avait lieu le premier octobre. Dans l'angle de la place du village, nous découvrîmes avec une joie réservée, l'école communale. Notre nouvelle école. Nous étions les « petits nouveaux ». C'était notre premier jour. Les autres enfants, comme Jules et Étienne, dans l'allégresse des retrouvailles entre copains du village, nous oublièrent dans notre coin.

Malgré notre bronzage, nous, nous étions *les estrangié*!* comme ils disaient.

La cour était partiellement recouverte par l'imposant feuillage des vieux platanes. Elle rayonnait sous les percées du soleil et nous faisait davantage regretter la mer. Ici, la rentrée des classes n'avait vraiment pas le même goût qu'en Avignon. Certes, nos amis vauclusiens étaient loin à présent et, sous ce ciel, même si les murs étaient gris, ils nous apparaissaient plus agréables. Là aussi il y avait une madame Germain qui se nommait, en fait, monsieur Pujol. Il se révéla plus sympathique.

André et moi entrions, cette année, en classe de cours moyen deuxième année. « Cela devenait du sérieux » affirmaient nos aînés. C'était aussi notre dernière année à l'école communale. Nous étions les grands parmi les petits !

Notre instituteur s'appelait monsieur Pellisson. De petite taille, mince, le front dégarni, il approchait de l'âge de la retraite. Nous découvrîmes, au fil des jours, que sous son air rigoureux il avait un cœur en or. À mon côté, était assis un garçon grand et costaud pour ces neuf ans.

Mais ce qui me stupéfia le plus, ce fut son abondante tignasse rousse, « flamme » devrais-je dire. Je n'en avais pas encore côtoyé.

Pierre-Jean était le fils du boulanger Marius Chambon. Débordant d'énergie, plein d'idées plus ou moins réalisables, *le Rouquin*, son surnom, sympathisa vite avec nous. Il jouait

---

* Les étrangers

fréquemment avec Jules et Étienne. Ils fréquentaient ensemble l'établissement scolaire depuis cinq années, déjà.

Le jeudi, quand le temps le permettait, les devoirs finis, nous retrouvions notre amie : la mer ! À la mi-septembre, nos familles participèrent aux vendanges. Levés avec le soleil, avant qu'il ne frappe trop fort, munis de ciseaux et de paniers, nous avancions dans les rangées de vignes. Nos pères, eux, faisaient des allées et venues jusqu'à la charrette et Papillon pour déverser les grappes dans les cornues. La véritable découverte pour nous sera la mise en action de l'antique fouloir en bois, au mécanisme actionné par une grosse manivelle. De cette récolte, sortirait la modeste cuvée qui serait dégustée tout au long de l'année.

Après la Toussaint, la pluie et le froid accompagnèrent les courtes journées d'automne. Nos pères quittaient très tôt la maison pour se rendre à Hyères, à l'annexe du lycée de Toulon. Si les jours de pluie ils profitaient des autobus bleus, les autres, ils chevauchaient la vieille moto Norton. Mon père l'avait achetée à Théophile Combes, le garagiste du village. Certains soirs, nous étions déjà couchés lorsque notre père quittait la maison pour récupérer Robert et aller je ne savais où ! Ce qui me surprenait...

Un soir, lors du repas, alors que mon père était absent, j'osai interroger ma mère :

- Maman, pourquoi papa rentre-t-il si tard certains soirs ?

Abasourdie et surprise par mon culot de prise de parole, alors que nous étions encore à table, ma mère me rétorqua :

- Robert et lui participent à des réunions d'hommes !

Notre vie à Carqueiranne s'écoulait paisiblement. La vie ici paraissait bien plus simple. Même si nous avions aussi du froid, de la pluie et du vent, la vie au bord de la mer était très enviable. La neige y était rare.

En revenant dans sa ville d'origine, ma mère avait retrouvé plus de gaîté et de couleurs. Papa disait qu'elle était encore plus belle !

À la rentrée de 1938, André, Jules, Étienne, Pierre-Jean et moi étions internes au lycée, à Hyères. Il se situait en plein centre-ville. L'immense bâtiment était un ancien hôtel construit à la fin du siècle dernier. À l'époque où la riche bourgeoisie britannique profitait des bienfaits du microclimat que seule la Côte d'Azur recélait. Nous prenions l'autobus le lundi matin et nous ne retournions à Carqueiranne que le samedi soir, au grand désespoir de maman qui voyait son fils grandir et s'éloigner. Pauline et Henriette étaient inquiètes.

- *Moun diéu*, les pauvres petits livrés à eux-mêmes, loin de nous, comment vont-ils faire ?

- Pauline, ne te fais pas de *marrit sang** ! Ils sont grands à présent, ils vont vite s'habituer. Et puis le lycée, c'est quand même pas le bagne ! Et entre cousins, ils se soutiendront, lui rétorqua ma tante.

Flanqués des jumeaux et de Pierre-Jean, nous découvrîmes l'apprentissage des études secondaires. Les vacances étaient brèves en dehors de l'été. Monsieur Jules Ferry, lui, devait affectionner l'école ! Nous l'appréciions, certes, mais la mer plus encore ! Heureusement, quelques matières trouvaient grâce à nos yeux. Quelques jours de vacances, pour Noël et Pâques, ponctuaient une lourde année scolaire. Sixième, cinquième, l'année 1939 arriva. Ma petite sœur Catherine nous rejoignit.

Durant cet hiver, mon père et Robert semblèrent particulièrement préoccupés. Certains dimanches, ils désertaient la maison. Curieux, nous étions attentifs à tous les signes.

Malencontreusement, lors d'un repas où ils étaient absents, mon oncle Léon lâchera l'explication au milieu d'une conversation concernant des événements entendus à la radio :

* Mauvais sang

- Té, Pauline, avec leur politique et leurs réunions du soir, la maison, elle ne leur tombera pas sur la tête, *vai** !

Et ma sœur d'en rajouter :

- C'est quoi la politique, tonton ?

En haussant la voix, comme s'il voulait l'admonester, Léon répondit :

- Toi, *pitchoune**, tu oublies que les enfants ne parlent pas à table et ne doivent pas se mêler de ce qui ne les regarde pas ! Tu auras bien le temps plus tard, de t'occuper des affaires des adultes !

L'été 39 vit notre petite équipe se reformer pour de nouvelles aventures. Elle s'était étoffée depuis l'an dernier, avec l'arrivée de Pierre-Jean. Durant l'hiver, Adrien Marel nous avait enseigné la manière de réaliser les bas de ligne de nos cannes. Les appâts ne manquaient pas. Le soir, avant le repas, chacun de nous avait pour consigne de collecter la plus grande quantité de limaçons, ces petits escargots blancs qui envahissaient les champs d'artichauts, les piquets d'étendoir et les herbes sèches le long des ruisseaux. Jules et Étienne, habitués des lieux, nous firent connaître d'autres emplacements. Nous nous sentions de parfaits pêcheurs, même si certains jours les quolibets de l'oncle, sur nos talents, amusaient nos familles.

- Heureusement qu'on ne vous attend pas pour préparer le repas, parce qu'avec vos trois girelles qui se courent derrière, vos deux crabes et vos quatre crevettes, nous crèverions vite de faim !

À chaque remarque de ce genre, toute notre fierté s'évanouissait. Pourtant, lorsque nous ramenions un ou plusieurs poulpes de belle taille, nous avions droit à des louanges. Hormis celles de nos parents, les plus attendues et espérés étaient celles à venir de l'oncle. Ces mollusques, cuits en daube, faisaient le régal de tous et plus particulièrement de Léon qui en raffolait.

---

* Va

* Petite

La sérénité de l'été trépassa au début septembre. La grosse radio en bois diffusait les actualités. Un midi, la tragique nouvelle tomba ! Les troupes Allemandes avaient envahi la Pologne ce 2 septembre.

Nous étions installés dans la salle à manger, écoutant les nouvelles qui n'étaient guère rassurantes.

- Ce salaud d'Hitler n'a pas hésité ! Après l'Espagne, voilà qu'il s'en prend à la Pologne ! Je le pressentais depuis des mois ! Avec ça, c'est la deuxième guerre mondiale qui va commencer ! prédit, irrité, mon père.

- Quel désastre ! Quelle ignominie ! renchérit Robert.

Le silence s'était subitement installé dans la petite pièce. Nous, les enfants, n'osions pas demander ce qui se tramait. Le visage atterré des adultes nous tourmentait. C'est sans ménagement que les femmes nous intimèrent l'ordre de sortir de table, sans poser de questions. Si la joie de pouvoir aller jouer, plutôt que de rester attablés, nous réjouissait, nous étions songeurs. À dix ans passés, nous n'étions certes encore que des enfants, mais nous commencions à saisir les aléas de la vie. Ce que pressentit mon père se dessina le lendemain.

La France et l'Angleterre, déclarèrent la guerre à l'Allemagne nazie le 3 septembre 1939 ! À cette terrifiante annonce, ma mère poussa un cri d'effroi et mon père en resta sans voix !

Le 20 septembre, nos pères furent mobilisés ! Nos mères étaient consternées ! Le lendemain, le départ pour le nord de la France était prévu en gare de Toulon...

Henriette, plus émotive que ma mère qui essayait de rester digne, était en pleurs. L'oncle Léon, non enrôlé, accompagna les deux mobilisés en gare de Carqueiranne.

Durant cet hiver 39-40, André et Henriette étaient venus habiter avec nous, dans la grande maison. Dans la salle à manger aux murs chaulés, barrée par une impressionnante poutre de chêne, trônait une immense cheminée bâtie en pierres rustiques.

Elle servait à chauffer toute la maison en hiver. La radio était le seul lien qui nous reliait encore avec les combattants. Pas de nouvelles de Charles et de Robert ! L'Armée française était en attente, quelque part près de la frontière allemande. C'était la « drôle de guerre ».

Pour nous, les enfants, la scolarité se poursuivait au lycée, mais le cœur n'y était plus. Les échos qui nous arrivaient à l'internat ou dans la cour, n'étaient pas pour nous rassurer. Ne plus voir nos pères arriver le matin, nous minait. C'était une souffrance qui allait croissante. Brusquement, l'offensive se déclencha. Contrairement aux prévisions optimistes du gouvernement, les troupes franco-britanniques furent acculées sur la mer du Nord, à Dunkerque. Ce fut la défaite, en juin 1940.

Nous entendîmes à la radio la voix d'un vieil homme décréter l'armistice et la défaite de la France ! À la Bastide, la nouvelle nous consterna. Une petite voix demanda :

- Dis, tonton Léon, c'est qui ce monsieur qui parle ?

- Chut ! Écoute ! C'est Pétain ! Les femmes, écoutez ça ! Quel désastre !

Toujours sans nouvelles de Charles et Robert ; Pauline et Henriette étaient en pleurs. Le pire fut envisagé ! Instinctivement, nous serrâmes nos mères fortement. Louise, quant à elle, réconforta Catherine qui venait d'éclater en sanglots. Surgissant prestement de son fauteuil, tel un diablotin de sa boîte en carton, Léon fulmina, sa pipe à la main, en faisant les cent pas dans la pièce.

- Coquin de Dieu ! On l'a trop laissé faire cet Hitler ! C'est bien avant qu'il aurait fallu le combattre. Nos gouvernants se sont laissés berner ! À présent, c'est trop tard !

Quelques jours plus tard, un général français parla de Londres. Ce dernier exhortait les Français et les Françaises à reprendre le combat...

C'était « l'Appel du 18 juin ». Celui du général de Gaulle qui redonnait espoir à tout un peuple !

À la maison, même avec le soutien de l'oncle, l'ambiance était de plus en plus maussade. Nous n'avions toujours pas de nouvelles. Les jours s'écoulaient, partagés entre espoir et désespérance... Ce fut dans cette situation angoissante qu'un matin, au chant du coq, nous entendîmes la vieille camionnette de Marius Chambon, le boulanger du village, grimper péniblement le raidillon qui devançait la maison. Ce bruit, si tôt, était inhabituel. Il nous jeta, André et moi, à bas de notre lit ! Dans la cabine, il nous sembla apercevoir trois personnes. Cela nous surprit et nous interpella en même temps. En bas, debout depuis longtemps, Henriette et Pauline s'affairaient pour le petit déjeuner. Surprises par cette arrivée matinale, torchons en main, elles aussi avaient entendu la pétarade de la guimbarde. Soucieuses, elles se tenaient sur le pas de la porte.

Assez loin encore, les arrivants, les bras hors des portières, gesticulaient tant qu'ils pouvaient. L'étonnement des femmes grandit.

Habituellement, Marius était toujours seul pour effectuer sa tournée, sauf quand le *Rouquin* l'accompagnait. Qui cela pouvait-il être ? Qui étaient ces personnages ?

Le véhicule parvint au plus près de la pergola ombragée, face à la porte d'entrée. Inquiets par le remue-ménage, nous nous tenions tout en haut des marches et nous attendions en silence. Les portes s'ouvrirent violemment. Les deux gaillards, en habit militaire, surgirent lestement ! La surprise était totale. Apeurées, les femmes reculèrent. Robert et mon père firent les premiers pas sous la tonnelle, Marius se tenait en retrait, sourire aux lèvres. Leurs vêtements étaient froissés, leurs visages mangés par une barbe de plusieurs jours. Leurs épouses les découvrirent ainsi.

- Oh ! mon Dieu, ça alors !

Pauline, Henriette et Louise, surprises, poussèrent un cri, lâchèrent le torchon et se jetèrent à leur cou, tout en pleurant de joie. Au cri de nos mères, nous dévalâmes prestement les escaliers. Ahuris devant ce spectacle, nous stoppâmes net ! Un instant d'hésitation et :

- Ouais ! Ce sont nos pères ! criions-nous de joie.

Après de grandes embrassades et quelques larmes, même si nous nous sentions des hommes, nous remontâmes aussi vite ! À l'étage, Catherine dormait. Parvenus dans sa chambre avec André, nous la secouâmes sans ménagement.

- Catherine ! Catherine ! Réveille-toi ! Vite ! Papa et Robert sont revenus !

Surprise par ce subit acharnement des garçons, elle n'avait pas bien saisi ce qui se passait. Elle émergea péniblement de son sommeil. Nous trépignions d'impatience. Tout en se frottant les yeux, elle essayait de mettre ses chaussons.

- Quoi ! Qu'est-ce que vous me voulez ? Mais qu'est-ce qui se passe ? dit-elle encore ensommeillée.

- Vite ! Presse-toi ! Papa est en bas !

N'étant pas assez rapide à notre goût, Catherine se retrouva empoignée, poussée par les garçons. Parvenue au bas de l'escalier, elle réalisa soudain que son père se tenait devant elle ! À notre tour, nous nous précipitâmes dans ses robustes bras.

Dans la salle à manger, ce n'étaient qu'effusions de joie. Nous parlions tous en même temps, nous voulions tout savoir ! Pendant ces retrouvailles, Louise était partie en courant prévenir Léon qui labourait une parcelle un peu plus loin. Revenus tout essoufflés, ils se retrouvèrent assis autour de la grande table en chêne, attendant vivement les explications. Assis sur les genoux de nos pères, nous écoutions attentivement.

Tour à tour, ils expliquaient qu'encerclés à Dunkerque, ils avaient réussi, avec une trentaine de camarades, à s'échapper de l'enfer. Après plusieurs jours d'errance, de marche forcée, la faim et la peur au ventre, ils étaient parvenus à rejoindre la gare de Rouen. De trains de marchandises en convois de voyageurs, ils étaient arrivés non sans mal, hier au soir en gare de Toulon.

Un camionneur de leur connaissance les avait gentiment acheminés jusqu'à Carqueiranne, ce matin. Aussitôt, Marius, interrompant le chargement de sa fournée, les prit en charge.

À la maison, c'était enfin le soulagement. Tant bien que mal, la vie reprenait...

Bientôt, les premières troupes d'occupation nous envahirent. C'étaient les Italiens. Ils étaient alliés aux nazis.

Notre oncle, dont les parents immigrés transalpins étaient arrivés au début du siècle en France, était frustré et déçu par cette alliance. Il la dénonçait et la rejetait car, affirmait-il, elle était contre nature. Ma mère ne disait mot. Nonobstant les nouvelles contraintes imposées par l'occupant, nous les enfants, nous en moquions bien. Nous continuions nos balades au bord de la mer et parfois nous améliorions un peu l'ordinaire. Fréquemment, nous voyions patrouiller ces camions chargés de la soldatesque. Ces militaires étaient souriants et nous interpellaient aimablement. Malgré les nouvelles contraintes, nous continuions nos escapades.

- Rouquin, vite, envoie l'épuisette. J'ai cloué un autre poulpe. Oh ! fan, il est énorme !

- Bigre ! Les parents vont être drôlement contents ! Trois gros en une matinée, ça va considérablement améliorer les repas ! Parce que bouffer des rutabagas et des patates tous les jours, y en a vraiment marre !

Agressé dans sa quiétude, le mollusque réagissait violemment. Armé de ses tentacules, il s'évertuait à entourer mon bras, tout en s'agrippant contre le rocher où il avait élu domicile. Ma foëne plantée à la base de sa tête, il ne pouvait plus rentrer dans sa tanière. En un tournemain, je saisis sa calotte et la retournai rapidement, le contraignant à l'asphyxie ! Le céphalopode se contorsionna et vira du marron au gris. Il relâcha son étreinte. Je profitai de sa faiblesse pour l'arracher de la roche. Pierre-Jean, descendu dans l'eau, me tendit le salabre dans lequel j'enfouis avec difficulté le récalcitrant animal. Il alla rejoindre ses congénères dans le sac de jute.

- André, vise un peu la bestiole ! Au moins cinq kilos ! Aujourd'hui, on va faire bombance ! annonça bruyamment le Rouquin. Euphoriques, tout à notre pêche, nous n'avions pas vu les deux cyclistes approcher !

- Ohé les petits ! Vous ne savez pas que la pêche est interdite ? Allez, ouste ! Sortez de l'eau, plus vite que ça !

Surpris par cette injonction, nous regardâmes les gendarmes descendre vers nous !

- Donnez-moi votre sac et votre attirail ! Nous allons à la gendarmerie. Allez, suivez-nous !

Penauds à l'arrivée discrète de la maréchaussée, à présent nous sentions une rage montante nous envahir, à la vue de notre pêche séquestrée par les deux serviteurs de l'ordre public.

- Mais, monsieur, nous ne faisons rien de mal ! Nous pêchons quelques poulpes pour nos familles. Les restrictions affament tout le monde. Il faut bien qu'on mange ! clamais-je, furibond.

- Ne discutez pas ! Allez, à présent en route. Si des garnements comme vous se moquent de la loi, où allons-nous ? Et puis, taisez-vous et accélérez !

En passant devant le quai des pêcheurs, j'aperçus un petit groupe d'hommes qui bavardaient. Parmi eux se trouvait Adrien Marel. Nous voyant en compagnie des gendarmes, il s'avança.

- Oh, Gaétan ! Qu'est-ce qui arrive ? demanda Adrien en reconnaissant l'un des militaires.

- Tiens parbleu ! Ces chenapans pêchaient ! C'est formel lement interdit pour les particuliers. Tu le sais bien, toi !

- Oh, Gaétan, qu'est-ce que tu nous fais là ? Tu vois pas que c'est que des *moussi* ! Ils cherchent un peu d'amusement en ces temps de guerre et améliorent un peu l'ordinaire. Y'a là rien de bien dramatique ! Allez zou, laisse-les partir !

- Ah non ! Ces lascars braconnaient ! L'occupant a prohibé la pêche, sauf pour vous, les professionnels. Nous ne faisons qu'appliquer les ordres !

- Quels ordres ? Tu parles de ceux de l'ennemi ? Mais tu n'as pas honte ! Et en plus, tu t'en prends à des enfants ! Qu'as-tu dans le cœur, mon pauvre Gaétan ? Pourtant, tu les connais bien leurs parents. Ce sont tous de braves gens, honnêtes, le cœur sur la main. Tu veux leur faire des histoires ? Attention, si tu t'amuses à ce petit jeu, un jour ça va aller mal !

- Oh ! Adrien, te fâche pas ! C'est juste pour marquer le coup et leur apprendre à ne pas bafouer la loi. Ils ne doivent plus braconner. Si à notre place c'était les Allemands ou les Italiens qui les avaient attrapés je ne te dis pas les embrouilles… Pour cette fois, ça ira. Mais que l'on ne vous y reprenne plus, sinon… Allez, foutez le camp, les minots ! Tu comprends, Adrien, nous, on s'en fout que les gens y braconnent, mais l'adjudant lui, il est très pointilleux ! S'il apprend qu'on laisse faire, ça va être notre fête !

- Pointilleux, tu dis ? Noonn ! Votre chef est un véritable salaud ! C'est un collabo, un Pétainiste de première ! Mais il devrait prendre garde ! Un jour, tout peut changer. Alors, à ce moment-là…

Laissant les adultes à leurs explications, nous remontâmes hâtivement vers la Grande Bastide, non sans avoir récupéré nos outils mais surtout, notre sac ! Cette vive mise en garde ne nous empêcha nullement de poursuivre nos activités illégales. Tout simplement, nous allions en d'autres lieux, plus discrets et notre vigilance fut accrue.

Dès la rentrée, Charles et Robert retrouvèrent le lycée. Ne fût-ce ces militaires étrangers, à l'accent pourtant chantant, qui circulaient en véhicules ou patrouillaient à pied, dans les villes comme dans les campagnes, nous étions tentés de croire que la guerre était lointaine. À présent, de nouveaux avions nous survolaient. Ils étaient rapides et plus modernes. Les marques d'identifications avaient changé. Plus de cocardes tricolores.

L'année 1942 survint avec l'entrée en guerre des États-Unis, suite à la tragédie de Pearl Harbor. À la maison, nous suivions, comme toujours, les événements à la radio. En juin, nous apprenions la victoire des Forces Françaises Libres sur les troupes de Rommel, à Bir Hakeim, en Libye. Dans Carqueiranne, comme chez nous, la joie revenait. Depuis quelque temps, mon père et Bert étaient à nouveau absents ! À treize ans, je me doutais bien que ces allées et venues n'étaient pas étrangères à cette guerre. Cet été-là, Adrien Marel nous embarqua, André et moi, deux à trois fois par semaine, comme aides-pêcheurs, et ce, malgré la réticence des femmes. Nos pères ainsi que Léon n'y voyaient que du bien. Ils pensaient que cela nous aguerrirait. Nous étions pris en main par un homme de mer. Nous étions fiers comme Artaban. Adrien nous éduqua, nous offrit ses connaissances de pêcheur, héritées de son père. Les vents, les courants, les emplacements des roches à poissons et à crustacés, n'avaient plus de secrets pour nous. Rien à voir avec notre coin des Pins Penchés. Apprendre à exécuter des nœuds, monter les voiles, poser ou relever les filets, caler les casiers... étaient le quotidien de nos sorties en mer. Nous apprenions même à remailler les filets et à les teindre. De jour en jour, la grande dame nous réserva des surprises et s'en fit davantage aimer. Elle nous subjuguait, nous en étions follement tombés amoureux !

Catherine nous boudait et nous jalousait de ne pouvoir aller en mer, qu'elle aimait tout autant que nous.

- Ce n'est pas la place d'une femme, lui avaient dit mes parents.

Nos retours étaient toujours des soulagements pour les femmes, surtout quand le vent soufflait fort. Belle et calme au réveil, la Méditerranée pouvait entrer dans des colères aussi violentes que soudaines, comme celle de cette veille de Sainte-Marie.

Nous avions appareillé avec le *Marie-Pierre* à quatre heures du matin. Le jour pointait timidement son nez. À l'est, il éclairait péniblement le massif des Maures. Le ciel était clair et l'air étonnamment gorgé d'une fraîcheur humide. La voile montée se gonflait sous le souffle léger de la mountagnière.

Adrien avait mis le cap sur la pointe du Langoustier, à Porquerolles. Nous la doublâmes en nous écartant vers le large. Nous allions récupérer les paniers à crustacés posés la veille. Ils étaient situés à près d'un kilomètre au large des falaises accidentées du cap d'Armes, sur la roche dite « du Homard ». Celle-ci regorgeait de langoustes et autres crustacés. Bientôt les signaux des casiers furent visibles. Le soleil était déjà haut dans le ciel et la chaleur diurne commençait à réchauffer l'atmosphère. Après avoir mis en panne, la voile ne subissant plus les effets du vent, André crocha le filin du signal avec la gaffe. Raymond, le matelot et moi nous en emparâmes afin de hisser le panier. Nous n'en voyions plus la fin.

- Adrien, elle se trouve à quelle profondeur, ta roche ? demandais-je. Cela fait bien dix minutes que l'on remonte du cordage !

- Oh ! *Pitchoun, resto calamo** ! Elle doit être vers les 70 mètres, peut-être bien 80 ! Ça ne sert à rien d'aller vite, tu te fatigues et le casier ne monte pas mieux !

Enfin la nasse en osier apparut en surface, gigotant frénétiquement sous les assauts de ses « habitants » ! Sur le pont du navire, nos yeux émerveillés comptaient les crustacés :

- Un, deux... Oh ! Adrien ! Trois langoustes et deux homards, tous de belles tailles !

- Zou, les enfants ! Rangez vite ! *Mounte negro** sur le levant ! Allons rapidement remonter les autres. Je n'aime pas du tout ces nuages noirs et ce vent d'est qui fraîchit rapidement. On dirait qu'une « lévantade » s'annonce avec un orage ! Récupérons vite les derniers casiers et nous irons nous abriter !

---

* Petit, reste calme !

* Monte noir

Rapidement, nous exécutâmes les consignes. Le vent se renforçait et le voile ténébreux occultait maintenant le soleil. La mer veloutée de l'aube s'agitait fortement ! Son azur habituel céda sa place à un bleu profond, inquiétant.

Raymond descendit un peu de voilure. Le pointu, balayé par les embruns, plongeait dans la houle. Les premières gouttes de pluie surgirent alors que nous arrivions à proximité de la pointe du Brégançonnet.

Brutal, l'orage éclata ! Les éclairs zébrèrent la voûte cendrée, suivis par le roulement sourd du tonnerre. Les bourrasques tourbillonnantes devinrent agressives et générèrent un bouillonnement sur la crête des vagues, qu'accompagnaient des arcs-en-ciel évanescents. Ils recouvraient la frêle embarcation. La mer se creusa rapidement. Le ciel était à présent plombé. Adrien, aidé par Raymond, rencontrait les pires difficultés pour manœuvrer le pointu. Nous subissions les assauts ininterrompus de la Méditerranée en furie ! André et moi, nous étions assis à l'avant dans le trou aux filets. Nous nous tenions par une main, l'autre farouchement agrippée sur le haut du plat-bord. Notre silence était de mise, la peur devait se lire sur nos visages.

- Nous allons rentrer dans la plage noire, l'anse de l'ancienne usine de soude du Langoustier, annonça Adrien, trempé de la tête aux pieds.

L'eau ruisselait de son étrange casquette rouge et verte qu'il n'avait toujours pas ôtée. La visibilité tomba à une dizaine de mètres à peine ! La côte disparut ! La peur, déjà présente, s'intensifia ! Je sentais la main tremblante d'André. Je la serrais encore plus fort ! J'entendais en frissonnant le hurlement du vent dans les haubans, le claquement sinistre de la voile et le déchaînement du tonnerre.

Comment notre capitaine arrivait-il encore à se diriger ?

Comment allions-nous trouver l'entrée de l'abri sans nous écraser sur les falaises de la grande île ?

En cet instant, se bousculaient en moi ces lancinantes questions. J'étais tétanisé !

- Oh ! La voile, Adrien… elle se déchire ! hurla Raymond.

- Vite, réduis-la au minimum !

Avec difficulté, il descendit plus encore la pièce d'étoffe dont l'une des pointes présentait un accroc d'une bonne trentaine de centimètres. Qu'allait-il se passer ? Allions-nous nous en sortir ? L'impassibilité d'Adrien cachait-elle sa peur ? Avait-il peur seulement, lui, le vieux loup de mer habitué aux caprices des cieux et aux humeurs de la grande Dame Bleue ? Quelle tempête ! Sous les rafales violentes et les trombes d'eau, nous étions prisonniers de la tourmente. Seuls !

La respiration saccadée, incapables du moindre mouvement, André et moi, nous étions à présent terrorisés, tremblants de froid et de peur !…

Soudain :

- Là ! Nous arrivons ! Voilà la roche aux gorgones bleues ! cria Adrien, soulagé.

En me tournant vers tribord, j'aperçus furtivement le passage entre les rochers. La confiance revenait, mais la dyspnée, causée par la frayeur qui m'avait absorbé, persistait encore.

Le *Marie-Pierre*, lentement, pénétra dans la petite anse dont le côté nord était de sable brun, d'où son appellation de plage noire. Nous mouillâmes, bien protégés du vent et de la houle par les parois rocailleuses qui prolongeaient vers le large l'étendue sablonneuse. La pluie perdit de son intensité, ainsi que le vent.

- Ouf ! Ça va mieux hé, les pitchouns ? demanda en souriant le patron pêcheur. Ici, nous sommes à l'abri. Nous allons attendre que l'orage passe.

- Oui. Tu sais, Adrien, on ne t'a rien dit, mais nous avons eu peur comme jamais !

- C'est l'orage du 15 août qui nous a fait l'honneur d'arriver un peu avant ! Un orage violent et imprévisible comme il en survient quelques-uns en été. C'est bientôt fini, il va continuer sa course vers Toulon et le large.

Effectivement, après une heure et demie de déchaînement, le ciel retrouva sa limpidité et le soleil s'imposa à nouveau. La vapeur d'eau, sur le pont réchauffé par les dards ardents du soleil, s'élevait en corolles opalescentes.

- C'est votre baptême de marins, les enfants ! Vous avez vu comme le temps en Méditerranée, si beau et si calme très souvent, peut devenir coléreux et nous désarçonner ! Lorsque vous irez en mer, dorénavant, restez très attentifs. Rappelez-vous toujours mes conseils. Le véritable marin, c'est-celui qui prévoit tout, y compris l'inattendu, l'insoupçonnable !

Un matin, alors que nous revenions de l'îlot de la Fourmigue, une escadrille d'avions de couleur gris argent nous survola à basse altitude. Sous leurs ailes, étaient peintes des croix noires :

- Des Messerschmitt allemands ! indiqua Adrien.

Nous suivîmes de loin leur vol rapide vers l'intérieur des terres.

Ce jour-là, les poissons, poulpes et autres seiches que nous offrit notre ami en récompense de l'aide, toute relative, que nous lui fournissions, réjouirent les dames de la maison. Sans toujours nous en rendre compte, quotidiennement elles devaient faire face, avec beaucoup d'imagination, aux laborieux ravitaillements engendrés par l'Occupation.

Avec l'arrivée de l'automne, la rentrée des classes se fit sous une pluie fine et régulière. Terminé, les sorties en mer. Nous nous retrouvâmes sur les bancs du lycée. Octobre fut humide, à la joie de tous ceux qui attendaient avec impatience le retour des ondées.

Le réveil fut matinal et brutal ce vendredi 27 novembre. Des explosions sourdes et répétées nous réveillèrent. Dans le dortoir, un début de panique naquit. La grosse horloge murale indiquait 5 heures 30. Des séries ininterrompues d'explosions, plus puissantes les unes que les autres, se succédèrent. Nous pensâmes à des bombardements : mais où et de quoi ?

Ce ne fut qu'au lever du soleil, que nous vîmes là-bas vers Toulon, des corolles de fumée noire et épaisse, qui s'élevaient au-dessus des collines. Nous apprendrons par mon père, en arrivant dans la cour du lycée, le sabordage de la flotte de Toulon.

Les aérodromes d'Hyères et de Cuers furent occupés par les Allemands. L'Occupation changea de visage! Les Hitlériens remplacèrent les Italiens qu'ils avaient arrêtés après la chute de Mussolini et l'entrée en guerre contre eux de leurs anciens alliés!

1943 débuta avec l'amplification de la répression. Mobilisation pour le STO : Service du Travail Obligatoire en Allemagne, suivie de la suppression de la zone libre et création de la milice. La défaite allemande de Stalingrad fut accueillie comme un espoir, à la maison comme dans de nombreux foyers.

En juillet, le débarquement allié en Sicile allait précipiter l'arrivée des nazis en Provence. Cette intrusion dans la région accrut et amplifia instantanément la chasse aux résistants et les châtiments terribles qui s'ensuivirent! La nonchalante gaîté transalpine laissa la place à la rigueur brutale des nazis!

Un soir, à quelques jours de Noël, aux alentours de dix-neuf heures, nous fûmes surpris par des cris et des coups répétés, brutaux, frappés à notre porte! Nous étions à table, les bûches crépitaient dans la cheminée. Elles essayaient de refréner l'action du froid vigoureux qui sévissait et du mistral qui cherchait à s'engouffrer partout. L'oncle se leva et ouvrit. Son visage devint aussitôt livide. Pourtant gaillard, Léon bascula, fortement poussé par quatre miliciens, vociférant, auxquels étaient adjoints plusieurs soldats allemands. Ils firent irruption dans la maison, fusils pointés dans notre direction. Nous restâmes cois! Pour la forme, le chef des collaborateurs, sourire hypocrite aux coins des lèvres, se justifia de cette immixtion, par :

- Bonsoir messieurs dames. On nous a signalé des résistants gaullistes et bolcheviques, par ici... On se renseigne et on surveille le coin...

- Mais qu'est... des quoi?... Des Bolcheviques, dites-vous?... Oh! Il n'y en a pas dans cette maison! Encore moins des Gaullistes! tenta d'assurer d'une voix ferme, Léon.

Prestement, en nous laissant pantois, mon père repoussa sa chaise, se leva de table et questionna :

- Mais pourquoi les cherchez-vous dans ce quartier? Le coin est calme. Nous n'avons pas entendu parler de ces gens.

- Vous êtes sûr? Pourtant, on nous a affirmé que ça fomentait dur dans ces campagnes! Ce sont des terroristes! Des maquisards et des ennemis de la France! répondit fermement l'homme au béret. Je vous invite à collaborer et à nous prévenir rapidement si vous avez des renseignements sur ces individus...

Avec un sourire narquois, mettant en garde mon père, il ajouta :

- Vous, je vous préviens! Protéger ou tolérer des terroristes est passible de la peine de mort! Méfiez-vous!

Debout, face à face au milieu de la pièce, les deux hommes s'observaient fixement, se jaugeaient! Ce vis-à-vis dura!... Autour de la table, les visages étaient blêmes et le silence pesant. Les femmes étaient tétanisées! Les menaces proférées aggravaient leur désarroi! Je regardais intensément la soupière au centre de la table, comme pour m'éloigner de ce cauchemar. Le dos bien droit sur ma chaise, j'étais terrifié! D'après les rumeurs, les méthodes et le pouvoir colossal de cette milice étaient ahurissants et maléfiques. Assis à côté de ma mère, lentement et affectueusement, je tournais mes yeux vers son doux visage que couronnait un gracieux chignon. Son regard était larmoyant. Tremblante, elle s'attendait au pire.

- Nous, nous ne nous mêlons pas de politique. Pour nous, la guerre est finie depuis 40! Comme vous le voyez, nous sommes une famille française, bien tranquille, comme les aime notre maréchal. Vous avez été mal informé. Certainement par des jaloux où des opportunistes qui ne désirent que jouir de votre pouvoir, osa ajouter Charles.

Les deux hommes s'observaient interminablement. Devant cette attitude, cette assurance déterminée, pourtant sans idée de provocation aucune de la part de mon père, le chef milicien continua son harcèlement… Les fusils se rapprochèrent… Les femmes retinrent leurs cris…

- Vous, là ! Ne jouez pas au mariole ! Montrez-moi vos papiers ! Quel est votre nom ? Qui êtes-vous ?

- Moi ?… Je m'appelle Charles Larrieux. Je suis capitaine de réserve. J'ai été démobilisé en 40, dit-il en sortant ses papiers de son portefeuille qu'il avait précisément dans sa poche.

L'homme, tout en saluant :

- Ah ! Bien !… Excusez-moi, mon capitaine !… J'ai pensé que vous pouviez connaître ces terroristes ! Je suis convaincu qu'un officier de l'Armée française ne peut fricoter avec pareille racaille, ajouta-t-il en terminant d'examiner scrupuleusement les papiers.

Il répondit avec une voix de fausset en affichant un air sournois… et avec une sincérité de Judas, pensais-je.

Charles, ses yeux dans les yeux du milicien, rétorqua calmement :

- Chef, vous avez raison ! Comment pourrais-je aider cette… comment dites-vous, déjà ?… Ah ! oui… cette racaille ? Heureusement que nous avons le maréchal ! Et vous aussi, les défenseurs de notre pays !

L'homme au béret, toujours sur ses gardes, sans bouger, penchait entre scepticisme et véracité. J'observais attentivement l'individu. J'étais admiratif de la faconde de mon père. Connaissant ses convictions politiques, l'aimable assertion énoncée si aisément ne pouvait être que mystification ! Mon père se rendait-il compte qu'il côtoyait le feu ? Si ce triste personnage n'était pas convaincu, c'était le drame !

En devenant pathétique, avec sa prestance et sa rhétorique, Charles amollit le chef milicien. Pendant plusieurs minutes qui semblèrent durer des heures, le monologue paternel brisa le silence obsédant de la pièce. Du laxisme de l'ancien gouvernement, à la prétendue admiration du capitaine Larrieux pour Pétain, l'homme fut persuadé qu'il était tombé dans un foyer de bons Français, loyaux envers la clique Darlan, Laval et consorts !

- Mes respects, mon capitaine. Excusez pour le tracas. Mais avec tous ces attentats, nous sommes sur les dents ! Bonsoir messieurs dames. Vive la France, vive le maréchal !

Le groupe quitta les lieux... Silence dans la pièce, puis :

- Charles ! *Counnissiéu pas tei simpatio pétainisto** ! dit avec un grand rire, Léon.

- Ne ris pas, Léon ! clama avec frayeur Louise. S'il ne l'avait pas cru, ils nous embarquaient tous !

De leur côté, Henriette et Robert ne disaient mot. Ils étaient blafards ! Encore sous le choc. Je me disais que mon père avait pris un très, très gros risque. Mais son intervention instinctive, téméraire et spontanée avait évité la fouille de la maison et un danger bien plus dramatique ; les interrogatoires musclés de toute la famille !

- Tu l'as vu, ce grand *darnagas** de collabo ! Méchant comme la gale ! Tenez, on va se boire un verre pour faire passer la peur et le tremblement des femmes et des enfants ! Justement, j'avais amené une bonne bouteille. Tè, Louise, ma belle, sors-la donc du panier, annonça Léon, le sourire retrouvé.

Peu à peu les conversations reprirent timidement chez les femmes qui étaient encore considérablement affectées. Chez les hommes, le dialogue avait repris son cours. S'ils étaient inquiets,ils n'en laissaient rien voir. En ces années troublées, la peur était notre compagne de tous les jours...

---

* Charles ! Je ne te connaissais pas tes sympathies pétainistes ?
* Idiot

Le manque de denrées et le rationnement étreignaient inlassablement les Français, en ce début 44. Les nouvelles annonçaient que la bataille faisait rage du côté de l'Italie, à Monte Cassino. La voix lointaine rajouta que les nazis fléchissaient partout, mais que les hostilités n'étaient pas encore terminées. Charles et Robert s'éclipsaient, maintenant, de façon plus rapprochée.

Le Débarquement en Normandie excita les troupes d'occupation. Ma mère, très tourmentée par les disparitions plus nombreuses et parfois inopinées de mon père, nous incita à redoubler de prudence lors de nos escapades rêveuses, au bord de l'eau. Cependant, en cachette, munis de nos foènes, nous partions traquer les habitants... des rochers et des mattes d'algues ! Toutefois, nous restions méfiants, car l'occupant avait interdit totalement la pêche. Catherine nous accompagnait et faisait le guet. Les pointus restaient désespérément à quai. Adrien et ses collègues ne décoléraient plus !

Au début du mois d'août, de nouveaux avions sillonnèrent notre ciel bleu. Nos bonnes vues nous permirent d'entrevoir parfois des étoiles argentées mais aussi des emblèmes arborant les couleurs patriotiques. Était-ce un signe d'espoir ?

À basse altitude, certains d'entre eux mitraillaient les véhicules allemands. Avec André, éternellement admiratifs, nous suivions les acrobaties de ces oiseaux atypiques, très rapides.

- Jean ! Tu les as vus ? Tu crois qu'un jour on pourra en piloter des semblables ?

- Oui ! Moi, tu le sais bien, André, c'est mon rêve ! répondis-je, bras à l'horizontale, tournoyant sur moi-même.

- Libre ! Libre de voler aux commandes de pareilles machines ! Ce doit être formidable !

Malheureusement, tout se précipita le 11 août ! Cette fois, nos pères ne s'étaient pas absentés... ils étaient partis !

Depuis quelque temps, à pied ou en camion, les patrouilles ennemies devenaient incessantes. Des explosions brisaient le silence de la nuit. Quelquefois, même, les troupes passaient dans les champs et devant notre maison. Leurs voix gutturales et leurs ordres nous impressionnaient. Leur attitude s'était modifiée. Nous les sentions très inquiets et principalement soupçonneux.

La vie continuait avec ces aléas. Les hommes n'étaient pas revenus ! À la Grande Bastide, c'était l'attente, angoissante pour tous.

Nous étions dans la nuit du 14 au 15 août. Des déflagrations lointaines et fréquentes, éclairaient le ciel. Un bruit caractéristique nous réveilla. Nous avions reconnu la sonorité des moteurs de bombardiers !

Vers midi, notre plus proche voisin, Lucien Henri, arriva en courant, tout essoufflé, il criait et jubilait en même temps :

- Ohé la maison ! Y'a quelqu'un ? Vous êtes là ? Vous avez entendu la bonne nouvelle ? Les Alliés ! Ce sont les Alliés qui bombardent ! Ils ont débarqué entre Cavalaire et Saint-Raphaël ce matin, à huit heures !...

À la maison, tout le monde s'embrassa, heureux. Interloqué de prime abord, je fis le rapprochement entre le Débarquement et la disparition de nos pères. Étaient-ils des résistants ? Sûrement ! Étaient-ils là, quelque part dans le département, pour aider les Alliés à combattre les Allemands ? L'angoisse laissa un peu de place à la fierté.

Des tirs sporadiques, tout près de nous, firent retomber la joie d'une prochaine liberté. Des fumées s'élevèrent dans le ciel. Des salves éparses nous parvînmes des blockhaus construits en bord de mer. Avec un temps magnifique, un ciel azuré et une chaleur accablante, les terres reconquises se gagnaient par des luttes acharnées, meurtrières.

De notre maison, nous voyions les avions nous survoler par dizaines. Pour notre grande joie, les chasseurs et les bombardiers alliés traquaient inlassablement l'ennemi. Des engins blindés et des fantassins traversèrent bruyamment le village. De toutes parts, retentissaient les mitraillages et les violentes détonations des pilonnages. Ils accompagnaient les combattants de la liberté.

Le 27, nous vîmes débarquer Marius Chambon avec son éternelle guimbarde. Nous fûmes étonnés de le voir étaler sur la grande table de la tonnelle, surtout en ces temps de restriction, quelques pains et pâtisseries qui exhalaient. Nous ne comprenions pas un tel luxe ! Tout à sa joie, il nous apprit que la libération de Toulon venait d'être annoncée. Restés à l'abri, nous n'avions pas entendu la TSF. L'exultation était à son comble.

Après Hyères et sa région, la « capitale » varoise recouvrait sa liberté. Mais à quel prix ! Nous pensions à nos pères...

Le lendemain, une 202 Peugeot gris foncé, couverte de poussière, emprunta le chemin et se gara devant la maison. Sur les portières avaient été peintes hâtivement en blanc, trois grandes lettres. Le sigle FFI nous apostropha ! Quelle surprise, lorsqu'en descendirent Charles et Robert ! Ce ne fut que joie et embrassades.

Ils étaient vivants, certes sales, hirsutes, fourbus, mais heureux.

- Vous avez appris? Toulon est libéré ! Nous partons sur Marseille avec les copains !

Une boisson vite avalée, une musette préparée précipitamment et les voilà de nouveau repartis !

Ils ne réapparaîtront que le 10 septembre !

Par leurs récits, nous apprendrons avec émotion et tristesse les tortures et les massacres perpétrés sur des résistants, par les Allemands bien sûr, mais hélas aussi, par des Français intolérants et fanatiques surtout : les miliciens !

Un bref instant, penser que mon père et Robert aient pu subir un tel sort, me glaça de la tête aux pieds. J'étais horrifié que des hommes aient pu commettre tant de cruautés. Imaginer nos pères ensanglantés, agonisants, sous les coups des tortionnaires et ne plus jamais les revoir fut insupportable, inacceptable. Les larmes envahirent mes yeux, ma gorge se noua.

Plusieurs nuits suivantes furent ponctuées d'atroces cauchemars. Aussitôt, je songeais à ces enfants qui enduraient cette effroyable tragédie.

Quel âge avaient-ils ? Qu'allaient-ils devenir ? J'étais terrifié ! La guerre, quelle effroyable situation imposée aux peuples, quelle misère !

Allongé douillettement dans mon lit, j'observais les étoiles par la fenêtre grande ouverte. Au dehors, les grillons et les grenouilles rythmaient par leurs chants nocturnes, la vie de la campagne en cette nuit. La maison était paisible. Ce fut en pensant à l'histoire de cette France blessée, que peu à peu le sommeil m'engloutit.

Fébrilement, la vie reprenait avec ses contraintes. Après ces hallucinantes années, le rationnement perdurait, les denrées étaient toujours en déficience. La paisible apparence de tranquillité n'était qu'éthérée. La chasse à l'homme persistait... À présent, elle avait changé de camp. Hier chasseurs, aujourd'hui gibiers, les miliciens étaient traqués de tous côtés ! À la suite de procès souvent sommaires, ces tristes individus étaient emprisonnés ou passés par les armes. Convaincues de relations sentimentales avec l'occupant, des femmes étaient recherchées, récupérées, et subissaient la vindicte populaire. Elles étaient tondues à même la rue ! Ces représailles allaient-elles se perpétuer encore longtemps ? Pourquoi toujours jeter l'anathème ? Venger le mal par le mal, toujours ! Terrible réalité perpétrée depuis des millénaires. Enfin...

À la Grande Bastide, une fois n'était pas coutume, les discussions féminines allaient bon train. Ma mère, dont les qualités de cœur et la tolérance reconnues par tous étaient immenses, essayait de calmer ma tante, dont les griefs envers ses femmes étaient très marqués.

À présent les nazis étaient acculés en Alsace, dans les Ardennes et sur le Front de l'Est. *Leur défaite était imminente*, annonça la radio. Néanmoins, il nous fallut encore attendre celle-ci un long hiver, avec ses craintes et ses privations diverses.

Le 8 mai 1945 sonna le glas de l'ordre nouveau. Ce fut la fin d'un des régimes politiques les plus sanglants que l'histoire eût connu.

Les prisonniers et les survivants miraculés des camps d'extermination furent accueillis par des foules en sanglots. Des larmes de joie pour les uns, de peine et de désespoir pour d'autres, ceux pour qui les trains ne ramèneraient jamais le parent tant attendu. À Carqueiranne, comme dans le reste de la France, combien de pères, de mères, de frères ou de fils ne reviendraient jamais, victimes de tant de cruautés !...

Ce 14 Juillet laissa exploser la joie de tout un peuple libéré. La fête était présente partout. Notre village n'était pas en reste.

Ce midi, pour une fois depuis longtemps, le repas fut festif. La bouillabaisse était revenue au menu !

L'oncle Léon, mon père et Robert, avaient installé la grande table en bois. Elle était sur la terrasse exhalée par la glycine qui recevait, elle aussi, ses invités : les abeilles bourdonnantes et les papillons. En ce jour de fête, nous accueillîmes les nôtres. Marius Chambon, Eugénie son épouse, et naturellement le *Rouquin,* furent de la partie avec Adrien et Marinette Marel. Dans un coin de la terrasse, les femmes dissertaient bruyamment, tout en écaillant le poisson dans la bassine remplie d'eau de mer. La bouillabaisse se précisait.

Le choix des vins échut aux hommes. Ils étaient partis en direction de la cave où, depuis quelques années, Léon les avait bien cachés en prévision d'un éventuel heureux événement ! Comme toujours nous étions sur leurs pas. Derrière la maison, près de la grange, la cave, aux murs de pierres sèches et au sol de terre battue, était assombrie par la soupente recouverte de tuiles.

Au cours du repas, j'observais mes parents. Ils étaient là, côte à côte, main dans la main. Lui, dans un ensemble chemise et pantalon de toile, elle dans sa robe saumon, courte et échancrée dans le dos. Sa longue chevelure n'était plus en chignon mais s'écoulait, telle une vague sur ses épaules dénudées. Ils étaient sereins. L'amour se lisait dans leurs yeux, leur bonheur était éclatant. En ce jour de fête, la joie était dans les cœurs, la gaieté dans les paroles. Léon, ainsi que Marius, fut un peu chaud à la fin du repas. Le pastis et le blanc frais leur furent fatals ! Les rires retrouvés envahirent la tonnelle et se perdirent dans la chaleur estivale. Marius régala toute la tablée avec ses succulents éclairs au chocolat et son savoureux mille-feuille. En fin de repas, nos deux buveurs s'octroyèrent une petite sieste salvatrice, faite de « roon-roon » et de « pfffeuf ». Celle-ci les emporta à même la couverture jetée à l'ombre du figuier, près du fameux puits. Depuis son forage, mon oncle l'avait baptisé : *Lou pous deis Italian** !

Le soir venu, nous nous rendîmes tous au bal public. Se retrouvèrent des jeunes et des moins jeunes dans des danses rythmées ou romantiques. Quelques-unes avaient été importées par la troupe américaine. Elles étaient ponctuées de farandoles endiablées, sous les pétards lancés par des gamins réjouis.

L'orchestre municipal, composé des plus anciens du village et de quelques jeunes, s'évertua à maintenir cette ambiance.De ci, de là, des couples se retrouvèrent, des nouveaux se formèrent à l'occasion. La chaleur étouffante, le chant de quelques cigales attardées, le grésillement des grillons et le vol désordonné des papillons de nuit et des lucioles, étaient les témoins privilégiés des flirts naissants. Pour nous, les jeunes, c'était notre premier bal.

Dans un petit coin, juste éclairé par les guirlandes tricolores et les ampoules chamarrées, Pierre-Jean et moi avions repéré

---

* Le puits des Italiens

deux jolis minois esseulés que nous souhaitions voir de plus près. C'est par un encouragement mutuel que nous abordâmes les deux charmantes brunettes, Lili et Marie, que nous invitâmes à danser.

Plus tard, je cherchais André. Personne ! Même le *Rouquin* ne s'était pas aperçu de sa disparition ! Où était-il passé ?

Effectivement depuis une bonne heure, il avait fui notre compagnie ! Tout en serrant Lili contre moi, je l'aperçus. Il était là, au milieu de la foule, dansant, tendrement enlacé dans les bras d'une jeune fille que je ne voyais que de dos. En nous rapprochant je reconnus la jeune fille dans une courte robe bleu pastel. Ma surprise fut totale. La délicate et resplendissante danseuse qui se tenait tout émue dans les bras de mon meilleur copain, n'était autre que… Catherine, ma petite sœur ! Mais oui, c'était bien elle !

Le choc passé, je restais planté là, sidéré, à les épier. Instantanément, je réalisais que ma petite sœur était devenue une charmante jeune fille.

Tout en étant à ses côtés je n'avais jamais porté attention à la progressive transformation. À la contempler, je m'aperçus qu'elle était devenue presque une femme. Spontanément, je fus presque jaloux d'André !

Devant mon changement d'attitude et mon regard insistant porté vers cette jeune fille, je dus faire comprendre à ma jolie partenaire que je n'observais que ma sœur et mon copain André.

La nuit du 14 Juillet s'éternisera et restera marquée de très longues années dans ma mémoire.

Le temps passait, nous avions seize ans. C'était le temps des amours qui se réveillaient. Le moment où l'adolescence cédait le pas, lentement mais sûrement, à l'âge adulte. C'était une véritable petite guerre qui se déroulait à l'intérieur de nous sans que nous y fussions pour quelque chose. L'instant particulier dans lequel les balbutiements du désir, de l'amour, envahissaient notre esprit, nous faisant « perdre les pédales », comme disaient nos aînés.

L'oncle Léon était la coqueluche du village. Tangos, charlestons et valses faisaient partie de son domaine de prédilection. Il s'en donnait à cœur joie à faire tournoyer ces dames qui n'attendaient que l'invite de cet excellent danseur au regard coquin et à la moustache frémissante. Tout le village était en liesse, la guerre était loin, ce soir-là. En haut de la place, devant la mairie, Lili et moi nous nous assîmes sur le muret. Tremblants tous les deux, nos regards scintillants se fixèrent longuement. J'admirais avec l'avidité d'un collégien ses petits seins que cachait le haut d'une courte robe décolletée, fleurie, qui seyait agréablement sa fine silhouette. J'avais envie de caresser son corps gracile, ses jambes bronzées dont les chaussures à talon haut rehaussaient le galbe. Les pulsions m'envahirent tout à coup !

Ressentait-elle, elle aussi, cette tension, cette attirance ? « Lili, que tu es belle, tu es la plus belle ! » pensais-je, ébloui par cette brunette, au moins aussi anxieuse que moi. Doucement, je tentais une approche et, furtivement, je l'embrassais. La manière n'y était pas mais peu à peu la tendresse effaça l'appréhension. Premiers baisers, premiers émois. À l'abri des oreilles, assis sur ce parapet, nous nous promîmes un amour éternel, de ne jamais plus nous quitter… Mais Lili fut vite oubliée après l'été. Ainsi va la vie…

À l'approche de minuit, un splendide feu d'artifice embrasa le ciel. Au petit matin, encore imprégné de cette soirée, allongé dans mon lit, je repensais à Catherine et à André. Il est vrai que j'avais remarqué, depuis quelque temps, qu'ils discutaient souvent en aparté. André disparaissait parfois. Souvent il avait une excuse quand nous devions nous retrouver. Il devenait un peu secret quand, avec le *Rouquin*, nous amenions la discussion sur les filles…

À l'automne, Charles et Robert reprirent l'enseignement en essayant d'oublier ces tragiques années. De notre côté, dès le mois d'octobre, nous retrouvions le lycée. Les années passaient. Comme lors des autres étés, nous participâmes aux travaux agricoles et, en septembre, aux vendanges. Toutefois, nous ne manquions jamais l'occasion d'aller pêcher avec Adrien. Connaître les nouvelles roches à poissons et à crustacées, préparer la palangre ou les paniers, nous enchantaient toujours.

1947 fut l'année du baccalauréat. Après l'examen, nous étions tendus, André et moi, malgré les épreuves auxquelles nous avions répondu correctement, tout du moins le pensions-nous. L'attente des résultats dans la cour de l'établissement se révéla longue, pénible et nerveuse. Puis, le moment tant attendu et redouté, arriva. Nous fîmes face. Ce fut enfin la délivrance : reçus tous les deux... avec « mention ». Mes cousins, face au panneau d'à côté, étaient inquiets car ils n'avaient pas encore aperçu leurs noms sur la liste tellement il y avait de bousculade. Soudain, dans leur direction, des cris de joie se firent entendre. Ils sautillaient, heureux, se congratulaient. La jubilation qui nous habitait en cet instant fut obscurcie par l'échec de Pierre-Jean. En effet, le *Rouquin* ne figurait pas sur la longue liste du tableau d'affichage ! Instantanément, la déception transforma son visage et des larmes perlèrent dans ses yeux. Son opiniâtreté n'avait pas été récompensée. Pauvre Pierre-Jean !

Nous regagnâmes Carqueiranne par l'autobus. Le temps du trajet, nous tentâmes de lui remonter le moral par d'amicales et encourageantes paroles. Une année supplémentaire dans ce même lycée sanctionnerait son revers.

Chez nous, ce fut la fête. Ce dimanche, la famille était réunie. Robert, Henriette et André étaient présents. Comme bien souvent ici en Provence, le soleil éclairait de sa lumière cet agréable repas. Banales et générales au début, les conversations prirent une tournure plus précise. Mon père nous sollicita :

- Les enfants, qu'avez-vous décidé de faire, maintenant ?

Spontanément, Jules et Étienne rétorquèrent :

- Nous nous sommes inscrits à l'École d'Électricité de Grenoble pour devenir ingénieurs !

Fièrement, l'oncle clama :

- Quoi ? Des ingénieurs dans la famille ! Tu entends ça, Louise ! Allez, c'est bien, les fils ! Vous avez raison car la terre n'est pas toujours facile et qui sait ce que l'avenir nous réserve ?

- Et vous ? insista mon père en nous regardant. L'École normale de Draguignan vous tend les bras. L'enseignement est la plus belle chose qui soit !

La réponse se fit attendre. Notre hésitation fut perçue par nos parents comme une absence de choix, de décision.

Et mon père de renchérir :

- Si à votre âge vous n'avez pas encore choisi votre voie, c'est grave ! Surtout après votre excellente réussite au bac !

En fixant le regard bleu de mon père, empreint de gentillesse et d'espoir, j'annonçais doucement ce qui allait obligatoirement décevoir le professeur, mais surtout le père qui souhaitait la continuité d'une mission de service public indispensable à ses yeux dans la France moderne : la sienne !

- Avec André, euh… nous nous engageons dans la Marine… plus précisément dans l'Aéronautique navale…

Soudain, le silence s'imposa autour de la table. Stupeur ! Ce fut une véritable surprise. Puis vint le temps de la désillusion, de ce qui fut ressenti comme une cruelle trahison ! Charles et Robert se regardèrent. Ils étaient consternés ! Nul besoin de prononcer de mot. L'affliction se lisait sur leurs visages.

- Mais, que dites-vous ? Ce n'est pas possible ! Devenir militaires ! Quelle idée surprenante ! gémit ma mère.

- Rien d'extraordinaire Pauline, nous voulons piloter des avions et côtoyer la mer en même temps, répondit André.

- En avril, nous nous sommes rendus à Toulon au bureau des recrutements pour nous renseigner et… nous inscrire à l'École navale ! Nous n'en avons pas parlé pour ne pas vous peiner. Nous savions que, pour André et moi, vous envisagiez une carrière dans l'enseignement. Mais, notre choix est très ancien.

Mon père était circonspect ! Ses yeux étaient fixés sur moi, sa main droite appuyée sur la table, la gauche enfermant son menton.

Dans son esprit d'enseignant progressiste et laïque, l'Armée lui avait toujours paru conservatrice et contraire aux idées nouvelles. À cette seconde précise, nos parents comprenaient que ce choix avait été réfléchi, pesé, mûri et qu'il était, malheureusement pour eux, définitif!

Il était tôt, ce matin de juillet. Nous errions, mon père et moi, sur le sentier, au milieu des massifs d'aubépines. Un vol de passereaux amoureux semblait nous guider. Le soleil naissant dans la brume matinale annonçait une belle journée estivale. Hier soir, mon père m'avait informé qu'il désirait me parler.

En direction de la mer, calme et limpide, nous dialoguions gentiment. Comme je le présageais, la discussion s'orienta vers mon prochain engagement.

- Jean, je respecte ta décision… et, quelque part, j'en suis fier… même si mon cœur d'enseignant peut regretter que tu n'aies pas opté pour cette voie. Avec ta mère, nous t'avons élevé dans un idéal de liberté, dans le respect de ton prochain, quelles que soient sa race, la couleur de sa peau, ses idées politiques ou sa religion. La tolérance et la rigueur morale de l'homme sont les gages de la réussite de la société de demain. La loyauté et l'honneur ne doivent jamais nous quitter… Je me suis évertué à vivre dans la considération de ces valeurs humaines dans ma vie en général comme dans l'exercice de ma profession et dans la Résistance. Tu as choisi d'être militaire, bien! Certaines de tes futures missions t'appelleront à mener des actions de guerre contre des ennemis, combattants ou civils. Bien souvent, tu te poseras des questions, les doutes t'assailliront. En cet instant tu exigeras la vérité. Seras-tu tolérant? Tu seras parfois partagé entre scepticisme et certitude. Tu devras oublier tes états d'âme pour réussir ta mission. Tu auras l'obligation de défendre ton pays sans arrière-pensée, avec loyauté et confiance. Efforce-toi d'être fidèle à ces valeurs, de privilégier l'honneur et la fidélité envers ton pays et envers les hommes qui te feront confiance. Garde en mémoire que tout homme, quelles que soient les épreuves qu'il endure, aspire à des jours meilleurs, éclairés par des rêves de bonheur et un avenir plus généreux. Trouvera-t-il « ses lendemains ensoleillés »?...

Septembre venu, nous quittions notre soleil méditerranéen pour les brumes bretonnes. Lanvéoc, siège de l'École navale, accueillait, cette année-là, deux Provençaux que leur passion pour l'aviation allait entraîner bien au-delà des rêves de leur enfance.

Deuxième Partie

LES LARMES DE LA MOUSSON

Pour les fêtes de Noël 1951, nous bénéficiâmes d'une permission de deux semaines. Un soleil blafard éclairait timidement la petite cité. Les arbres avaient perdu leur feuillage et ressemblaient à des squelettes de monstres antédiluviens. Les champs, privés de leurs fleurs, étaient tristes à voir. À la Grande Bastide, la glycine de la pergola, sans son voile mauve, s'était endormie.

Carqueiranne se reconstruisait après ces dures années. À la maison, la vie reprenait son cours. Marius Chambon reconduisait ses tournées matinales. Le *Rouquin* s'était engagé dans les parachutistes. Nous apprenions qu'il était au Tonkin. Adrien Marel avait motorisé son pointu. Il sillonnait toujours la rade et les alentours des îles d'Or. Nous ne nous souvenions plus que le chemin qui montait à la maison fût si long. Ils étaient tous là sur la terrasse à nous attendre, bien emmitouflés car la tramontane était, elle aussi, venue nous accueillir. Ma mère et Henriette étaient, comme à chacune de nos permissions, impressionnées par notre uniforme.

Elles ne se lassaient pas d'admirer leurs garçons, dans leurs magnifiques tenues. Après m'avoir rapidement embrassé, Catherine se jeta dans les bras d'André. L'attachement qui les réunissait s'était progressivement transformé en affection puis en amour. Nos familles s'en réjouissaient. Ils étaient si beaux tous les deux ; lui, grand et mince avec son visage volontaire, ses yeux bruns et sa moustache à la Clark Gable. Il me faisait penser à un prince pirate. Ma sœur, ah ! ma petite sœur, elle était encore plus belle de jour en jour. Je comprenais qu'André ait succombé ! Elle avait le doux sourire de maman et les yeux turquoise de mon père, sous une belle chevelure blonde. Elle exprimait la sensibilité et la joie de vivre. Leurs fiançailles s'étaient déroulées lors de l'été passé. André et moi nous étions portés volontaires pour l'Indochine. En les observant, amoureux, je concevais que leur longue séparation ne serait pas facile à gérer. Mais le temps passait si vite…

Mars 1952…

Nous prîmes connaissance de notre nouvelle affectation : Haiphong ! Une flottille de chasse venait d'être créée pour renforcer les unités aériennes de l'Armée de l'Air et de la Marine, engagées dans ce conflit : la 18 F. À Toulon, sous un soleil printanier, nous embarquâmes sur le transport de troupe *Île de Ré* avec une centaine de militaires qui rejoignait Saigon. Parmi quelques marins, nous étions trois futurs pilotes de la 18 F. Avec nous, un jeune second maître, mince et de petite taille, blond, avec de proéminentes pommettes rouges, se présenta :

- Bonjour, lieutenants, je m'appelle Yannick Kerboulec, je suis affecté à Haiphong à la 18 F.

- Bonjour… Enseignes Ménard et Larrieux. Nous y sommes également affectés.

Tous les trois, debout contre le bastingage, nous regardâmes défiler la côte. Après la passe de Saint-Mandrier, Toulon s'éloignait lentement. Le mont Coudon en arrière-plan, Carqueiranne apparut au pied des collines. Là-bas, au fond de sa crique, le port des Salettes semblait serein. Quelques pointus de pêcheurs, à présent tous motorisés, chalutaient dans la rade.

- Jean, regarde ce décor magnifique : cet écrin de verdure, caressé par le soleil et baignée par notre amie la Grande Dame Bleue. Une vraie carte postale !

- Admire-le bien… tu ne le verras plus pendant un bon bout de temps !

Yannick, devant un tel enthousiasme, nous questionna :

- Vous êtes du coin ?

- Presque. Nous venons d'y passer notre enfance et notre adolescence. Nos parents habitent là-haut, sur la petite butte, dans la grande maison jaune isolée que vous apercevez au milieu des champs.

En cet instant, je ressentis un petit pincement au cœur, car je ne savais pas quand je reviendrais auprès des miens et si…

Et André, ne culpabilisait-il pas, lui qui, en plus de ses parents, abandonnait un jeune cœur, certainement très angoissé !

Nous nous écartâmes peu à peu des terres. La presqu'île de Giens et les îles d'Hyères disparurent à nos yeux. À présent, c'était la pleine mer. Dans quelques jours, nous atteindrions Djibouti, une fois le canal de Suez franchi et la mer Rouge traversée. À Port-Saïd, l'Égypte nous accueillit sous la chaleur. Mes rêves d'enfant ressurgirent : l'aventure, les mille et une nuits et les découvertes archéologiques extraordinaires peuplaient mon esprit.

Le canal, construit par Ferdinand de Lesseps, s'éloigna et nous nous engageâmes dans la mer Rouge. Elle se montrait à nous dans sa robe limpide, des plus claires. Ne serait-ce ces dunes et ces montagnes désertiques qui paraissaient la protéger des violences climatiques, nous pourrions nous croire en Méditerranée, lumineuse comme elle.

La température était tropicale lorsque nous accostâmes à Djibouti, la porte de l'océan Indien. Nous délaissâmes l'*Île de Ré* pour embarquer sur un vieux paquebot dont le nom nous amusa : *Le Soleil de l'Orient*. Jour après jour, propulsé par d'antiques chaudières à charbon, le poussif bâtiment recouvert de rouille, manœuvré par un équipage hétéroclite, parcourait l'immense océan Indien. À la nuit tombée, nous aimions flâner à l'arrière. L'eau était calme sous le ciel clair. Seul le long serpent noir de la fumée des machines biffait l'écriture céleste dessinée par ces multitudes d'étoiles. Combien de soirs étais-je venu ainsi observer le long sillon blanc frémissant tracé par les hélices, sur l'immensité sombre de l'océan? Des rêves d'enfance aux lointains rivages de l'Extrême-Orient, je m'engloutissais peu à peu dans l'appréhension de cette guerre que nous allions découvrir. Celle qui deviendrait notre compagne de tous les jours. Ce monstre voulu par des hommes depuis la nuit des temps, dans un but précis : le « Pouvoir » !

Nous fîmes une escale à Bombay de vingt-quatre heures.

En doublant Ceylan, les prémices de la mousson nous sortirent de la léthargie dans laquelle plusieurs jours sous l'astre brûlant nous avaient plongés. Le vent de sud balayait la crête des vagues. La houle verdâtre grossissait rapidement. La pluie drue et continue hypothéquait sérieusement la visibilité. Des jours durant, nous fûmes soumis à ce régime venteux et humide.

Les vagues féroces buttaient sur l'étrave noire qui plongeait dans l'océan. Elles la recouvraient! Un déluge d'eau balayait le gaillard d'avant et s'écoulait en ruisseaux coléreux sur le pont du navire! Sa carcasse craquait, elle hurlait sa douleur face aux assauts des flots déchaînés!

Les embruns bouillonnants étaient projetés sur le vieux bateau par les violentes rafales de vent!

- Ce mauvais temps ne te rappelle-t-il rien?

- Si, notre baptême d'apprentis marins avec Adrien.

Nous mîmes à profit ces journées pour sympathiser avec certains de nos compagnons de voyage. Il ne nous fallut que peu de temps pour fraterniser avec cinq autres aviateurs qui rejoignaient la base de Doson. Petite cité balnéaire où nous irons plusieurs fois nous baigner. Amicalement nous bavardions longuement avec Yannick. Nous oubliâmes volontiers la différence de grade. Fils d'un pêcheur de Concarneau, il était l'aîné d'une fratrie de six enfants. Petit-fils d'un Cap-hornier, cette hérédité le désignait naturellement pour la Royale. Après Maistrance, son choix l'amena à opter pour l'Aéronavale. C'était aussi comme volontaire qu'il nous accompagnait en Indochine. Sa silhouette frêle mais nerveuse m'interpellait. Comment avait-il pu entrer dans l'Armée et plus encore dans l'Aéronavale avec son gabarit? Mais « Moustique », comme nous le surnommerons gentiment plus tard, se révélera être un brillant pilote de chasse.

Le détroit de Malacca fut emprunté par un temps plus clément malgré un crachin pesant sur notre moral. Singapour, invisible dans les nuages, fut doublé après dix-neuf jours de mer depuis Djibouti ! Heureusement, nous approchions de la fin de ce long périple. Des dizaines de jonques, balayées par un vent soutenu sous cette pluie matinale omniprésente, annonçaient l'arrivée à Saigon. La manœuvre d'approche effectuée, nous accostâmes derrière un cargo qui chargeait du bois. Des bâtiments de la Marine nationale étaient à l'ancre. Sur le quai, une fourmilière humaine animait le port dans le vacarme émis par les grues et les grincements du train. Des tonnes de teck étaient avalées par les cales du cargo. Le commerce de ce bois était l'une des ressources les plus florissantes de l'Indochine.

Non loin de l'échelle de coupé, un vieux camion militaire termina de nous acheminer, André, Yannick, les cinq aviateurs et moi, jusqu'à l'aéroport de Saigon où nous attendait un *C 47 Dakota* de l'Armée de l'Air.

Les quelques heures de vol nous séparant du Tonkin s'accomplirent par une visibilité médiocre.

Haiphong, le grand port du Tonkin, fut survolé durant notre phase d'approche de la base de Cat Bi. À travers les hublots nous observâmes furtivement les avions sur le tarmac. Des chasseurs, des bombardiers et des transports l'occupaient. Après un dernier virage, le *C 47* toucha le sol. Nous quittâmes l'appareil en souhaitant bonne chance à nos camarades aviateurs. Puis, l'oiseau argenté s'éleva sur les eaux sombres de la baie.

En courant sous le crachin, avec nos bagages, nous atteignîmes le hangar de l'escale où nous fûmes accueillis par un quartier-maître.

- Bonjour, messieurs ! Veuillez m'accompagner, le commandant Francheschini vous attend.

Nous suivîmes le matelot au bâtiment de l'état-major de la base. Au premier étage, nous pénétrâmes dans le bureau du secrétaire de la flottille. Un second maître et deux matelots y œuvraient.

- Patron, je vous amène les trois nouveaux pilotes ! annonça le quartier-maître en saluant.

- Merci ! répondit l'officier marinier en lui rendant le salut.

Celui-ci, au garde-à-vous, nous indiqua que le patron de la 18 allait nous recevoir.

Quelques minutes après, un officier trapu, d'une trentaine d'années, aux cheveux bruns frisés, en chemisette et pantalon kaki, ouvrit la porte de son bureau.

- Entrez, messieurs, et bienvenue en Indo !

Nous pénétrâmes dans une pièce aux murs coquille d'œuf, où trônait dans un coin une antique armoire en bois. Devant celle-ci, un vieux bureau également en bois était encombré de documents, papiers et autres courriers. Sur le mur, face à nous, à côté d'une carte du Tonkin, une photo nous interpella. Sortant du cockpit d'un *Spitfire* aux couleurs de la Royal Air Force, un pilote souriait au photographe.

- Capitaine de corvette, Dominique Francheschini. Je commande la 18 F ! se présenta l'officier.

- Enseignes de vaisseau de 1e classe, Ménard et Larrieux, second maître Yannick Kerboulec, déclara André, après que nous eûmes salué.

- Je constate que vous avez de bons états de service dans vos précédentes flottilles. Malgré cela, ici c'est la guerre. Nous venons précisément de perdre deux pilotes, ces jours-ci. Les conditions météo ne sont nullement comparables à celles de l'Europe ! La chaleur humide et le mauvais temps fatiguent autant les pilotes que les machines. De plus, elles ne sont plus très jeunes. Les incidents techniques sont fréquents ! Nous disposons encore de quatorze appareils. Avec vous, nous serons onze pilotes. Étant les seuls officiers d'active avec moi, vous assurerez les chefs de patrouille. Je vous présenterai au reste de l'escadrille ce soir, avant le repas.

Devant mon insistante observation de la photo, son regard se posa sur moi.

- C'était en 1943, au 64e squadron de la Royal Air Force, lorsque nous attaquions les Allemands en Belgique et au nord de la France. Une autre époque, une autre guerre, prononça-t-il soudain d'une voix émue.

À présent, nous allons voir le commandant du détachement Marine. Il veut que tous les nouveaux lui soient présentés dès leur arrivée. Nous suivîmes le commandant Francheschini dans des dédales de couloirs. Au fond de l'un d'eux, sur un grand palier, s'ouvrait une grande pièce.

À côté de la porte, se tenait un matelot, qui salua à notre arrivée. Dans la salle, assis derrière son bureau, un officier nous reçut en se levant.

Surpris, André et moi nous reconnûmes dans l'enseigne de vaisseau un camarade de promotion à Navale ! Grand, légèrement enrobé, des lunettes rondes coiffant son nez aplati, Jean-Marie de Lourvainville fut très heureux de nous revoir.

- Jean, André ! J'ai appris votre arrivée parmi nous. Navale est déjà si loin !... Je suis l'officier d'administration du « Pacha ». Suite à deux affectations en mer, je suis arrivé ici en novembre 1950, bien avant la 18 F... Au début, ce n'était pas facile... le climat, l'éloignement, le pays... À présent, je suis bien, j'aime ce pays. Je vis même avec une Eurasienne. Pour vous, ça sera encore plus dur. Voler dans cette région, dans des conditions difficiles, éprouve tous les aéronautes ! Je parle, je parle, excusez-moi, je vous annonce au commandant.

Jean-Marie frappa à la porte. Sur celle-ci, une belle plaque en laiton renseignait le visiteur : « Capitaine de vaisseau François-Xavier Saint-Albin de Thionville, commandant le détachement de l'Aéronautique navale ».

Une voix ferme ordonna :

- Entrez !

- Commandant ! Le commandant Francheschini vient vous présenter les nouveaux pilotes.

À notre tour, nous pénétrâmes dans le bureau du Pacha. Nous nous alignâmes face à un officier d'une quarantaine d'années, de très grande taille, mince, le front haut sous une chevelure blonde très courte. En tenue blanche, ses épaulettes noires s'ornaient de cinq galons dorés. Sur sa poitrine, à gauche, de nombreuses décorations dénotaient sa brillante carrière.

- Bonjour, Dominique. Ah! voilà les nouveaux! Bonjour, messieurs!

- Mes respects, commandant...

Et de nous présenter.

Après les paroles d'usage, le Pacha nous demanda les lieux de notre formation. À nos réponses, il sourit et s'exclama :

- Deux Coca-cola et un vin rouge! Voilà nos renforts!

Tous trois, nous rougîmes. Nous connaissions parfaitement ces quolibets pour différencier les pilotes formés aux États-Unis et ceux d'Afrique du Nord, comme Yannick!

Derrière le patron, dans un grand cadre, une photo représentait cinq pilotes posant devant des *Spitfires* de la RAF. Au bas, une légende signalait les noms des aviateurs : des pilotes français du 64e squadron. Le commandant Saint-Albin de Thionville était entouré des autres et, parmi eux, je reconnus le capitaine de corvette Francheschini. Un peu plus tard, nous apprendrons par nos collègues plus anciens, l'aventure de ces deux officiers.

Affecté à la base de Lorient, en 1940, le lieutenant de vaisseau Saint-Albin de Thionville déserta après l'appel du général de Gaulle. Caché par des pêcheurs et transporté par un chalutier, il rejoignit l'Angleterre, accompagné d'un jeune aspirant, pilote comme lui, répondant au nom de... Dominique Francheschini. Ensemble, ils connurent les aléas, les souffrances et les tristesses de la Seconde Guerre mondiale...

Ces renseignements venaient expliquer les paroles fraternelles du Pacha envers son subalterne, ce qui, de prime abord, nous avait paru étrange compte tenu de la rigueur observée dans la Marine. La pièce était spacieuse. Le mobilier de teck se composait d'un grand bureau recouvert de verre teinté. Sur celui-ci trônait au milieu de plusieurs documents, un magnifique cendrier de marbre rose. Il représentait deux anges tenant un oiseau entre leurs mains. Une pipe droite, en bois sombre et sculptée, semblait dormir en leur compagnie. Une belle femme blonde, souriante, paraissait elle aussi nous accueillir. Dans un cadre doré, la photographie de madame Saint-Albin de Thionville, au regard d'un bleu lumineux, donnait une sensibilité particulière à notre arrivée.

Un peu plus tard, nous prenions possession des locaux. Jean-Marie nous informa que les officiers étaient logés en ville, à l'*Hôtel Central*. Notre transport était assuré par un antique autobus « Bernard ». Yannick, quant à lui, fut logé dans le secteur des sous-officiers, sur la base.

Tard dans la soirée, nous fîmes connaissance avec nos compagnons d'armes. Six officiers mariniers et un officier de réserve. Avec ses vingt-six ans, le plus âgé d'entre eux était le 1er maître Antoine Léandri, corse également. C'était un ancien des « Forces Navales Françaises Libres ».

Un pot de l'amitié scella notre affectation dans la flottille. La cérémonie sobre nous rappela que ces hommes venaient de perdre deux d'entre eux. Peu à peu, la fatigue nous gagna, la nuit fut bienvenue et réparatrice.

Le lendemain, après avoir récupéré nos équipements de vol, nous décollâmes avec le commandant, pour une prise en main de nos *Hellcat*. Nous survolâmes le golfe du Tonkin. Au large, l'*Arromanches* naviguait face au vent en attente de récupération de ses *Hellcat* et de ses *Helldiver*, engagés contre les Vietminh. La pluie était toujours au rendez-vous.

Mais où es-tu, soleil de ma Provence ?

Nous survolâmes les mines de charbon de Hongai sur la côte nord de la baie d'Along. Un train fumant s'en éloignait en direction de Cam Pha. Ensemble, nous découvrîmes une partie du delta. Sous nos ailes défilèrent des rizières, des ruisseaux et des pistes boueuses, inondées par endroits.

Nous rejoignîmes Cat Bi. Je m'alignais en dernier, moteur réduit, hélice au petit pas, train sorti, volets baissés.

Je descendis du n° 6. Je l'admirais. Le *Hellcat* était une excellente machine. En le contournant, je flattais le saumon d'aile, comme un cavalier remerciait sa monture. J'étais heureux de piloter à nouveau après ce mois passé en mer dans ce vieux bateau, dont le nom et l'état apparaissaient comme une galéjade.

Notre indicatif radio me plaisait bien : « Ventoux ». Du même nom que ce célèbre sommet vauclusien. Il me rappelait ma région et ses artistes : Cézanne, Mistral, Pagnol... Avignon !

Les semaines passaient. Les vols, les combats, les attaques au sol, étaient notre quotidien. Les conditions météorologiques inhabituelles pour nous, métropolitains, ainsi que les incidents techniques qui survenaient sur ces machines usées, nous fatiguaient considérablement.

Lors d'une permission, nous nous rendîmes à Haiphong. Jean-Marie de Lourvainville nous avait invités, un soir, dans un petit restaurant vietnamien de la périphérie nord-ouest de la ville. Nous parvînmes dans la grande ville en empruntant l'habituel autobus militaire. Jean-Marie nous attendait à la gare routière en compagnie de son amie Hélène.

De père français et de mère vietnamienne, Hélène bénéficiait de ce croisement ethnique qui donnait une grande beauté aux enfants issus de cette union charnelle. C'est à pied que nous traversâmes l'avenue du Tonkin et des rues aux noms évoquant le calme, la tranquillité ; rue du Bonheur, rue de la Pureté... ! Paradoxalement, elles étaient très animées et colorées.

Le restaurant *La Fleur de Lotus* se situait dans la rue du Soleil Levant. Cette artère commerçante était arborée de grandes allées de jacarandas dont l'efflorescence bleue caressait la chevelure émeraude des palmiers. Piétons et pousse-pousse se côtoyaient allégrement dans cette voie grouillante. Militaires, civils, Européens et Asiatiques déambulaient ou commerçaient dans ces boutiques bien achalandées. Quelques maisons huppées, de style colonial, trônaient outrageusement dans cet univers sympathique. Les propriétaires du lieu, les Hohan, étaient un couple de quadragénaires sympathiques. Ils étaient les parents de deux enfants : une fille de vingt ans et un garçon de douze ans. Cette jolie fille se prénommait Maï. Son visage délicat et ses petits yeux noirs en amande étaient ensoleillés par un sourire délicieux. Ses longs cheveux lisses, aile de corbeau, descendaient dans le creux de ses reins. Elle avait l'apparence d'une madone. Quant au garçonnet, baptisé Quanq, il semblait très vif, avec son regard malicieux et son air débrouillard qui me rappelaient l'espièglerie de mon enfance.

Jean-Marie nous présenta à ces commerçants, dont l'accueil timide et mesuré nous surprit. Chez les Européens, la présentation était plus avenante, plus enjouée, ce qui n'était pas pour autant plus amical et moins dénué d'intérêt ! Ils étaient revêtus du « oué cuan », le pantalon traditionnel et de la tunique longue, le « ao-daï ».

Le restaurant était agencé avec un mobilier en rotin. Des estampes murales, minutieusement crayonnées, relevaient les draperies de soie. Quelques couples européens et vietnamiens dont les tenues vestimentaires nous laissaient supposer une classe sociale élevée, occupaient les tables voisines. Ils nous examinèrent discrètement. Nos tenues blanches juraient sur les couleurs ardentes des tentures. La nappe, joliment dressée sur les tables, dénotait un goût certain pour la perfection décorative. Tissée d'un blanc écru, l'étoffe délicate recélait en son centre une effigie brodée. Elle représentait un village baigné par une rivière où figurait, en arrière-plan, un volcan enneigé s'éveillant dans une brume légère.

Jean-Marie se proposa de concevoir notre menu. Le repas comportait un « tom saobrocoli », un canard laqué accompagné de beignets de « xôi » salés, le tout arrosé de thé à la menthe fraîche et au citron vert. Ce repas, nouveau pour nous, nous donna l'occasion d'approcher de manière culinaire cette lointaine colonie que nous venions sauvegarder. Notre hôte était intarissable sur ce pays qu'il adorait. Muets d'admiration, nous l'écoutions dans son long monologue fort instructif, passionné et agrémenté d'une touche anecdotique.

- Entre la France et l'Indochine, c'est une longue histoire d'amour. Des joies, des peines, des conflits la jalonnent. Les premiers Français qui découvrirent l'Indochine, furent des missionnaires jésuites.

« Très souvent, comme dans d'autres continents, la religion a été précurseur des grandes aventures. Ici, vers les XVIIe et XVIIIe siècles, les premiers catholiques vietnamiens ont été persécutés. La France se décida au milieu du XIXe à intervenir militairement. Après la parole de Dieu, c'était le fracas des armes qui retentissait dans cette région reculée !

« Mais savez-vous que ce n'est qu'en 1885 que l'Union indochinoise fut créée sous Protectorat français ? La France importa ses connaissances techniques, culturelles, intellectuelles et administratives, durant la première moitié de ce siècle. Un contingent de fonctionnaires, d'enseignants, de médecins, d'industriels et, bien sûr, de religieux, entreprirent de développer cette union indochinoise, qui s'avérera comme la perle de l'Empire colonial français ! »

Après une gorgée de thé, il poursuivit.

- L'industrie du teck, de l'hévéa et du minerai, ainsi que la riziculture s'intensifièrent rapidement. Cordiaux, pondérés, bienveillants et d'une sagesse peu usitée en Occident, les Indochinois sont extraordinaires pour qui sait les écouter, les comprendre. Vous l'avez compris, j'affectionne considérablement ce pays que je tente de mieux cerner de jour en jour, en dépit de la guerre.

« Tout le monde ici pensait que la proclamation d'indépendance, en 48, allait calmer les ambitions et les rivalités des uns et des autres. Il n'en fut rien ! Pire ! D'avoir écarté Hô Chi Minh a revigoré le volcan assoupi. Erreur politique ? Divagation qui nous coûtera peut-être cher ? L'avenir, hélas, nous le dira !... »

Pour le dessert, Hélène nous proposa de choisir des « banh xeo », délectables crêpes fourrées. Celles-ci nous furent apportées par le sympathique gamin. Timidement, il me demanda quelle était cette médaille qui ornait la droite de ma poitrine.

- Ce n'est pas une médaille, c'est le macaron des pilotes.

Il semblait émerveillé par ces deux ailes dorées qui recouvraient une ancre de marine.

- Vous pilotez des gros avions ?

- Non ! Nous sommes des pilotes de chasse. Nos avions sont des *Hellcat* de la Marine.

- Mais... les marins n'ont que des bateaux ! Pas des avions ! répondit Quanq, désappointé.

Je lui expliquai que, lorsque les combats étaient trop éloignés pour les avions classiques, on faisait appel aux porte-avions pour diminuer les trajets aériens. Comprenait-il cette logique ? Je n'en étais pas certain.

Qu'importait ! À son âge, lorsque les *biplans* du Palyvestre, à Hyères, nous survolaient, nous ignorions tout des arcanes du combat aérien.

Quelques instants avant le départ, nous nous laissâmes tenter par un alcool de riz maison, prescrit comme un digestif incomparable par Jean-Marie. D'abord sucré, le liquide se répandit, brûlant, sur mes papilles, je toussai. Mes pommettes s'empourprèrent et mes yeux larmoyèrent ! Devant ma surprise, mes amis éclatèrent de rire, les voisins observaient discrètement.

- Ici, on ne boit pas que du thé ! Un peu d'alcool ne fait pas de mal ! ironisa Jean-Marie.

Tardivement, nous quittâmes ce lieu en remerciant les hôteliers pour leur accueil bienveillant et pour le repas qu'ils nous avaient préparé.

Courbés en deux, mains jointes, ils n'en finissaient plus de nous saluer. Ici, pas de poignée de main en guise de satisfaction et d'au revoir.

Dans la rue, nous saluâmes Hélène et Jean-Marie. André et moi, nous prîmes la direction de notre hôtel. Le ciel était tapissé d'étoiles plus scintillantes les unes que les autres. Ce soir-là, l'averse nous avait délaissés, pour notre plus grande satisfaction.

Le lendemain, la reprise des missions nous réinjecta dans la dure réalité de la guerre et nous fit oublier ce moment de détente. Nos opérations nous entraînèrent du delta jusqu'au Laos.

En novembre et décembre 52, la flottille intervint à Na San. La bataille, violente, face à un ennemi déterminé, fanatisé, était le reflet terrifiant de cette guerre d'indépendance pour les Vietnamiens, du maintien des libertés dans cette région pour nous.

Un après-midi de février 53, au retour d'une attaque à Ta-Ka, sur la rivière Noire, Yannick Kerboulec se retrouva en difficulté, à l'approche de la piste. Rupture d'une durite d'huile ! Le liquide visqueux et brun tapissa son cockpit. Plus de visibilité possible vers l'avant, un peu seulement latéralement aux travers des marbrures noires. Moustique passait en dernier virage.

- Commandant ! Je ne vois plus rien ! Le moteur chauffe ! Je vais au tapis ! annonça Yannick, d'une voix dans laquelle perçait une angoisse certaine.

- Moustique ! Je m'aligne parallèlement sur ta droite, comme pour me poser. Suis ma descente, je te guide jusqu'à l'arrondi. Concentre-toi ! lui indiqua André, son suivant immédiat dans la phase d'atterrissage.

J'observais attentivement la manœuvre délicate de mes deux camarades. Yannick suivit parfaitement l'angle de descente d'André.

- Plus de moteur, je continue en plané !

- Tu es bon pour arrondir, tu as franchi les peignes. Je remets les gaz ! prévint André.

L'atterrissage du *Hellcat* fut impeccable. Nous étions tous soulagés. Yannick plus encore. La tension nerveuse montait d'un cran à chaque fois qu'un pareil incident survenait. Elle accentuait d'autant plus la fatigue physique engendrée par les nombreux et pénibles vols que nous opérions journellement.

À Noël, nous avions reçu beaucoup de courrier ainsi que des cadeaux. André accueillit avec l'enthousiasme des amoureux, les lettres de ma sœur. Après les nouvelles concernant la famille et les amis, mon père, m'apprenait l'état d'esprit des Français envers cette Guerre d'Indochine :

« Le pays est divisé. Guerre absolument nécessaire pour le maintien de la paix, de la liberté et des intérêts français, pour la frange républicaine et conservatrice ; guerre coloniale, honte à la France qui occulte le droit à l'indépendance des Vietnamiens pour les radicaux et les plus extrémistes…

« Comment une partie des Français ne comprenait-elle pas que, derrière cet espoir d'indépendance, s'insinuait, latente, rampante, l'ambition de deux grandes puissances. L'URSS et la Chine, pour assouvir leur pouvoir démagogique, amenaient ce peuple vers une dictature prolétarienne. Elle ne pourrait être que néfaste au développement économique, culturel et humain de cette région. »

Mon père me racontait, dans sa lettre, qu'un matin chez Marius Chambon, une harpie avait agressé verbalement ma mère et Henriette, pourtant très affables et très tolérantes.

- Ah, cette guerre d'Indochine ! Cette guerre de fascistes ! Nous devrions avoir honte, en France, d'assassiner ces pauvres gens qui ne demandent qu'un peu de pain et de liberté !

Ma mère, gentiment, essaya de lui expliquer que le pain et la liberté ne manquaient pas, au Vietnam.

- Oh ! vous, la mère du mercenaire colonial, taisez-vous ! Vous êtes comme les collabos pendant la guerre ! Votre fils devrait déserter ! N'a-t-il rien dans le cœur pour continuer à tuer des femmes et des enfants dans les villes et les villages ?

Ma mère, placide :

- Madame, mon fils est un militaire respectable ! Il ne combat que d'autres soldats. Ce n'est pas le monstre que vous décrivez. Et puis, que connaissez-vous de l'Indochine ? Que savez-vous de ce qui se passe là-bas ? Seulement ce que vos amis beaux parleurs en racontent… avec une fibre mensongère des plus développées !

Stupéfaite et vexée par la réponse cinglante, ferme et calme de ma mère, la mégère quitta rapidement la boutique sous les sourires narquois des autres clients !

La Fête du Têt, le Nouvel An au Vietnam, battait son plein en cette fin janvier. Nous bénéficiions d'une permission de week-end avec André. Nous décidâmes de la passer à Hanoi. Par le train, nous rejoignîmes la grande capitale du Nord. Pour l'occasion, nous avions invité Yannick. En dépit de la différence de grade, nous avions sympathisé avec ce Breton, discret et souriant.

Au sortir de la gare, nous fûmes éblouis par la féerie multicolore dont s'étaient parées les rues. Cette journée durant, nous découvrîmes la ville. Le marché aux fleurs, le petit lac avec son pagodon et le cercle nautique, ces rues aux noms surprenants : rue de la Soie, rue du Papier…

Dans les avenues de Hanoi, des cortèges folkloriques, représentant des dragons monstrueux que joutaient des chevaliers orientaux et bigarrés, traînaient au son de la musique coutumière des tambours et autres instruments. Nous croisions des autochtones, bien sûr, mais aussi beaucoup de militaires français de toutes les armes. L'ambiance était festive et tellement pittoresque !

En dévisageant cette foule insouciante et égayée, j'avais l'impression que la guerre était lointaine, absente des préoccupations de cette grande cité. Réjouis, nous prîmes part aux solennités. Un peu de joie et d'oubli nous éloignaient de notre quotidien.

Le soir, nous nous laissâmes emporter par cette atmosphère euphorique. Inconsciemment, la promenade nous conduisit dans la rue de l'Oiseau de Nuit. Une artère proche de l'avenue de Hue qui regroupait bars, salles de jeux et autres voisinages plus ou moins lubriques. Ces lieux étaient offerts aux convoitises des militaires et plus particulièrement à leurs poches : leurs soldes !

La vie nocturne, dans ce quartier, ressemblait à celle de tous les lieux de plaisirs dans les grands ports ou dans les grandes capitales du monde. Nous passions devant des bars d'où s'échappaient fumées, cris, rires et musiques de circonstance.

Nous arrivâmes à l'entrée d'un établissement plus spacieux, dont la porte et les vitres ouvertes nous laissèrent deviner des plaisirs plus affinés. Sur une enseigne lumineuse clignotante, aux lettres dorées sur fond mauve, l'appellation de la boutique nous apparut : *La Maison aux Chansons*. Nous pouffâmes de concert devant ce nom charmant, fleurant l'innocence et inspirant calme et douceur, dont ce refuge de débauche avait été affublé. Par la porte grande ouverte sur la rue, des rires féminins faisaient écho aux paroles aigres-douces frôlant la grossièreté, des hommes. Des odeurs de parfums vulgaires, mélangées aux effluves écœurantes de cigares et tabacs blonds, nous agressèrent. Du brouhaha ambiant, une voix forte, à l'accent provençal, nous stupéfia ! Une voix qui évoquait en nous des souvenirs de métropole. Ébahi, je fixais André. D'un regard interrogateur, il semblait me questionner. Ces paroles, cet accent, ce timbre vocal nous remémorait quelqu'un ! Qui ? Puis… Mais oui ! Ce ne pouvait être que lui ! Pierre-Jean Chambon !

Nous pénétrâmes dans ce bouge. Là, quelle ne fut pas notre surprise de reconnaître notre ami, attablé au milieu d'un aréopage de fêtards et de charmantes filles, très sommairement vêtues ! Le géant roux semblait mener le bal. Arrivés près de la table, nous créâmes la surprise au sein de cette assemblée animée et criarde. Pierre-Jean nous tournait le dos. Les bavardages cessèrent subitement. Nous étions la cible de tous les regards.

Trois marins en tenue blanche, dont deux officiers, au milieu d'une majorité d'hommes du rang de l'Armée de Terre, laissèrent pantoise la petite équipe.

Le *Rouquin*, surpris par le brusque silence, se retourna. Une belle Annamite, au sourire béat, peu vêtue, trônait sur ses genoux. Ses yeux maquillés outrageusement nous fixèrent. Lui resta assis là, sans réaction aucune, le temps d'un furtif instant.

Brusquement, il repoussa sans ménagement la fille qui ne s'y attendait pas, et se retrouva à même le sol ! Il se leva brutalement et nous sauta dessus, à la grande surprise de l'assemblée ! Le temps était suspendu, les paroles et les gestes en attente de…

- Jean ! André ! Ça alors ! Ce n'est pas possible ! Que faites-vous ici ?

Il nous étreignit férocement sous le coup de la joie, du bonheur de ces retrouvailles, si loin de Carqueiranne ! Les larmes inondèrent son regard. Pendant ce laps de temps qui n'excéda pas quelques secondes, ce n'était plus un adulte. C'était l'enfant, l'adolescent sensible et jaseur, qui nous embrassait. Alentour, les conversations reprirent. Yannick fut stupéfait par sa réaction.

J'étais littéralement écrasé par Pierre-Jean !

Avec mon mètre quatre-vingts et mes soixante-quinze kilos, je semblais fluet dans ses bras de bûcheron ! David dans les bras de Goliath !

Faisant suite aux congratulations, nous fûmes conviés à prendre place au sein de cette joyeuse réunion. Aussitôt, les explications se concrétisèrent.

- Mes amis et moi faisons partie de la 22e brigade de chasseurs parachutistes. Je suis arrivé en août 50, avant la débâcle de Cao Bang, à laquelle j'ai participé, d'ailleurs.

Sur le haut de ses bras, brillait un galon en V inversé de sergent.

- Nous bénéficions d'une perme de huit jours. Nous arrivons de Seno, au Laos. Ce bouge est notre quartier général. La taulière est de chez nous ! Avant la guerre de 40, elle habitait rue du Canon, à Toulon. Quelquefois, on cause un peu du pays, ça nous remonte le moral et, à elle, ça lui rappelle des souvenirs ! Mais parlez-moi de vous... Qu'est-ce que vous êtes venus foutre dans ce merdier ?

- Après les États-Unis, quelques mois à Hyères et sur porte-avions, nous avons rejoint Haiphong. Nous sommes affectés à Cat Bi, dans l'Aéronavale, à la 18 F, sur *Hellcat*. Nous n'avions que peu de nouvelles de toi. Nous savions par la famille que tu étais en Indo... mais où ? dis-je.

Sur un signe de l'hédoniste rouquin, la patronne, une quadragénaire brune, bien en chair et avec de beaux restes, apporta une bouteille.

- Après cinq années sans se revoir, ça mérite bien le champagne ! clama Pierre-Jean.

- C'est moi qui régale, annonça d'un fort accent provençal, l'aimable patronne. Ce n'est pas tous les jours que des *payïs* viennent chez Louisette ! Et puis, ils sont-y pas mignons ces minots dans leurs uniformes blancs ! Ah ! si j'avais vingt ans de moins... je vous sauterais dessus, matelots !

Grand éclat de rire collectif. Choquant nos verres, nous trinquâmes tapageusement à Toulon, à Carqueiranne, à la Provence et... à la fin de la guerre.

- Hé Pierrot ! Tu nous avais pas dit que tu connaissais des huiles, s'exclama un caporal trapu, originaire du Sud-Ouest.

- Oh ! P'tit Louis, n'insulte pas mes amis ! Tout le monde ne peut pas suivre le bon chemin ! Tant pis pour eux, ils ont choisi d'être officiers, dit-il en riant bruyamment. De toute manière, au combat, dans la souffrance et la détresse, on est tous logés à la même enseigne. La perme terminée, on part sauter sur Na San. Par là-bas, les Viets font des misères à nos camarades. Ces foutus Chinetoques sont comme les fourmis ! Ils creusent sans relâche des tunnels et ils transportent leurs pièces d'artillerie à dos d'homme. Et quand on croit qu'on a gagné, ils remettent ça ! Incroyable ! Il en sort de tous les côtés ! À Seno, un soir, ils nous ont attaqués. Durant des heures, ils sortaient de la jungle comme d'une fourmilière ! Ils se traînaient sous le poids de leurs armes lourdes, démontées, qu'ils remontaient à même le combat, sans faillir à la tâche, sous la pluie de nos obus ! Ahurissant ! Ces types sont réellement fanatisés !

La soirée s'écoula jovialement mais trop rapidement. La nuit était passablement entamée et il fallait rentrer avant le couvre-feu. Nous saluâmes les camarades de Pierre-Jean et ces accortes demoiselles, bienveillantes pour le moral des troupes.

Le *Rouquin* nous raccompagna jusqu'à notre logis, dans la rue de la Soie. Son bataillon, lui, était hébergé à la caserne de la concession.

Le lendemain midi, nous déjeunâmes en sa compagnie, dans une guinguette typique, près du petit lac. Il arriva dans sa tenue vert kaki. Sa chevelure flamboyante, en brosse, retenait le béret rouge des commandos parachutistes. Sur son passage, les jeunes filles souriaient face à un tel mélange de couleurs !

Le repas se déroula dans une sérénité qui nous changea de la longue soirée de la veille. Nous parlâmes de nos parents, de nos amis, nous évoquâmes nos souvenirs d'enfance, moments attendrissants après une longue séparation. Nous quittâmes avec regrets Pierre-Jean sur le trottoir de la gare d'Hanoi, en fin de journée. Il avait tenu, et nous l'en remerciâmes, à nous escorter jusqu'au train. Embrassades, tapes dans le dos et promesses de prochaines retrouvailles, ponctuèrent notre départ.

Malheureusement, nos missions respectives ne nous permettront de revoir notre ami qu'une seule fois, le 3 mars 1954, veille de son nouveau départ pour Diên Biên Phu.

Lors de nos quelques moments de liberté, André et moi, nous avions pris pour habitude de prendre nos repas à Haiphong, chez nos amis les Hohan. Une amitié réciproque s'était développée au fil des semaines avec cette agréable famille de restaurateurs. Dans ces moments-là, nous dialoguions de la France, de nos familles, de notre région… mais aussi de l'avenir de l'Indochine.

Le jeune Quanq, avec la curiosité de ses douze ans, était fortement passionné par notre pays, notre histoire, mais aussi par ses différentes régions. La fréquence de nos passages avait déclenché une véritable empathie entre nous deux. C'était avec enthousiasme que je répondais à toutes ses questions. Calmement, il disséquait et analysait chacune de mes réponses.

Maï, son aînée, était plus lointaine. Timidité ou réserve, éducation exigeait, face à des hommes, de surcroît militaires français dont la présence sur leur territoire n'était pas pour satisfaire toute la population.

À chaque fois que la conjoncture m'était offerte, je la contemplais discrètement. Depuis quelque temps je m'interrogeais : étais-je séduit par cette jeune jouvencelle gracile, à l'exquis regard éblouissant ? Peut-être…

De leur côté, les Hohan aspiraient à ce que les Français demeurassent encore en Indochine. Au fil de nos discussions, ils avouèrent qu'en dépit de leurs origines thaïes, leurs ascendants avaient épousé la foi catholique. Ainsi, au fil des générations, ils avaient été élevés dans la culture française, tout en conservant certaines de leurs traditions. Depuis, ils perpétuaient cette éducation à leurs enfants. Quanq fréquentait l'école publique française. Maï, elle, avait terminé ses études au lycée catholique d'Hanoi. À présent, elle était employée comme secrétaire au comptoir franco-indochinois pour le commerce du bois, sur le port d'Haiphong. Son père ajouta que cette société était l'une des plus prospères du Tonkin et même de la Cochinchine ! Elle était dans la famille des de Saint-Elme-Sentenac depuis trois filiations. Actuellement le fils aîné, le vicomte Édouard, gérait les intérêts de l'entreprise, ici même.

Un soir, après le repas et le départ des derniers clients, alors que nous bavardions un moment avec nos amis :

- Jean, j'aimerais aller en France et y faire des études comme mon oncle Li Phuan, osa avouer Quanq en rosissant. Connaître Paris, voir la tour Eiffel et peut-être visiter ton village, voir ta

Méditerranée ! Tu en parles tellement bien et avec tant d'amour de ta belle Provence que j'en rêve parfois la nuit ! En riant, il ajouta : je me vois même pêcher sur tes rochers à Carqueiranne !

Hohan, le père, signala que Li Phuan avait fait ses études à la Sorbonne, en 1936, c'était son cadet. Depuis 1945 il était un farouche défenseur de l'indépendance.

Ces relations amicales occultaient temporairement nos préoccupations quotidiennes, nos angoisses, nos peines.

Depuis notre arrivée sur la base, nos raids intensifs avaient occasionné la perte cruelle de plusieurs de nos amis aviateurs, victimes d'incidents techniques ou abattus par l'ennemi. Ils laissèrent leurs jeunes vies dans cette jungle inhospitalière, loin de la métropole.

En ce matin de mars 1953, nous nous envolâmes pour une mission d'appui au sol, du côté de Na San, près de la rivière Noire. Une fois encore, la météo était déplorable. Le vent de sud, fort, escortait une pluie ininterrompue de plusieurs jours. Notre objectif était de dégager une colonne bloquée sur la route coloniale n° 6.

Huit *Hellcat* quittèrent le stationnement et gagnèrent le taxiway avant de pénétrer sur la piste d'envol. Nous étions en deux patrouilles de quatre. J'étais le chef de la seconde. Le commandant Francheschini, patron du vol, s'annonça :

- La tour de Ventoux rouge un, huit *Hellcat* au décollage pour le point Brutus.

- Ventoux rouge un, la piste Nord-Est en service, le vent du 110° pour 35 nœuds en rafale, visibilité six kilos maxi, beaucoup moins sous orages. Autorisé au décollage, rappelez en sortie de zone.

Le terrain en dessous, nous virions à gauche et nous regroupions en formation de vol, autour du leader. Les quelque deux cent cinquante kilomètres furent parcourus en une quarantaine de minutes. Ici, la pluie avait cessé. Cependant, une brume collée aux sommets s'épandait jusque dans les vallées. Un bref contact radio avec le patron des troupes au sol, l'objectif était fixé. Nous allions effectuer un passage par patrouille.

Les quatre premiers avions s'alignèrent. Avec mes trois ailiers je survolais l'objectif au-dessus de nos collègues qui débutaient l'attaque. Par endroits, la forêt était très dense. Le point de bombardement s'avérait être des positions de mitrailleuses et de mortiers ennemis, sur le flanc nord d'une colline. Ces positions surplombaient une piste à moitié inondée, sur laquelle un convoi franco-vietnamien était stoppé.

Plusieurs véhicules étaient en feu, des corps inertes jonchaient les abords des épaves. La première patrouille plongea sur l'ennemi. Sa riposte fut terrible. Le ciel était raturé par les balles traçantes.

Nom de nom ! Qu'est-ce qu'ils nous envoient ! Je n'ai jamais vu un pareil déchaînement d'armes automatiques !

La première noria largua ses bombes de deux cent cinquante kilos. Elles explosèrent au beau milieu d'un nid de mitrailleuses, en partie haute du piton. En fin de passage des quatre appareils, l'adversaire était partiellement annihilé. Les batteries de ce pan de colline étaient anéanties.

Satisfaits, le commandant et ses ailiers reprirent de l'altitude. Une seconde cible me fut définie.

- Ventoux bleu un à bleu deux, trois et quatre, mission à onze heures du premier point. Pièces de mitrailleuses en cime, au centre des arbres.

Les Vietminh avaient pris position sur une crête où la végétation était relativement clairsemée, ce qui leur procurait une vision parfaite des mouvements qui se faisaient en contrebas. Je m'alignai, suivi de mes coéquipiers et je descendis rapidement vers les nids de mortiers. Le pouce sur le bouton de largage des bombes. La pluie refit son apparition. Heureusement, la clarté restait satisfaisante. Soudain, des chocs firent vibrer mon avion ! Les rebelles m'arrosaient avec leurs armes automatiques. J'étais un peu bas !

Nos mitrailleuses entrèrent dans la danse et crachèrent le feu. Par le cockpit, je distinguais les hommes tombés au sol. Notre « strafing »* décima nos adversaires. Ils couraient dans tous les sens, tombaient les uns après les autres, mais ils étaient si nombreux ! De nouveau des balles sifflèrent autour de moi. L'objectif fixé, j'appuyai sur la commande des bombes. Je remis les gaz et je recouvrai de la hauteur. Palonnier et manche à droite, je basculai mon taxi. À travers la verrière, j'examinai l'impact de nos largages. Il ne restait rien des deux premières positions armées. Tout en tournant et en poursuivant la montée, j'admirai la précision d'exécution de mes ailiers. En fin d'attaque, les deux emplacements étaient balayés, inexistants. Bien !

Les flammes et les déflagrations anéantirent définitivement les points hauts de l'opposant. Nos camarades au sol en profitèrent pour monter à l'assaut des derniers groupes de rebelles et pour recueillir et soigner les blessés.

Pour nous, la tâche était terminée et positive en tous points. Soudain, alors que nous nous regroupions :

- Ventoux bleu un, de rouge un, panne moteur ! Je vais devoir sauter. Ça sent le cramé et ça fume de partout ! Mon moulin tourne sur trois pattes ! Peut-être une balle lors de la remontée…

De ma position, je vis le *Hellcat* du patron s'élever pour rechercher une meilleure position avant de sauter et dénicher un lieu propice pour son parachutage. Une clairière surgit à quelques distances, non loin du fleuve Rouge. Par seulement quelques hectares, elle pouvait permettre au commandant une arrivée au sol, sans trop de dégâts. Sauter en parachute et se poser dans la jungle était toujours très hypothétique.

Dans l'instant même, j'alertai Na San, le camp le plus proche et disposant d'un hélicoptère. Dans une quinzaine de minutes, ce dernier arriverait sur zone.

---

* Terme usuel en aviation de combat : mitraillage par les avions

- Commandant ! Vous avez une clairière à deux heures. L'hélico est en route. Tenez bon !

- Merci, Larrieux. Le taxi n'en peut plus. Ramenez tout le monde au bercail.

Alors que le pilote s'apprêtait à abandonner son oiseau en feu, une mitraillade soudaine cingla nos avions.

- Dégagez ! Dégagez ! On nous prend pour cible ! criai-je.

Les collines au nord de la trouée regorgeaient de Viets ! L'angoisse m'étreignit, le commandant risquait probablement de ne pas pouvoir s'en tirer !

- Commandant ! Ça tire de tous les côtés en bas ! On va tenter de faire diversion et couvrir votre saut. Ventoux bleu un à tous ! En formation d'attaque. Il faut protéger le patron. On va les occuper !

- Larrieux ! Nom de nom ! Je vous l'interdis ! Ne vous occupez pas de moi ! Ramenez la flottille à Haiphong, c'est un ordre !

- Non, commandant ! Je regrette ! Je ne peux pas vous obéir ! Jamais je ne laisserai l'un de nous vivant entre leurs sales pattes ! Vous savez comme ils traitent les nôtres ?

- Larrieux, obéissez ! C'est un ordre ! Ne prenez pas de risques inutiles. Un seul au tapis ça suffit ! cria désespérément notre chef.

De son *Hellcat* en feu, le commandant Francheschini s'extrayait avec difficulté et parvenait à sauter. Quelques secondes à peine et son parachute se déploya.

- Jean ! Obéissons et rentrons. L'hélico est en vue et va le récupérer.

- Non, André ! Tu le sais parfaitement, sans notre protection, il n'a aucune chance de s'en sortir. Il faut à tout prix empêcher que l'hélico soit pris sous le feu de la mitraille pendant l'opération de secours. Sinon, il ne se posera pas ! Imagine-toi le calvaire du patron si les Viets l'attrapent. Non ! Nous ne pouvons pas le laisser. André, nous allons tirer sur ces salauds ! Allez les gars, vous avez entendu… foncez le plus bas possible et nettoyez tout ce que vous pouvez. Nous devons distraire ces messieurs pour que la libellule récupère le commandant.

- Ventoux de Libellule à trois minutes, nous avons vue sur vous, mais ça canarde dur de tous les côtés ! Le sauvetage ne va pas être une partie de plaisir ! Merci les gars pour le cadeau empoisonné !

- Mais si, Libellule ! C'est toujours une joie de rencontrer des autochtones particulièrement accueillants ! ironisai-je à la radio. Dépêchez-vous ! On va jouer quelque temps, mais je ne pense pas que vous disposiez de plus de cinq à six minutes ! Ça fourmille de toutes parts !

À la suite, les sept avions plongèrent, mitrailleuses en action, crachant leurs jets meurtriers en direction de la jungle qui abritait les Viets. La corolle blanche s'étala au sol. Le parachute décroché, le pilote partit en courant se mettre à couvert sous l'abondante végétation.

L'hélicoptère effectua sa descente en direction de l'espace dégagé, à l'opposé des tirs nourris. Le naufragé courait en zigzaguant dans les hautes herbes. Il s'efforçait de rejoindre cette machine, ce grand oiseau gris foncé, symbole de survie.

Un temps apaisé, voilà que la pluie redoublait, accompagnée d'un vent soutenu. Ce mauvais temps, associé aux mitraillages, gênait considérablement l'équipage. Poser le *HSS* dans ces conditions n'allait pas être du gâteau. Au même instant, de leur côté, les sept chasseurs prenaient des risques énormes pour protéger les sauveteurs.

- Jean ! Tu es trop bas ! Tu vas te faire descendre ! Remonte !

- Non ! Il faut les amuser pour qu'ils ne puissent pas tirer sur eux ! Pas question de laisser le commandant !

- Hé, lieutenant ! J'en ai pris plein l'empennage ! cria Kerboulec.

- Moi également, Moustique ! Mais ça va aller, on continue.

Au sol, Dominique Francheschini, repéré par l'ennemi essuyait les rafales de fusils et de pistolets-mitrailleurs ! Il se coucha dans la verdure. La peur s'insinua en lui. Cependant, il n'était pas résigné pour autant. Rejoindre cette seule planche de salut... s'en sortir était sa seule priorité. S'en sortir !

Il reprit sa course à nouveau, zigzagua, replongea encore et encore. Plus qu'une trentaine de mètres. Le salut était à portée de main. La liberté, possible au sein de ce déluge de balles, était trop proche pour refuser de s'en saisir.

En surplomb, à quelques mètres du sol, par la porte ouverte, le convoyeur, par de grands gestes, lui intimait de se relever, de reprendre sa course et d'accélérer. Instantanément prise pour cible, la machine devait impérativement déguerpir.

- Ventoux de Libellule, on ne peut pas rester ! Je décolle, ils nous tirent comme des canards ! cria le pilote d'une voix saccadée dans laquelle sa peur était palpable.

- Patientez ! Il n'est qu'à quelques pas de vous. Vous ne pouvez pas le laisser tomber maintenant. Je vous en prie, attendez-le ! Vous allez vous en tirer, vous allez le sauver, priai-je avec force.

Mon pilotage était moins précis. La tension nerveuse, la fatigue et le doute sur l'issue de cette opération s'installèrent profondément en moi. Vite ! Absolument me concentrer à nouveau. Éviter l'erreur. À ras des arbres, sous la mitraille, l'hésitation ne pardonnait pas. Heureusement, en dessous, tout se joua en quelques secondes.

« Sept, cinq, trois mètres ! J'y suis ! » pensa avec espoir le commandant. Soudain l'espérance sembla fuir lorsqu'il vit bouger et se lever lentement l'hélico. Il constata en ce furtif instant que son moyen de sauvetage était encadré par des tirs nourris de plus en plus précis. À gorge déployée il cria encore et encore. Mais le rotor faisait trop de bruit !

- Hé les copains ! Ne me laissez pas ici ! Pas si près du but ! Je vous en supplie, ne me laissez pas ! hurla-t-il, terrorisé.

Dans un sursaut de profond désespoir, au bord de la suffocation, il se jeta en avant. Il sentit une main tendue le saisir fermement et l'arracher prestement du sol. La puissance du geste salvateur le projeta sur le convoyeur, pendant que l'hélicoptère s'élevait et s'éloignait. Il était en sécurité dans le ventre gris foncé qui le ramenait sur une base amie. Abasourdi, abattu, vidé malgré le bonheur qui le réjouissait, l'absorbait doucement et l'engloutissait.

Le commandant Francheschini ânonnait entre quelques larmes qui se répandaient sur son visage marqué :

- Merci ! Merci les gars ! Je n'y croyais plus !

- Ventoux de Libellule, votre collègue est rentré au nid ! Il va bien. Nous rentrons sur Na San, indiqua le sauveteur d'une voix déchargée.

- Merci les gars ! C'est du bon boulot ! Nous plions également. De Ventoux bleu un à tous : on rentre. Ouf ! Pas fâchés d'en finir.

Sous nos ailes, défilaient la jungle, des rizières, des hameaux isolés, inondés. Une fois de plus, la pluie jouait à cache-cache. Elle ne cessait de nous perturber dans nos attaques et finissait par miner le moral.

Tout en poursuivant mon vol, je me surpris à rêver quelques minutes... au mistral ! Oui à ce seigneur incontesté du Midi de la France, à ce chasseur de nuées, acteur principal de l'ensoleillement méditerranéen.

J'informais la base de l'accident du commandant, mais les rassurais aussitôt en évoquant son sauvetage par l'hélico de Na San. Un rapide coup d'œil sur la jauge de carburant. Soulagé, je remarquais que nous avions assez de pétrole pour le retour. Il faut dire que, durant ces périlleuses minutes d'offensive, je ne m'étais pas trop intéressé à notre consommation.

Heureusement, de ce côté-là, il n'y avait eu aucun souci.

En fin de matinée, nous nous posâmes à Cat Bi. En parvenant au parking, mes yeux se portèrent vers une grande silhouette noire, entourée d'une dizaine d'autres, près du hangar Marine. Il nous attendait !

Abandonnant mon aéronef aux mains des mécanos, sous l'averse, je traversais en courant. Sanglé dans son imperméable, la casquette sur la tête, le commandant Saint-Albin de Thionville m'interpella :

- Que s'est-il passé, Larrieux ? Et Francheschini, qu'en est-il ?

- Mes respects, commandant ! Il a été récupéré par les aviateurs de Na San avec leur hélico. Il nous rejoindra demain.

Assurément, à travers sa question, j'avais ressenti l'appréhension du patron pour l'un de ses hommes. Mais à la pâleur de son visage et à une certaine détresse dans ses yeux, je découvrais un sentiment beaucoup plus profond, plus intime entre ces deux hommes. Entre le chef et celui qu'il considérait comme son frère cadet. Celui, avec qui il avait traversé les combats, les frustrations et les peines de la Seconde Guerre mondiale.

- Larrieux ! Ménard ! Je vous attends tous les deux dans mon bureau dans trente minutes ! nous ordonna obligeamment le Pacha.

- À vos ordres, commandant !

Sous les jets bienvenus de la douche, j'évacuais ma nervosité. La fatigue physique et psychologique fuyait. Je réfléchissais sur l'amitié qui liait ces deux hommes pourtant si dissemblables. L'un était issu d'une famille aristocratique d'Auvergne, la France profonde, et l'autre était le descendant d'une famille de pêcheurs de Propriano, en Corse. Sans la débâcle de 40 et la guerre, se seraient-ils connus un jour, et appréciés ? Ce destin étrange les aurait-il réunis ? Cette réflexion m'incita à la rêverie. Plus particulièrement à l'affection commune entre André et moi. N'était-elle pas comparable à la leur ? André était le garçon que je considérais, depuis Avignon, comme mon frère, mon jumeau. Instantanément, les souvenirs émergèrent de ma pensée : Avignon... Carqueiranne... notre enfance... l'école... les vacances... les pêches en mer... nos amicales compétitions au lycée... à Navale, comme aux cours de pilotage... Spontanément, tout refit surface. Ces longues soirées de guerre où, couchés parfois dans le même lit, dans la pénombre, nous échangions nos idées, nos remarques, nos angoisses d'adolescents. Les moments de bonheur étaient là, aussi, comme sur le

Marie-Pierre en compagnie d'Adrien Marel, lorsque nous remontions le filet contenant la pêche du jour. Nos amourettes, nos bêtises et les galéjades du grand *Rouquin*. Toutes ces facéties illuminèrent cet instant.

Un bref moment d'allégresse après la grisaille des dernières semaines au cours desquelles trois de nos partenaires n'étaient pas rentrés. Ils venaient de laisser leur vie quelque part là-bas, pour protéger ce bout de territoire français, très loin de la métropole. Une pensée pour Pierre-Jean qui était, lui aussi, quelque part au combat, dans cette jungle humide, inhospitalière qui ne profitait qu'aux autochtones.

Tout cela... pourquoi ? Parce qu'une puissance mondiale voulait s'en arroger l'autorité par peuples interposés, en brandissant l'utopique oriflamme d'une liberté... bien incertaine !

Un *C 47* de l'Armée de l'Air ramena le commandant Francheschini, le lendemain après-midi.

André et sa patrouille venaient de se poser. Ils avaient lutté contre une incursion dans le sud d'Hanoi. Pour ma part, j'avais terminé la mienne une heure auparavant. Le Pacha fut immédiatement informé de l'arrivée de son ami.

Aujourd'hui, pour une fois, l'ondée s'était absentée et le vent avait faibli, comme pour bien accueillir le miraculé et lui rendre hommage. Près du hangar, toute la flottille était présente. Le bimoteur s'immobilisa, les moteurs stoppèrent. Au même moment, la porte arrière s'ouvrit, le commandant apparut. Il avait revêtu une tenue bleue que lui avait prêtée un aviateur. À la vue de ses hommes, il sourit en descendant l'échelle. À son arrivée, les anciens, pilotes et mécaniciens, le congratulèrent. Ces marques d'attachement durèrent plusieurs minutes. Nous, les plus jeunes, nous étions davantage réservés. Nous étions simplement heureux. Pouvions-nous décemment aller le congratuler, respectueux comme nous l'étions de la hiérarchie et de la différence d'âge qui nous séparait ? Devant notre hésitation, c'est lui qui fit le pas et s'avança. Face à André et à moi, il nous attrapa par les épaules.

- Merci à tous ! Surtout à vous, Larrieux. Sans votre désobéissance et votre ténacité, je ne serais pas ici ! nous remercia-t-il encore, les larmes aux coins des yeux.

Ce chaleureux accueil clos, les deux commandants, après un face-à-face qui en disait long sur leur amitié et une franche poignée de mains, se dirigèrent vers le bureau du Pacha.

Les explications du patron de la 18 terminées, le Pacha prit la parole :

- Je suis ravi que tu t'en sois sorti, Dominique ! Malgré les ordres, tes petits ont été brillants, me semble-t-il !

- Sans eux, l'hélico n'aurait pas pu me secourir ! C'est à Larrieux que je dois rendre grâce. S'il n'avait pas enfreint mes ordres et endossé une lourde responsabilité, j'étais cuit ! Une fois encore, l'histoire m'est témoin : lors des décisions difficiles, l'objectivité et l'abnégation l'emportent véritablement sur la discipline !

- Larrieux et Ménard me paraissent brillants ! Toi qui voles avec eux, qui vis leur quotidien, qu'en penses-tu ?

- Assurément ! Ils sont complémentaires. Larrieux est plus intrépide, plus intuitif et c'est certainement le meilleur pilote de la flottille ! Ménard, lui, incarne la discipline, la rigueur, c'est l'officier par excellence. Méthodique, il anticipe tout. Très respectueux du règlement, il évalue les risques avant de prendre sa décision. Larrieux a une note d'idéalisme et une sensibilité certaine. J'espère que cet idéalisme ne le défavorisera pas dans sa carrière. Sincèrement, François, je suis certain qu'ils seront les officiers supérieurs incontestables dont l'aéronavale aura besoin demain.

- Bien ! Merci. Je pense comme toi. Je t'annonce que leur nomination comme lieutenants de vaisseau est arrivée par le courrier de l'État-major. Nous leur annoncerons la bonne nouvelle tout à l'heure, lors du pot, offert au mess des sous-offs pour ton retour.

La pluie et le vent du sud s'installaient progressivement. Avec eux, la chaleur, les mouches et les moustiques. Le jour de l'Ascension, le delta fut pris sous une tempête. Nous étions cloués au sol. Mains dans les poches, je flânais dans le hangar des *Hellcat*. Les hurlements du vent, la pluie qui cinglait les structures métalliques et les nuages sombres me rendaient mélancolique. Un peu plus loin, les mécaniciens s'affairaient sur un moteur d'avion encore en panne. Je m'arrêtais pour bavarder. Le chef mécano, le maître principal Albert Huchard, un Brestois solide d'une bonne quarantaine d'années, m'apostropha :

- Oh, capitaine ! Ça n'a pas l'air d'aller fort ! C'est un chagrin d'amour ?

- Pas du tout ! C'est plutôt le mal du pays ! La Méditerranée et le soleil me manquent. Le mistral, aussi. On en aurait bien besoin, ici !

L'eau à profusion, quel contraste avec la Provence et ses sécheresses ! Là-bas, chez nous, à l'approche des étés caniculaires, lorsque les dernières nuées d'avril avaient définitivement abandonné le ciel, l'angoisse revenait tourmenter les Provençaux. Les agriculteurs croisaient les doigts. Mais quelquefois, le fléau perdurait. Les automnes peu humides et le froid glacial de certains hivers aggravaient la situation délicate de l'été. En souriant me revint à l'esprit cette sécheresse des années quarante.

Cet été 40 connut le début d'une grande sécheresse. La pluie s'était peu manifestée durant l'hiver et le printemps. Les températures étaient caniculaires en ce mois d'août. Les habituels orages du quinze, nous avaient oubliés. À leur place, un violent mistral s'imposa trois jours durant. Les réserves en eau s'amenuisaient et l'arrosage était restreint !

Les agriculteurs s'inquiétaient et s'interrogeaient. Tous les matins, Léon, préoccupé, scrutait à la fois le ciel et le fond de son puits. Ses paroles n'étaient guère encourageantes.

- Louise ! *Couquin de sort ! N'a pu d'aigo pèr arrosa !** C'est pas demain qu'il va se remplir !

Tant bien que mal, l'automne survint avec des ondées orageuses, mais peu significatives. L'hiver qui s'ensuivit fut froid et sec. L'année 41 fut ponctuée par l'accentuation de la sécheresse et la diminution des denrées de première nécessité. Nous apprenions à nous débrouiller tant bien que mal.

À la fin juin, le puits principal de Léon éprouva ses premières faiblesses ! Dans le voisinage, il n'était pas le seul. Pourtant, sa profondeur atteignait les douze mètres. Mais, il ne se remplissait plus ! Les nappes phréatiques étaient épuisées ! Le déficit pluviométrique était exceptionnel.

Antoine, le puisatier, consulté par Léon, était sceptique.

- Hum Léon ! Forer un puits c'est risqué et toujours problématique, tu le sais. En plus, ici, le fond est rocailleux. Et sans explosif, le creusement se révélera très délicat voire impossible !

Malicieusement, Toine, en se grattant le haut du crâne sous sa casquette, susurra à son ami.

- Oh, Léon ! Pourquoi t'essaies pas de voir du côté des Italiens ? Ils en ont, eux, de la dynamite ! Au fait, tu connais le père Honoré, tu sais, celui à côté du Canebas ? Hé bè, il en a eu, lui, pour son puits !

- *Creisès** ! Ils accepteraient encore d'en donner ? On est ennemis, tout de même !

- Bè ! Léon Giordano, c'est pas italien, ça ? Et puis, leur lieutenant semble un bon bougre ! S'il le faut, vous pourrez même parler du pays !

Quelle ne fut pas notre surprise, un matin, de découvrir un camion militaire stationné près de la maison ! Quatre soldats discutaient avec Léon, Toine, Charles et Robert. Des cordages étaient descendus de la guimbarde du puisatier, et d'autres suspendus dans le trou.

---

* Coquin de sort ! Plus beaucoup d'eau pour arroser !

* Tu crois ?

Curieux, nous nous avançâmes vers le petit groupe. Ce fut avec véhémence, que nous fûmes invités à nous éloigner. Après maints travaux pénibles et délicats, sans parler du danger encouru par le dynamitage, l'eau tant attendue fut aperçue trois jours plus tard.

- *Veici l'aigo** ! Léon !

- *Sian sauva** ! Toine !

Le travail terminé, l'événement fut fêté comme il se devait et l'arrosage reprit son cours.

Réticent envers l'armée fasciste de Mussolini, Léon offrit tout de même en guise de remerciements, une dame-jeanne de son vin, plusieurs cageots de légumes et de nombreux melons aux militaires.

Ce soir-là, autour de la table, le sourire réapparut. L'ambiance s'en ressentit et Robert de chambrer l'oncle :

- Léon, vois-tu, en fait, ils ne sont pas si mauvais que ça, les soldats de Mussolini !

- Oh toi, ne remue pas le couteau dans la plaie ! Eux sont des hommes comme toi et moi, mais pas ce Mussolini !...

Un bruit de moteur d'avion au dehors, nous fit regarder la piste. Un *C 119* américain se posa avec beaucoup de difficulté.

- Hé ! Les Amerloques n'ont pas peur de voler, par ce temps de cochon ! Ils nous ramènent des pièces de rechange pour nos coucous. Parce que si ça continue, capitaine, vous prendrez des cerfs-volants pour aller combattre ! Le matériel manque cruellement. Il est temps que le vieux en prenne conscience !

- J'en suis conscient, patron. Le commandant presse pourtant l'état-major de nous ravitailler rapidement. Malheureusement les ronds-de-cuir de la métropole semblent nous avoir oubliés !

---

* Voici l'eau !

* Nous sommes sauvés !

L'avion-cargo US, en provenance de Corée, s'arrêta sur le parking, à proximité de deux bombardiers *Privateer*. De leur côté, en Corée, les USA affrontaient eux aussi la vague rouge du Nationalisme. Ce volcan, qui sommeillait depuis des décennies, s'était brusquement réveillé dans cette partie du monde. Cette explosion militaro-humaine dont le détonateur avait été l'invasion japonaise, avait eu comme catalyseur la vision démagogique de quelques leaders politiques qui prônaient l'avènement d'un monde meilleur dans lequel il n'y aurait plus de pauvres !

Au loin, dans un coin du hangar, au milieu du bruit et de l'agitation, le poste radio du personnel, posé à même le sol, diffusait les chansons de Radio-Tonkin à Hanoi. De sa voie charmante, Jean Sablon entamait :

«... Je voudrais revoir Syracuse... »

Et la douce musique qui mariait des paroles nostalgiques :

«... Avant que ma jeunesse s'use
Et que mes printemps soient partis
J'aimerais tant voir Syracuse
Pour m'en souvenir à Paris ! »

Syracuse ! Le petit port pittoresque de Sicile. La grande bleue ! Le soleil ! Les goélands planant sur les chalutiers, en attendant de chaparder quelques poissons sautillant sur le pont des navires.

L'Ascension, à la Grande Bastide, était synonyme de baignades, de réunion familiale et de joyeuses agapes. Nous quittions le port des Salettes sur le *Marie-Pierre* avant le lever du soleil. Sous la houlette du vieil Adrien, nous relevions filets et paniers. À l'intérieur, les poissons et les crustacés frétillaient. Ils constituaient souvent la bouillabaisse du midi !...

Je fus tiré de mon songe par le commandant Francheschini qui m'annonça une mission pour le lendemain, si toutefois le temps devenait plus clément...

- Jean, le Groupement Aérien Tactique nous demande des photos du secteur de Monçay. Des infiltrations importantes de

Vietminh et de Chinois ont été signalées. L'un des appareils sera équipé pour prendre les photos. Les cinq autres assureront sa protection. C'est vous le patron.

- Commandant, j'emmènerai Ménard, Kerboulec, Léandri et les deux nouveaux enseignes.

- Pas de problème. C'est vous qui choisissez. Décollage à huit heures ! Passez voir de Lourvainville, il vous donnera tous les renseignements.

Un temps mitigé avec un soleil naissant sous les nuages résiduels, annonçait cette aube de mai.

Nous décollâmes à l'heure dite, cap au nord-est. Nous survolâmes la mer.

Sous nos ailes défila la magnifique baie d'Along, avec ses milliers d'îles. C'était extraordinaire !

En avoisinant la ville frontalière, le ciel s'éclaircit. Monçay apparut avec son Pont international, métallique et caractéristique. Le début de la zone à clicher commençait ici et s'étendait vers l'ouest, le long de la frontière sino-tonkinoise.

André, à qui revenait la tâche artistique, vira à l'ouest à 3 000 pieds d'altitude. Légèrement en arrière et au-dessus, nous le surveillions.

- Ventoux bleu un à tous ! Ouvrez l'œil ! Nous sommes proches des Chinois et je n'aime pas trop ça !

La jungle et quelques plateaux arides étaient survolés, ainsi que des hameaux de huttes et de cabanes en bois, isolés. Des silhouettes en mouvement semblaient vaquer à leurs occupations coutumières. Nous nous dirigions vers Lang Son, encore lointaine.

La radio était silencieuse. Seul le bruit du moteur hantait l'habitacle. Soudain, un souffle secoua mon *Hellcat*, deux ombres furtives traversèrent ma vision !

- Nom de nom ! Des hostiles à midi ! Dégagez ! Dégagez !

La formation éclata. André plongea au ras du sol. Au même instant, deux éclats lumineux scintillèrent dans le soleil. Je les aperçus. C'était deux chasseurs à réaction à ailes en flèche qui évoluaient pour revenir vers nous. Les appareils trapus, à grandes dérives, accélérèrent et passèrent au-dessus de nous à grande vitesse. Leurs ailes argentées étaient frappées d'une étoile rouge.

- Alerte ! Des *Mig 15* chinois ! Ils cherchent à nous impressionner et surtout à nous rappeler que nous sommes trop proches de leur frontière !

- Capitaine ! On les attaque ! Nous sommes à six contre deux ! s'exclama l'enseigne de Monségur, un des nouveaux.

- Max, je ne pense pas que tu les rattrapes et que tu fasses le poids avec ton zinc à hélice face à ces monstres modernes à réaction ! Et puis, voudrais-tu déclencher un conflit de plus, en abattant un avion chinois dans son espace aérien ? déclamai-je, ironique. Pour l'instant, le Tonkin et la Cochinchine nous suffisent amplement ! André ! Où en es-tu de tes reproductions ?

- Je pense que c'est bon ! Je crois avoir fait le maxi !

- Ok, on rentre ! Ventoux bleu un à tous, on regagne la maison.

Durant le retour, je réfléchissais à ces Chinois qui nous avaient surpris. Ils étaient arrivés par-derrière, le soleil dans le dos. Mais ce n'était pas une excuse. Nous avions été couverts comme de simples élèves pilotes, des bleus. Je fulminais ! S'ils avaient voulu nous abattre, c'eût été comme au champ de tir ! Nous étions des cibles parfaites avec le drame qui se serait ensuivi ! Malgré mes consignes nous n'avions pas été assez attentifs. Je m'en voulais de cette erreur, surtout lorsque toute la vigilance semblait requise.

Postérieurement à la mission, lors de mon rapport auprès de Dominique Francheschini, je lui fis part de mes doutes et de mon courroux.

- Voyez-vous, Jean, en aviation, c'est comme en toutes circonstances, vous pensez avoir préparé précisément votre opération et analysé toutes les possibilités. Vous avez envisagé les complications que vous pourriez déceler. Vous êtes optimiste, et puis, le petit grain de sable survient au moment où vous ne vous y attendez pas ! Fatalité ? Baisse de la vigilance ? Ceux qui en sont revenus l'expliquent difficilement. Ces coïncidences sont nos compagnes de route. Aujourd'hui, vous avez, vous et vos ailiers, été épargnés par les ailes de la destinée ! Savourez à sa juste valeur ce clin d'œil de la providence !

Fin juin, les rebelles effectuèrent un raid contre les dépôts pétroliers d'Haiphong. Une partie des stocks fut détruite. Les installations de pompages mises temporairement hors d'usage. À plusieurs reprises, la route d'Hanoi avait été endommagée par nos antagonistes.

Les semaines défilaient. La guerre, toujours intense, gagnait toute la presqu'île indochinoise. Les troupes vietminh étendaient leur toile d'araignée du Tonkin au Mékong. Les assauts des divisions du général Giap s'amplifiaient aussi au Laos. Ce conflit traînait en longueur. Aucune solution en vue…

À plusieurs reprises, l'espoir d'une victoire proche nous avait stimulés, soulagés. Mais c'était sans compter sur la vindicte de l'ennemi qui ne lâchait pas prise. Mieux ! Au lieu du découragement consécutif à ses revers, c'était l'effervescence, le sursaut d'orgueil qui l'animait.

C'était en rendant visite aux Hohan que nous essayions d'oublier nos pensées déconcertantes. Ce jour-là, en pénétrant dans l'accueillant restaurant en compagnie d'André, nous découvrîmes un personnage inconnu, bavardant avec nos hôtes. En nous voyant, Quanq arriva en courant et se jeta sur moi en criant :

- Papa ! Maman ! C'est Jean et André !

La joie rayonnait chez le bambin. Dans le doux regard et le sourire discret de Maï, je relevais, avec un pincement au cœur, un certain plaisir à me revoir.

Le père Hohan nous présenta à son frère Li Phuan. Mince, comme presque tous les Asiatiques, mais d'assez grande taille, il avait un visage glabre entouré de cheveux de jais, mi-longs et souples. De fines lunettes dorées cerclaient ses yeux sombres, d'où pointait un trouble indéfinissable. Nous apprîmes qu'il travaillait comme sa nièce, au comptoir indochinois du bois.

L'homme, sans être particulièrement sympathique, n'était pas pour autant désagréable. La Sorbonne l'avait accueilli comme élève en 1936. Cultivé, il gardait le souvenir d'une France de progrès social, de liberté d'expression, et... de fort jolies Parisiennes ! disait-il en riant.

Très subtil, un peu trop à mon goût, il essaya de découvrir le fond de notre pensée en matière politique. Élégamment, nous éludâmes ce genre de question. Nous détournâmes la discussion sur la géographie française, la beauté de ses provinces, les richesses culturelles de ses colonies et plus particulièrement celles de l'Indochine.

- L'insouciance et la culture philosophique de votre peuple sont remarquables, dis-je.

- Quelquefois, la désinvolture est aussi une forme de laxisme Il est temps de nous réveiller ! Nous sommes exploités, mal payés ! Les entreprises françaises s'enrichissent sur notre dos avec la complicité de Vietnamiens corrompus. Seule l'indépendance, avec la gestion de notre pays par nos dirigeants, pourra offrir le progrès social indispensable à notre peuple.

Nous avions face à nous un farouche artisan de la décolonisation et du départ de la France, de cette région. Lentement la discussion dévia vers l'actualité brûlante.

- Le peuple vietnamien n'a pas voulu la guerre ! C'est votre gouvernement qui l'a poussé à prendre les armes ! Vos politiciens sont arrogants envers nous. Ils dirigent leurs colonies sans se soucier de ses habitants ! C'est une gestion aristocratique et impérialiste ! délivra Li Phuan dans son emportement, avec des frissons dans la voix.

Respectueux des hôtes qui nous recevaient, retenus par notre éducation et par notre éthique d'officiers de marine et, malgré une indignation durement contenue, nous ne répondîmes pas à cette provocation propagandiste dispensée gratuitement. Face à l'attitude équivoque de son frère, Hohan intervint vertement.

- Li ! Il suffit ! Tu es sous mon toit ! Ces militaires français sont mes amis et mes invités !

- Certaines amitiés génèrent quelquefois des désagréments, surtout en temps de guerre ! clama, véhément et menaçant, l'inconvenant personnage.

Je devins blême. André, anticipant une réaction spontanée et vive, me retint fermement. Le mufle quitta rapidement le restaurant, non sans menacer encore.

- Hohan, prends garde ! L'indépendance n'est pas loin ! Les collaborateurs des Français devront s'expliquer devant les tribunaux du peuple !

Hohan se confondit en un chapelet d'excuses, consterné par l'attitude irrévérencieuse de son frère.

Touché dans mon amour-propre et en me contenant, j'essayai de réconforter notre ami.

- Ne vous inquiétez pas. Il a agi sous le coup d'une passion démesurée. Il est victime du bourrage de crâne de tous ces fanatiques, issus des écoles staliniennes. En France, pendant la guerre, nous avons également connu d'infâmes individus, livrés à la propagande nazie. Ils s'autoproclamaient défenseurs uniques des valeurs françaises ! L'avenir a démontré la perversité de leurs idéaux. Nul doute qu'ici, l'histoire aussi ne retiendra que les nobles valeurs françaises de « Liberté, d'Égalité et de Fraternité ».

Plusieurs fois, durant ces longs mois en Indochine, je rendis visite à cette famille sympathique. De temps à autre, j'invitais Maï à promener dans cette grande ville qu'elle me faisait découvrir. Quanq nous accompagnait parfois au cinéma. Entre nous, une affection commune croissait, il me considérait comme un grand frère.

Le 28 juillet, nous apprenions la fin des hostilités en Corée. L'Armistice avait été signé la veille entre les belligérants. Cette nouvelle distilla joie et inquiétude. Joie pour le peuple coréen et pour tous les combattants survivants qui allaient retrouver leurs familles. Inquiétude, parce que les protagonistes de Corée et plus particulièrement les Chinois, allaient intensifier leurs soutiens militaire et logistique envers nos ennemis.

Les éléments vietminh présents au Laos attendirent la fin de la saison des pluies pour reprendre leur offensive sur la capitale Luang Prabang.

En juillet, une vaste opération à Lang Son avait permis la destruction de plusieurs milliers de tonnes de matériel de guerre.

La côte d'Annam devint à son tour le théâtre de violents combats, dans lesquels toutes les armes furent impliquées.

En août, le camp retranché de Na San, si durement acquis en décembre 52, fut évacué. Durant deux jours, des centaines de rotations d'avions furent nécessaires pour assurer et protéger le départ des hommes et du matériel.

En octobre, l'assaut des rebelles se déplaça dans le delta. Des contre-offensives, comme l'opération *Mouette*, avaient annihilé l'avancée des troupes de Giap. L'intensification des combats et des infiltrations ennemies, tant redoutées depuis l'Armistice de Corée, s'annonçait irréfutablement. Cependant, dans le Nord-Ouest, afin de préserver le Laos, l'état-major décida d'occuper Diên Biên Phu. Dans le même temps, des agents des services secrets furent infiltrés dans les hauts plateaux, afin d'évaluer le nombre et la composition des forces adverses dans ce secteur.

La saison humide prenait fin. Le mois de novembre s'éveillait avec un soleil que l'on pouvait qualifier de généreux, dans cette partie de l'Extrême-Orient. Le 11, une messe souvenir fut célébrée pour l'anniversaire de l'Armistice de la Guerre de 1914-18. Elle rassembla aviateurs, soldats et marins dans l'un des hangars, prévu à cet effet.

Quelques jours plus tard, branle-bas de combat au lever du soleil ! La 18 était réunie dans la salle des vols. Le Pacha était présent en compagnie de deux officiers de l'Armée de Terre, un colonel et un commandant.

- Repos, messieurs ! L'état-major a besoin de nous. Une mission d'une extrême importance pour le grand commandement ! Je passe la parole au colonel Franquin des Services de Renseignements, expliqua le commandant Saint-Albin de Thionville.

- Messieurs ! Un commando de dix hommes des Forces spéciales est bloqué sur le fleuve Rouge, à une vingtaine de kilomètres de Lao Kay. Ils sont dans un hameau de pêcheurs appelé Nang. Ils sont encerclés par les rebelles. Trois de nos agents, porteurs de renseignements cruciaux pour notre stratégie militaire dans ce secteur, sont parmi ces hommes. Tous les moyens aériens sont engagés ou cloués au sol. Vous êtes les seuls disponibles ! Nous avons récupéré un *HSS Sikorski* de l'Armée de l'Air qui décollera de Gia Lam à votre demande. Pendant que vous vous occuperez des Viets, l'hélico récupérera notre commando. Mon adjoint va vous indiquer tous les détails. Merci, messieurs, et bonne chance !

Les consignes délivrées en détail, les deux officiers des services de renseignements nous quittèrent et regagnèrent Hanoi.

- Ils en ont de bonnes, ces foutus tordus des services secrets ! Au lieu de les occuper, les Viets, j'ai plutôt l'impression que c'est de nous qu'ils vont s'occuper ! s'exclama Dominique Francheschini.

- Dominique, ce n'est pas la première fois que les barbouzes réclament notre aide. Même si cette mission ne m'enchante pas plus que toi, c'est notre travail. À les en croire, ces informations sont capitales. De plus, si leurs valeurs peuvent hâter la fin de ce conflit, raison de plus pour venir en aide à ces messieurs et mettre le paquet pour les en sortir.

Sous la direction du commandant Francheschini, huit *Hellcat* décollèrent dans la brume matinale. Ils transitèrent par le nord d'Hanoi et rattrapèrent le *HSS* parti avant, compte tenu de sa vitesse inférieure.

- Kilo Delta de Ventoux rouge un ! Salut, les gars. Le cap au 270. On va vous préparer le terrain.

Pour l'occasion, Quatre avions étaient munis de napalm. Les autres, de bombes de deux cent cinquante kilos.

À l'ouest de Vietri, Soutay et Hung Hoa apparurent baignées par les eaux tumultueuses du fleuve Rouge. La rivière Noire terminait ici sa longue course effrénée dans les courants boueux du grand cours d'eau. Survolant la ligne de chemin de fer Lao Kay-Hanoi, nos appareils s'éloignèrent en direction des montagnes.

Nang regroupait quelques cabanes en bois, aux toits de chaume, blotties sous une végétation dense et sempervirente. Le fleuve, à cet endroit, épousait une courbe large qui offrait sur son flanc gauche une lagune prolongée par une petite plage. Le petit hameau débouchait sur cette minuscule bande de sable où semblaient dormir quelques sampans. De hautes falaises érodées soulignaient cette grande faille tourbillonnaire et bruyante. Les flots, dans la grande anse, étaient d'un calme tout relatif. L'eau, vaseuse et frémissante, caressait la grève. Des corolles de fumée, des explosions et des tirs déchiraient le paysage fantomatique et calme des lieux. Ils étaient concentrés au-dessus des cabanes.

Nos adversaires, vraisemblablement en nombre relativement restreint, tout au plus une centaine de combattants mais fortement armés, avaient bloqué le groupe de nos forces spéciales dans cette souricière. Le fleuve Rouge, déversant ses vagues boueuses et torrentueuses, se manifestait par son infranchissable barrière. Piégés, nos camarades n'avaient aucune chance sans notre intervention.

Pas de signes de vie aux abords des frêles habitations. Les familles apeurées, actrices bien malgré elles et victimes d'un conflit qui les dépassait, les dérangeait et les détruisait, avaient abandonné leurs biens pour s'échapper et se cacher dans ces feuillus quasi impénétrables.

Malgré cela, le commando n'était pas visible. Ces hommes étaient-ils tous morts ? Si c'était le cas, pourquoi encore ces tirs, ces explosions de grenades ? Soudain, une silhouette furtive, courbée, émergea de l'abri végétal au bord de l'eau. Elle nous appela par de grands gestes.

Le commandant lança l'attaque et dicta ses instructions au pilote du *HSS*. Des bombes à fragmentations furent larguées au premier passage. Les arbres et les haies de bambous étaient hachés. Les tirs étaient maintenant dirigés vers nous. Malgré la destruction de pans entiers de la végétation, les rebelles n'étaient pas visibles. L'éclatement des bombes leur avait certainement porté des coups très durs.

Les quatre avions suivants plongèrent sur l'objectif avec leur charge de napalm. Par le largage des bombes incendiaires au-dessus et tout autour du village, ce fut l'embrasement général !

Les tirs cessèrent, un calme incertain enveloppa la forêt. L'ennemi était-il décimé ? Nous l'espérions. L'importante barrière végétale, même sérieusement endommagée, couvrait néanmoins, tel un immense bouclier, une fraction de nos adversaires.

Après une brève accalmie, les tirs reprirent. Certes moins nombreux et moins précis, ils provenaient d'un autre secteur... Les survivants vietminh s'étaient déplacés pour essayer de juguler, malgré tout, notre initiative.

Nous balayâmes de nos mitrailleuses ce nouvel objectif. Nous devenions rapidement la cible des salves ennemies. Telle la grêle, les balles cinglèrent nos avions. Privés maintenant de mortiers et de mitrailleuses lourdes, mais toujours munis de fusils d'assaut, les belligérants restants se scindèrent en deux groupes. L'un continua à nous occuper afin que l'autre atteigne la fin du couvert végétal et abatte l'hélicoptère. Ce dernier, au ras des flots, approchait rapidement de la bande sablonneuse.

Huit hommes se tenaient au bord de l'eau, prêts à embarquer dès le poser du grand criquet verdâtre.

Nous avions saisi la stratégie des assaillants. Aussitôt nous les attaquions sur leurs deux positions. Sur le haut de la crique et en bas dans le couvert végétal qu'arrosait le long ruban argenté d'une mince cascade éblouissante, ruisselant de l'immense falaise. Au sol, sous un déluge de feu, l'hélicoptère, vibrant sous la puissance de son moteur et de ses pales, absorba les huit rescapés. Son sauvetage réalisé, l'appareil s'éleva légèrement et plongea aussitôt entre les falaises à quelques mètres à peine au-dessus de l'écume endiablée.

- Ventoux de Kilo Delta, terminé pour nous. Nous redescendons sur Hanoi. Huit survivants, dont quatre blessés, mais les trois Viets des services secrets sont sains et saufs.

- Ok, les aviateurs ! Bien joué, les gars. On dégage nous aussi. On a deux taxis qui ont dérouillé !

- De Ventoux rouge un à tous, annoncez vos dégâts, demanda le commandant Francheschini en remontant au-dessus de la forêt.

- Ventoux bleu quatre, j'ai la dérive en lamelles, le manche dur à manœuvrer, mais ça ira, commandant.

Une voix hésitante, sortit soudain de nos écouteurs :

- Ventoux... rouge deux !... suis... ché... paule...

Silence ! Qui a parlé ?

À nouveau, des paroles confuses.

- Moteur... chauf... certaine... ment... du plomb... mal... vais... sayer... rentr...

« Cette voix, me dis-je... André ! » Je frémis ! Subitement je tremblai ! La pâleur avait dû envahir mon visage. André ! Ce n'est pas possible. Pas lui ! Il ne peut pas mourir, à des milliers de kilomètres de chez nous ! De sa chère Provence ! De sa fiancée !

- André ! André ! Je t'en conjure, remonte et saute ! criai-je avec force et inquiétude.

- Mal... peux... pas... moulin tourne mal... pas... issan... Je... nue...

Le halètement caractéristique de la douleur accompagnait les paroles à peine audibles du pilote.

- André ! Tiens bon ! Tu vas y arriver !

Nous avions dépassé Phu-Tho. André tiendrait-il jusqu'à Gia Lam ?

- Com... dant... ois me poser... peux plus... suis... igué... mot... va lâch...

Dans mon cockpit, je blêmis. Je devais trouver un endroit correct pour qu'André puisse atterrir. Je balançai le *Hellcat* d'une aile sur l'autre. Je cherchai désespérément un espace suffisamment long et dégagé pour accueillir un avion en difficulté. Mes six équipiers firent de même. Brusquement un cri. C'était Moustique.

- André ! Là ! À dix heures ! À environ cinq kilomètres tu as une piste droite, assez longue, qui traverse une rizière. Tu la vois ?

Je tournai ma tête à gauche et, à travers le miroir opalescent de la brume légère, je découvris peu à peu la vallée dégagée. Une rizière longue de plusieurs kilomètres était traversée dans le sens de sa largeur par une piste boueuse, d'où brillaient de nombreuses flaques d'eau. Le vent était nul, la visibilité bonne.

- Ménard ! C'est votre chance ! encouragea Dominique Francheschini.

Je sortis de mon angoissant silence. À mon tour, j'exhortais André à se poser sur cette enclave.

De son côté, le pilote blessé avait compris qu'il ne pouvait aller plus loin.

La piste était orientée nord-sud. Le *Hellcat* vira à gauche, puis à droite, s'aligna et descendit vers le trait de terre partageant la plaine humide. Tournoyant au-dessus, nous observions avec anxiété l'atterrissage périlleux. Mais surtout, nous attendions l'arrivée du *HSS* que nous avions sollicité et qui s'était dérouté. Au sol, des silhouettes travaillaient, courbées au-dessus de l'eau. En se relevant, elles observèrent, indifférentes, l'avion bleu foncé, aux cocardes françaises, qui se dirigeait vers eux.

André était un très bon pilote mais, aujourd'hui, il était blessé ! Son avion laissa s'échapper une fumée de mauvais augure ! Il était à quelques mètres de la terre, il se posa.

Je regardais, à peine soulagé, les roues du *F6F* toucher le sol. L'avion roula de façon cahoteuse sur la bande de terre inondée. « Tout va bien », me dis-je.

Et, alors que tout semblait se dérouler parfaitement... l'avion quitta l'axe, vira à droite et bascula dans la rizière. Son aile droite s'arracha ! L'appareil glissa sur le flanc ! Le dérapage s'arrêta brusquement. Le chasseur se dressa sur son hélice et retomba sur le côté droit, entouré d'une épaisse fumée ! Les premières flammes apparurent ! Le pilote ne se dégageait pas ! Certainement inconscient, il était bloqué dans son habitacle !

En une poignée de secondes, tous nos souvenirs communs rejaillirent à nouveau...

Je me ressaisis.

Brutalement, instinctivement, ma décision fut prise.

- Commandant ! Je me pose. André est coincé ! Il va brûler dans son taxi ! Je ne peux pas le laisser là ! Je donnerais ma vie pour lui.

Je quittais la formation. Je plongeais en virant vers le chemin étroit qui devait s'avérer une planche de salut pour mon copain.

- Larrieux ! Tête de mule ! Vous n'y arriverez pas ! Ce terrain est détérioré, inondé ! Vous allez vous crasher comme lui ! Laissez faire l'hélico ! Il va être là d'une minute à l'autre, il n'est plus très loin.

- Non ! Je me pose ! Le taxi est en feu, maintenant ! S'il n'est pas sorti rapidement, André n'a aucune chance !

- Larrieux ! Soyez raisonnable ! Il est peut-être mort ! Ne soyez pas inconscient, trop téméraire... Si toutefois vous réussissiez, vous ne pourriez pas redécoller.

- Je ne me résoudrai jamais à le croire mort ! Je regrette, commandant, mais je me pose. Si je ne peux pas repartir, j'embarquerai dans le *HSS*, après avoir détruit mon zinc.

- Jean ! Ne prenez aucun risque ! Abandonnez votre machine et revenez avec l'hélicoptère ! Un pilote vivant vaut mieux qu'un héros, mort inutilement.

Fortement concentré, la main droite enserrant le manche, la gauche sur la commande des gaz, les pieds bien à plat sur les palonniers, j'effectuai les manœuvres nécessaires à l'atterrissage et je m'alignai sur le trait fin qui découpait l'immensité verdâtre. À présent, à une vitesse limite du décrochage, je m'efforçai à me poser très court. En dessous, les arbres défilaient, la piste approchait, les nappes d'eau étaient plus larges et plus nombreuses que je ne le visualisais d'en haut. Plus que quelques mètres. Arrondir, couper les gaz et rester concentré, malgré l'inquiétude qui m'absorbait et me glaçait.

Mes roues touchèrent le sol. L'avion rebondit. À nouveau, elles retouchèrent la terre détrempée. Le *Hellcat* roula, bondit sur les ornières dessinées par les pluies orageuses, vibra, sursauta, mais perdit de la vitesse et descendit vers l'arrière sur la roulette de queue.

Je transpirais. Mes bras et mes jambes me faisaient mal. La tension nerveuse était au summum. Je roulais jusqu'à hauteur de l'épave, distante d'une bonne cinquantaine de mètres de la piste. Moteur au ralenti, frein de parking serré, je me détachai, j'ouvris la verrière, et je sortis rapidement du berceau. Je posai un pied sur l'aile et je sautai dans la boue. Je courus et me jetai dans l'eau marécageuse de cette rizière. Par endroits, elle m'arrivait aux genoux ! Elle freinait et gênait ma course effrénée.

La carlingue agonisante brûlait ! Dans la fumée qui m'asphyxiait et la chaleur qui m'irritait, je grimpai sur l'épave. Ouf ! L'habitacle était ouvert. Dans un réflexe de survie, André l'avait vraisemblablement déverrouillé lors de son approche.

Il était là, inconscient. Tout son côté gauche, bras et jambes, était recouvert de sang sur la tenue de vol déchirée. Les flammes nous léchaient. Je n'arrivais pas à déboucler son harnais. Je m'acharnai.

- Non, ce n'est pas possible ! criai-je.

Je m'excitais sur la boucle. Je m'énervais ! La panique me gagnait-elle ? De son côté, le feu se développait très vite. La fumée m'agressait, m'étouffait ! Désespérément, je forçai sur le verrouillage. Les sangles se détachèrent enfin. Sauvé ? Non ! L'une résistait encore, elle ne se libérait pas. Il faisait bigrement chaud. Je respirais très mal, je me mis en apnée. Allais-je devoir abandonner ? Je n'en pouvais plus, mais ma rage chassait ma déception.

- André, non ! Je dois impérativement te sortir de là. Mon frère, je ne peux pas te laisser mourir ! Je suis impuissant, Dieu nous abandonnerait-il ?

Mon poignard ! Rageusement je le dégageai de son fourreau et je coupai l'attache récalcitrante. J'avais chaud et je fatiguais. Allais-je pouvoir sortir André du cockpit ? La chaleur et la fumée étaient intenables. Je ne devais surtout pas abandonner, pas maintenant.

« Seigneur, aide-moi ! Donne-moi la force de le sauver ! »

Difficilement, sans ménagement, je le soulevai. Plus léger que moi, je parvins à le dégager malgré tout, péniblement. Mais, dopé par l'instinct de survie et par une volonté frôlant la démence, je réussis à le soustraire à ce qui, probablement, allait devenir son cercueil. Sans délicatesse aucune, je le fis glisser dans la culture rizicole. Je m'écroulais à côté de lui. Malgré le danger je ne bougeais plus. Je pleurais, j'étais épuisé. Lentement — quelques secondes… quelques minutes… que sais-je ? — je me relevais enfin, furieux devant ma faiblesse.

Devant un groupe d'hommes et de femmes ébahis, dans leurs tenues hétéroclites, je le chargeais sur mon dos.

Durant mon sauvetage, ils s'étaient rapprochés doucement, méfiants, face à cette insolite situation. En les découvrant, ma surprise fut totale.

- Non pas ça, pas les Viets ! Rescapés d'une mort atroce, ce n'était pas pour finir prisonniers ! Je frissonnai, mais je ne me décourageais pas. Je fixai nerveusement les arrivants. Leur attitude, leurs mines, me désappointèrent. Peur instinctive de prime abord, et soulagement après, lorsque leurs sourires me parurent engageants sous leurs chapeaux de paille tressés, coniques. L'absence d'armes, surtout, me rassura. Étaient-ils compatissants devant notre détresse? Ils ne bougeaient pas. Était-ce une angoisse réactive, malgré leurs visages souriants?

Je ne perdis pas de temps à la réflexion. Je relevais mon ami, je le chargeais sur mes épaules en porter pompier et je quittais la proximité du foyer. Alourdi par la charge dorsale, embourbé souvent, je m'éloignai en direction de la piste. L'embrasement était maintenant total. L'essence et l'armement restants attisèrent le feu. Le *Hellcat* explosa dans un champignon rougeoyant aux reflets carminés et dorés. Ce fut un véritable miracle! À quelques minutes près, la dame à la faux nous entraînait de son voile sombre vers l'obscurité des temps et le silence éternel!

Le souffle de l'explosion nous avait projetés dans la boue qui recouvrait le chemin. André était toujours inconscient mais il respirait doucement, faiblement. Il ne réagissait à aucune de mes sollicitations. L'angoisse revint…

Heureusement, l'hélico était là. Il se posa derrière mon avion. Deux agents des forces spéciales sautèrent de la soute et vinrent m'aider à charger André. Immédiatement, le médecin embarqué qui composait l'équipage de premier secours, le prit en charge.

À mon tour, je regagnai mon appareil, mon valeureux coursier du ciel. J'évaluai approximativement la distance me séparant de la fin de piste, là où elle pénétrait sous la verdure. Trois cents, quatre cents mètres tout au plus. Qu'importait! André entre de bonnes mains, je devais, j'allais décoller!

En réalité, je n'avais jamais eu l'intention d'abandonner le taxi que l'on m'avait confié. Ma promesse au commandant n'était, en fait, qu'un alibi destiné à ne pas l'inquiéter plus encore!

J'étais assis, sanglé et bien calé dans mon habitacle. La tension était à présent retombée, j'étais calme, ma respiration avait repris sa cadence normale. Mon frère sauf, du moins je l'espérais, mon moral était au beau fixe. Soudain, une voix impérieuse venue du ciel, résonna dans mes oreilles :

- Larrieux! Tête de mule! Descendez de cet avion immédiatement et rejoignez l'hélico ! C'est un ordre ! Vous ne parviendrez jamais à redécoller ! C'est insensé !...

Le décollage qui m'attendait était hasardeux et je le savais ! Freins bloqués, je poussai les gaz à fond. L'appareil vibra de tous côtés ! D'un coup je lâchai les freins. Tel un cheval de course, il bondit, tressauta, prit de la vitesse, sa queue se souleva. Les arbres approchaient rapidement, la vitesse d'envol n'était toujours pas atteinte. Les flaques d'eau et les nids-de-poule me chahutaient. À présent, maintenir l'appareil dans l'axe tout en reprenant de la vitesse devint une affaire scabreuse. Mon front perlait. Mes mains étaient moites. Je discutai avec ma machine.

- Allez, mon vieux, décolle ! Fais encore un effort ! Oui, c'est bien, accélère !

Pourvu que le train tienne le coup. La distance décroissait, la forêt accourait. Propulsé par ses deux mille chevaux, l'avion bondit. Il trépida. La vitesse grandit, quatre-vingts mph*... quatre-vingt-dix, les roues quittèrent le chemin ramolli, le *Hellcat* se souleva lourdement. Vite, rentrer le train, ne pas monter trop vite pour gagner davantage de vitesse ! La barrière végétale était là, toute proche, maintenant il fallait monter. Je tirai doucement le manche vers moi, l'appareil se leva, les premiers arbres disparurent de ma vue.

- Je vais passer, je dois passer ! Allez, mon vieil ami, vas-y, emmène-nous, tu vas y arriver !

Lentement, le massif compact défila sous mes ailes.

- Ouf ! Je respire.

Dans mes oreilles, survinrent les félicitations des copains. Une voix, plus particulièrement, prit le dessus :

- Larrieux ! Décidément, vous n'en faites qu'à votre tête ! Enfin... bravo, Jean ! Bien joué ! Il n'y avait que vous pour réussir un coup pareil, s'exclama le commandant.-

À présent, je regagnai la formation qui avait tournoyé tout en me surveillant. Nous rentrions sur Haiphong. En dessous, l'hélico

---

* Miles par heure

reprenait l'air. Tous les blessés de cette opération furent convoyés vers l'hôpital Lanessan à Hanoi.

Nous atterrîmes à Cat Bi sous un soleil généreux. Une fois encore, le Pacha nous attendait avec de Lourvainville et le reste de la 18. La silhouette du patron était identifiable par sa haute taille qui se détachait du reste des hommes.

Brièvement, par la radio, Dominique Francheschini avait briefé la tour de contrôle du résultat de notre intervention et de l'accident d'André.

Parvenu au parking, moteur coupé, je restai quelques minutes dans le silence, en communion avec moi-même. Je me remémorai la mission qui venait de se dérouler. La récupération in extremis de ces hommes coincés dans ce hameau et le sauvetage miraculeux d'André, notre ami, mon copain, mon frère. Encore imprégné de ce qui venait de se passer, comme un somnambule, tel un boxeur groggy, je m'extirpai de mon avion et je retrouvai la terre ferme. Le vent faible mais frais me revigora.

En regardant mon appareil, je constatai que sa belle robe bleu nuit portait sous l'empennage et le bas de la cellule, les stigmates brun rougeâtre de mon action insensée ! Mon examen terminé, je m'avançai au milieu des autres pilotes en direction du hangar.

- Encore de la casse, Dominique ? Un miracle pour Ménard ! Malheureusement, un taxi en moins, constatait Saint-Albin de Thionville.

- Des embarras dans l'attaque, compte tenu de la position encastrée de l'objectif. Les Viets avaient acculé nos soldats en bordure du fleuve, en contrebas de hautes falaises qui nous ont passablement gênés. Il nous a fallu plonger dans la faille et virer en redressant pleins gaz, dans le sillage du fleuve. Ménard, ainsi que Lebris, a pris plus de plomb que nous. Finalement, ce pauvre André s'en sort bien, grâce à son ami Larrieux, une fois de plus !

Voici notre casse-cou de service ! Vous voilà une graine de héros, Larrieux ! Si vous poursuivez ainsi, vous allez finir la guerre, couvert de médailles ! Bravo ! Il fallait oser faire ce que vous avez accompli, Ménard vous doit la vie.

Un peu plus tard dans le bureau du capitaine de vaisseau :

- Ce qu'a réussi Larrieux, sur cette bande de terre étrécie, cahoteuse et détrempée, est absolument prodigieux. Personne, même moi, n'aurait pu opérer semblable prouesse ! Tu aurais dû voir son décollage sur cette piste !

- Dominique, ce gamin est prodigieux ! Il a le pilotage dans le sang ! Son caractère bien affirmé et son opiniâtre volonté de vaincre, en complément de sa finesse de pilotage, en font probablement le meilleur pilote de l'aéronavale. Je raillais, tout à l'heure, en le gratifiant de « graine de héros », mais il faut reconnaître que je n'étais pas très loin de la vérité !

Bientôt, il faudra nous remplacer François. Pour les vieux pilotes comme nous, l'heure de la retraite sonnera assez tôt. Demain, c'est assurément des Larrieux et des Ménard qui nous remplaceront à la tête des flottilles !

- Oui, incontestablement ! Ils ont la fougue et le courage qui nous animaient en 40, quand nous étions remplis d'espoir, pétris de qualités humaines, serviteurs zélés et aventureux de l'aviation de combat. Je vais immédiatement donner des ordres pour faire rapatrier Ménard sur l'hôpital Ciais, à Haiphong. Nous pourrons ainsi le visiter, surtout Larrieux, sans que cela soit une expédition comme pour se rendre à Hanoi.

Quelques jours plus tard, André fut reçu à Ciais dans le service du médecin capitaine Jocelyn de Frombellia.

Le diagnostic avait révélé une fracture ouverte de la clavicule gauche, une plaie superficielle au niveau de la cuisse et de nombreuses contusions sur l'ensemble du corps. Il avait été opéré à Hanoi.

Compte tenu de la relative gravité de ses blessures, je décidai de ne pas informer nos familles, afin de ne pas les inquiéter plus qu'elles ne l'étaient déjà. Pendant sa convalescence, André aurait tout le temps de coucher sur son courrier les péripéties de sa mésaventure.

En compagnie de Dominique Francheschini et de Jean-Marie de Lourvainville, je lui rendis visite. Le service en question se situait à l'intérieur d'un édifice datant du XIXe siècle, comportant plusieurs niveaux. Au milieu d'un splendide parc arboré, la blancheur de la bâtisse tranchait. Au rez-de-chaussée, dans l'immense hall embelli par des aquarelles, nous nous dirigeâmes vers l'accueil afin de nous renseigner. Nous devions nous rendre au premier étage. Depuis que nous étions entrés dans cet espace, les différentes odeurs de désinfectants et autres produits médicaux nous sautaient aux narines.

Le long couloir dans lequel nous cheminions était encombré de lits vides, de chariots médicaux et de linge. Au fur et à mesure de notre avancée, nous percevions des gémissements, des plaintes, parfois des cris. Le personnel à majorité féminin était souriant et attentionné au chevet des patients. Après avoir questionné une infirmière, les bras encombrés de dossiers, celle-ci nous indiqua le numéro de la chambre. Elle était tout au bout du couloir, dans le secteur réservé aux officiers.

Une grande fenêtre, qui s'ouvrait sur le parc, éclairait une chambre spacieuse, également occupée par trois autres blessés. Comme il était d'usage, les lits étaient disposés dans les angles de la pièce, procurant ainsi un semblant d'intimité à chacun mais facilitant aussi le déplacement du personnel dans l'accomplissement de ses diverses tâches.

En pénétrant dans la salle, nous entrevîmes André. Son lit était du côté de la fenêtre. Une jeune et sympathique infirmière terminait de lui prodiguer des soins. Certes, il était pâlot et affaibli, mais son sourire s'élargit à notre vue.

- Bonjour, messieurs, bonjour mademoiselle ! lancions-nous.

- Ah ! bonjour commandant, bonjour messieurs. Vous tombez bien ! Vous allez pouvoir remonter le moral de votre collègue ; il ne va pas fort, aujourd'hui. Mais ne le fatiguez pas trop, dit l'infirmière en se retournant vers nous.

Effectivement, en position demi-assise, les traits tirés, amaigri et pâle, André tentait d'afficher un air réjoui. Sa clavicule et son bras gauche, « douloureux » nous dit-il, étaient immobilisés en écharpe, de l'épaule jusqu'au poignet, ce qui l'empêchait de se mouvoir à sa guise. Il essaya de se redresser un peu pour nous saluer.

- Je suis content de vous voir.

- Satisfait de vous trouver en forme suite à votre crash. Je ne pensais pas vous revoir, je vous l'avoue ! Sans votre ami Jean et par son incroyable sauvetage, nous ne serions pas ici à bavarder et à vous souhaiter un prompt rétablissement de la part du grand patron et de nos collègues.

D'une voix affermie, André de répondre :

- Je sais, commandant ! On m'a informé. J'ai une dette éternelle envers lui. Je n'oublierai jamais que je te dois la vie. Pourrais-je, un jour payer ma dette ? ajouta-t-il les yeux embués, en me regardant.

- J'en suis certain. Mais n'en aurais-tu pas fait tout autant, à ma place ? Pour moi, comme pour n'importe lequel d'entre nous…

- Ça, c'est un véritable frère d'armes. Vous n'êtes pas le seul à lui devoir la vie, me semble-t-il, rétorqua Francheschini en souriant.

- Sans trop te fatiguer, raconte-nous ce qu'il s'est passé lors de ton atterrissage. Apparemment, tu t'étais bien posé ?

- Un peu vite !… J'étais dans les vapes. Je ne maîtrisais plus rien… de l'eau partout… des cahots… une vive douleur… le train droit s'est brisé dans une ornière et ensuite… je crois que vous savez la suite de l'histoire. Je m'en tire bien, une balle a touché mon épaule et fracturé la clavicule. Je devrais en récupérer l'usage et pouvoir reprendre le pilotage d'ici peu.

- Ah ! mon vieux, ne vous plaignez pas ! Vous êtes entouré de si belles demoiselles, agréables, et attentionnées. Elles vont vous remonter le moral, dit en riant, le commandant.

- À ta place, je ferais durer le plus longtemps possible ce repos forcé ! ajouta Jean-Marie, dans un grand éclat de rire, quand soudain…

La porte s'ouvrit avec vigueur et laissa place au médecin capitaine, entouré d'une pléiade de personnages vêtus de blanc.

- Bonjour, messieurs ! Bonjour, commandant !

- Bonjour, docteur, messieurs, mesdemoiselles ! clamions-nous en chœur, en nous reculant vers la fenêtre.

- Commandant, votre homme va bien à présent. Sa jeune et robuste constitution a facilité l'intervention chirurgicale. Il devrait pouvoir vous rejoindre d'ici deux à trois mois. Il pourra piloter à nouveau sans problème. Je fais confiance à mes infirmières, elles vont vous chouchouter ce jeune homme en un rien de temps ! N'est-ce pas, mesdemoiselles ? Son rétablissement, il le passera au cap Saint-Jacques, dans le Sud, dans la maison de convalescence de l'Armée, s'exprima-t-il, en se retournant vers les autres patients, sourire aux lèvres.

- Mais… docteur ! Je veux rester à Haiphong, moi ! Je ne veux absolument pas quitter mes amis ! Il n'est pas question que j'aille flemmarder dans votre centre de vacances. C'est la guerre ici !

- Capitaine ! Dans votre avion vous êtes bien le patron ? Ici, je crois savoir que c'est encore moi qui juge et décide ! Vous irez donc bronzer entre deux averses dans les bras de jolies autochtones. C'est un ordre et une prescription formelle ! Je me suis laissé dire que les sympathiques infirmières qui vous bichonneront sous les palmiers, ne sont pas si farouches que ça ! Voyons, capitaine ! Seriez-vous ingrat ?

La réaction d'André me réconforta. Il était sur le bon chemin de la guérison, son ton vif me le prouvait. Quelques minutes plus tard, nous le laissions et quittions l'hôpital.

Lors du retour, dans la jeep conduite par Jean-Marie, le commandant me fit part de ses soucis en me tutoyant ! Je fus à la fois surpris et gêné devant cette marque d'estime, de profonde amitié.

- Tu vois, Jean ! Nous ne sommes plus que neuf pilotes disponibles et nous ne disposons plus que de sept appareils. Les renforts et les six avions réclamés par le Pacha n'arrivent toujours pas. Je pense que nos gouvernants nous lâchent ! Cette guerre divise les Français et les politiques sont frileux ! Dès demain, tu t'occuperas, avec Huchard, de maintenir coûte que coûte les sept *Hellcat* en état de vol, confia-t-il dans un soupir.

Le temps passait lentement pour André qui était sur le chemin du rétablissement, mes fréquentes visites me rassurèrent. Il avait retrouvé toute sa force morale.

Noël approchait. C'était le second que nous allions passer loin de la métropole, loin des nôtres. Depuis l'accident, je visitais les Hohan, seul.

Ce jour-là, Maï était absente. Je me rendis compte soudain que cela me touchait un peu. Cette jolie jeune fille, étonnamment discrète, me séduisait-elle ? Parfois, et encore en cet instant, je m'interrogeais. Son absence me chagrinait-elle vraiment ? Mon vieux Jean, tomberais-tu amoureux ? Devrais-je affiner nos relations ? Si ces dernières devenaient plus intimes, quel serait notre avenir ? Elle était vietnamienne et avait toujours vécu ici. Moi, égoïstement, je rêvais de vivre au bord de la Méditerranée, sous le soleil et la chaleur caniculaire !

Certes, depuis mon adolescence, je n'avais connu que des aventures sans lendemains. J'en étais persuadé, un jour, l'amour frapperait à ma porte, m'entraînerait et m'engloutirait dans un merveilleux tourbillon de bonheur. Ce jour-là n'était-il pas arrivé ? Pourtant, tout nous séparait : le pays, mon métier. Et nos sentiments… étaient-ils réciproques ? Ressentait-elle de la sensibilité, de l'amour pour moi ? Son attitude réservée cachait-elle une tendresse naissante ? Le jeune Quanq, en me touchant l'épaule, me sortit de mes songes sensuels.

- Jean ! Ton ami André n'est pas venu avec toi ?
- Non ! Il est blessé, il est à l'hôpital Ciais.
- Dis, il ne va pas mourir ?

Rapidement, en quelques mots, je lui narrai nos péripéties. Quanq réclama encore et encore des détails. Pudiquement, je négligeai mon action, lui laissant entendre que seule la présence de l'hélicoptère avait été décisive.

- Mais s'il est blessé, il va te quitter et rentrer chez lui, en France ?
- Non ! rassure-toi, sa blessure n'est pas trop grave. D'ici quelques semaines, après son rétablissement complet, il nous rejoindra.
- Tu sais, Maï m'a acheté des livres. Je voudrais tant connaître ton pays. Actuellement, je savoure les aventures rocambolesques de Jules Verne. J'ai aussi découvert Victor Hugo en lisant la triste histoire des *Misérables*. J'ai même parcouru les chemins de campagne, en compagnie des mousquetaires du roi ! Sur une brochure, j'ai appris comment a été construite la dame de fer. Dis, tu l'as déjà vue ? Mon oncle Li m'a montré une photographie d'elle, au pied de laquelle il se tient ! Qu'elle est grande ! J'ai hâte de la voir !
- En effet, elle est très belle. Comme tu as pu le lire, elle date de l'exposition universelle de 1889. Au retour d'Amérique, avec André, nous sommes montés jusqu'au dernier étage. C'est vraiment haut ! Quand le ciel est clair, la vue porte loin au-dessus des monuments et des habitations.
- Oh ! tu sais, Li nous a beaucoup parlé de ce qu'il a vécu à Paris. De ses longues études, bien sûr, mais aussi des réunions d'étudiants vietnamiens auxquelles il participait. C'est là qu'il a fait la connaissance de N'Guyen Luyong, le conseiller de Hô Chi Minh ! Mon oncle est un peu désenchanté, mais au fond, il n'est pas méchant.

Puis, d'ajouter sérieusement :

- Il nous dit souvent que les Français devraient partir et nous laisser nous débrouiller. Mais moi, je ne veux pas que tu t'en ailles.

Pour éviter de m'étendre sur un sujet qui ne devrait pas interférer dans les rêves d'un enfant de douze ans, je ramenai la discussion sur ses lectures.

- À propos, qu'as-tu lu de Jules Verne ?

- V*oyage au Centre de la Terre, Cinq Semaines en ballon, Deux Ans de vacances* et *Le Tour du monde en 80 jours* ! Toutes ces aventures sont extraordinaires.

- Et *Vingt mille lieues sous les mers* ?

- Non ! Je ne le connais pas, celui-là. Et toi, tu l'as lu ?

- Oui ! Je l'ai eu un Noël. C'était même mon préféré et à André aussi.

Soudain l'air assombri, Quanq demanda :

- Euh ! Jean, après la guerre, tu vas rester ici, dit ?

- Je ne sais pas encore. Cette guerre finira-t-elle un jour ?

- Tu sais, si tu voulais rester ici, tu pourrais te marier avec Maï. Elle m'a dit qu'elle t'aimait bien, tu sais !

- Ah bon ! Mais Quanq, l'amitié est une chose, l'amour est un autre sentiment. On se marie par amour, pas par amitié !

- Toi, tu ne l'aimes pas, ma sœur ?

- …

À mon grand regret, je dus laisser mes amis le soir venu. Maï n'était pas rentrée. Non loin de là, au coin de la rue où Quanq m'avait raccompagné, j'empruntais un pousse-pousse pour rejoindre l'*Hôtel Central.*

Le 14 décembre, à l'occasion du septième anniversaire de cette guerre, la radio officielle des Vietminh diffusa le discours de Hô Chi Minh :

« *Si le gouvernement français désire un armistice par la négociation et s'il veut résoudre le problème vietnamien par des moyens pacifiques, le peuple et notre gouvernement sont prêts à traiter…* »

Doute dans l'issue du conflit ou optimisme sentencieux? L'« oncle Hô », comme il était surnommé, après de multiples déconvenues militaires, essayait-il de sortir d'une situation complexe par une porte honorable?

Le lendemain, ses propos polarisèrent nos discussions lors du repas du soir. Le commandant, lui, penchait pour une manœuvre politique destinée à déstabiliser la France sur l'échiquier mondial et, à l'occasion, noircir son image en Extrême-Orient. Je me rangeais à son analyse. De Monségur et Lebris, jeunes officiers qui rêvaient encore aux grandes victoires françaises d'un lointain passé, envisageaient plus facilement une défaite militaire des rebelles que Hô Chi Minh voulait éviter à tout prix. Face à ces allégations, j'étais sceptique.

Depuis dix-huit longs mois que je les combattais, je n'imaginais pas un instant les Vietminh rendre les armes malgré leurs derniers revers. Ils étaient valeureux et, nonobstant nos antagonismes, nous étions admiratifs devant la volonté de vaincre de ces combattants! Le printemps suivant allait confirmer amèrement mon jugement.

Le 20 décembre, une ambulance militaire évacua André sur Cat Bi. Il me confia au passage qu'il allait bien. Il avait repris de belles couleurs et sa fine moustache était taillée de frais. En attendant l'arrivée imminente du *C 47* qui allait l'emporter vers Saigon, nous raillions avec lui.

- Ne charme pas trop les belles infirmières! Tu connais le proverbe : « User mais ne pas abuser ! » Et puis, souviens-toi que tu es fiancé! le china, Yannick.

- Pour qui me prends-tu? Non mais vraiment, les gars, qu'est-ce que je vais foutre dans ce trou! Il en a de bonnes, ce toubib : « Cela vous fera le plus grand bien! Un peu de calme… loin des combats… sera des plus salvateurs! » Il m'en a rebattu les oreilles avant mon départ.

La veille de Noël, le courrier et les petits cadeaux nous comblèrent d'allégresse. Des nouvelles du cap Saint-Jacques m'étaient parvenues et me tranquillisaient. Dans une autre, les nouvelles arrivaient de Provence. Elles m'apprenaient que le froid avait pris ses quartiers d'hiver, s'installant dès la mi-novembre.

Au travers de ses lignes, mon père me laissait entendre que le temps était long et qu'ils se languissaient tous. Il me donna des nouvelles de la famille, des Ménard. Il évoqua les promenades en amoureux avec ma mère, au bord de la mer. Nos vieux enseignaient toujours au lycée devenu « Lycée Jean Aicard ».

Depuis quelques mois, ma sœur Catherine avait terminé ses études et elle était à présent infirmière. Depuis, elle avait intégré le personnel de l'Hôpital des Armées de Sainte-Anne, à Toulon. C'était une satisfaction pour toute la famille. Père, de me confier que lorsqu'elle soignait des blessés graves, rapatriés parfois d'Indochine, elle pensait à nous, surtout à André. Les nouvelles qu'elle surprenait de ci, de là, l'inquiétaient. Dernièrement, un navigateur de l'Armée de l'Air lui avait dépeint les difficultés que rencontraient les aviateurs dans ce pays, où le climat était également un autre adversaire, parfois redoutable. Hélas, elle apprenait aussi le sacrifice de ces pilotes de chasse et de ces équipages de bombardiers qui, jour après jour, livraient un dur combat pour maintenir la démocratie et les valeurs françaises dans cette lointaine péninsule. Ce qui n'était pas pour la réconforter !

Dans son petit mot ajouté, elle m'avouait ses craintes quotidiennes, ses moments de doutes et cette angoisse qui ressurgissait trop souvent à l'idée d'ouvrir un courrier fatidique...

Un mot de l'oncle Léon, cette fois, par lequel il me prodiguait, comme toujours, ses conseils d'homme simple, ceux d'un homme de la terre, habitué aux rudesses capricieuses de la nature. Brave Léon. Il me faisait part de ses inquiétudes au sujet du froid, comme tous ses confrères paysans. Comme toujours, il craignait les premiers mois de l'année, lorsque le froid sec était précoce, cassait les branches des arbres comme du verre. « Cela n'est jamais bon pour le reste de l'hiver ! » affirmait-il.

Ma lecture achevée, j'ouvris avec empressement, tel un bambin devant ses cadeaux de Noël, le grand et solide carton que ma famille m'avait fait parvenir. Je découvris, enfouis sous la paille épaisse qui fleurait bon ma Provence, un petit bonhomme confectionné par Louise avec de la lavande et un magnifique ouvrage cartonné, acheté par maman. Enveloppée dans un papier coloré que je détachais délicatement, une petite tour Eiffel dorée apparut.

Allongé sur mon lit en cet instant de détente, je repris le livre cartonné : *Vingt mille lieues sous les mers*. C'était l'un de mes préférés. Ma mère avait gentiment répondu à ma requête. En le parcourant de nouveau, je retrouvais les images qui avaient bercé mes rêves enfantins…

Je les imaginais tous réunis autour de la table, face à la cheminée, à côté du grand sapin de Noël.

Pour la Saint-Sylvestre, je fis la surprise aux Hohan qui ne s'attendaient pas à me voir. Je pénétrai dans le restaurant au grand étonnement de mes amis.

- Oh ! quelle agréable surprise ! clama madame Hohan.

À l'abri des regards des clients, j'offris des cadeaux aux parents et à Maï. De mon sac de marin, je sortis le grand livre épais et le tendis à Quanq ainsi que le paquet pointu, enveloppé dans un papier de Noël.

- Voilà pour toi, mon petit Quanq !

- C'est tout pour moi ? Oh la la !

En déchirant rapidement le papier d'emballage, il s'exclama :

- Papa, maman ! Regardez ! Oh, la tour Eiffel et… un livre de Jules Verne ! Oh ! c'est *Vingt mille lieues sous les mers* ! Merci, merci, Jean.

- Tu sais, Quanq, c'est ma maman qui me les a expédiés pour toi. Elle est allée à la grande librairie de Toulon, près du port pour les trouver !

- Tu m'avais dit l'avoir lu ?

- Oui, quand j'avais ton âge. Je ne rêvais que d'aventures maritimes et d'aviation ! Il est formidable. Je suis certain qu'il va beaucoup te plaire. Les attaques des monstres des grands fonds, l'histoire du capitaine Némo et de son sous-marin, le *Nautilus*, ont accompagné mes longues soirées à la Grande Bastide.

Assis dans son coin, Quanq découvrait l'œuvre, tournait délicatement les pages une à une et admirait les photos. Pendant quelques minutes, dans ce coin de la pièce, il ne fut question que de : « Oh !... quel monstre !... Ah !... des scaphandriers !... »

Soudain, dans la pénombre, de derrière une tenture parut Li Phuan. Son visage, toujours inexpressif, il s'approcha de moi et m'observa de ses yeux sombres cachés sous ses lunettes rondes.

- Bonjour, monsieur Li Phuan.

- Bonjour, capitaine. Voilà de bien jolis présents ! Cherchez-vous à amadouer et à gagner à votre cause le peuple vietnamien, en le submergeant de cadeaux, comme se complaisent à le faire les colonialistes ?

- Ne soyez pas insolent et injuste ! Seule l'amitié dicte ma conduite. C'est bien mal me connaître que de penser pareille ignominie ! Je ne suis certainement pas comme vous, monsieur Li Phuan ! J'ai été élevé dans l'honneur et dans le respect des autres. Votre fanatisme et votre haine des Français vous rendent véritablement paranoïaque ! Vous voyez le mal partout, vous ne discernez plus rien ! Croire que mon amitié et mon affection pour les Hohan seraient purement intéressées, est infâme et dénote votre bassesse ! éructai-je, furieux.

Je respirais, je me forçais à demeurer impassible, convenable, malgré mon courroux. Inévitablement, les dictatures, qu'elles soient fascistes ou staliniennes comme ici, enfantaient les valets de la méchanceté et de la haine.

Le prompt départ du personnage irrévérencieux soulagea tout le monde. Pourquoi vouloir gâcher un jour de fête par des querelles stériles, offensantes, qui ne pouvaient qu'apporter tristesse et méfiance ?

L'après-midi glissa imperceptiblement. Quanq, discrètement, feuilletait le grand livre, assis sur une natte. La minuscule tour Eiffel trônait à ses côtés. Je l'examinais, le dévisageais. Il me fascinait par sa curiosité, son intelligence, sa soif de connaissances. Je m'étais habitué à sa compagnie, à son amitié enfantine. Me considérait-il comme son grand frère ? Et lui, était-il ce petit frère que je n'avais jamais eu ?

Après la guerre et mon retour en métropole, j'aimerais l'inviter à découvrir la France. Les miens l'accueilleraient avec tout l'amour dont ils sont capables. Ah ! Quanq, nous t'emmènerons naviguer autour des îles d'Or, visiter Marseille, le château d'If et rêver au comte de Monte-Cristo. Ma mère serait très heureuse de recevoir les Hohan et de découvrir ce gamin qui lui rappellerait certainement de lointains souvenirs où, avec André et Pierre-Jean, nous jouions au bord de la mer…

J'en parlerai à mes amis, lors d'une prochaine venue. C'est promis, ils viendront en France. Plus tard, j'emmènerai mes parents visiter l'Indochine…

Peu à peu, le songe se dilua. Allons Jean, ne rêve pas trop ! La guerre est loin d'être terminée ! Malgré ton courage, ta chance, seras-tu encore de ce monde à la fin de celle-ci ?

L'amicale journée s'enfuit. Je quittais mes amis en promettant de revenir bientôt.

En janvier 1954, Diên Biên Phu, devint la cible privilégiée de nos adversaires. L'imminence d'une très grande bataille se ressentait imperceptiblement. D'autre part, malgré la demande dans laquelle perçaient certains sous-entendus de Hô Chi Minh, les combats s'intensifiaient. La majorité de nos missions s'effectuaient autour de la cuvette.

Mi-janvier, le capitaine de vaisseau me fit appeler. Jean-Marie m'annonça et m'introduisit dans son bureau :

- Mes respects, commandant, vous m'avez demandé ?

- Ah, Larrieux, Bonjour ! Demain soir, nous sommes invités chez l'administrateur général du Tonkin, à Hanoi ; votre présence est expressément requise ! Vos précédents exploits ont traversé les murs de sa résidence. Comme à chaque fois, tout le gratin de Hanoi sera présent. Il se susurre même qu'un membre de la famille impériale pourrait honorer cette soirée ! Pour la circonstance, nous emprunterons l'avion du transport jusqu'à Gia Lam. Prévoyez quelques affaires, nous dormirons dans la capitale.

Le lendemain soir, après avoir enjambé le pont Paul Doumer, la traction-avant, conduite par un marsouin, s'engagea dans la rue de Hué. Assis à l'arrière, je bavardai amicalement avec le Pacha. Nous évoquâmes nos familles, restées en métropole. Il me questionna sur mes parents, mon enfance.

Tour à tour, mes réponses imagées, débordantes de souvenirs inoubliables, furent accueillies chaleureusement.

- Décidément, vous êtes un grand rêveur ! Un aventurier des temps modernes, gorgé de sensibilité, de courage et de détermination. Rien ne vous arrête pour défendre ce que vous jugez juste et bien. Vous êtes brillant, Larrieux. Mais, ne gâchez pas tout par des réactions spontanées, individuelles, même si celles-ci sont dictées par une inacceptable situation. Néanmoins, félicitations pour vos deux exploits et encore merci pour Dominique et pour Ménard aussi, bien sûr.

- Merci, commandant ! Pour André, comme pour chacun de mes camarades, je ferais n'importe quoi. Si c'était à recommencer, je le referais malgré les sanctions encourues, sauf votre respect !

- Ces paroles vous honorent. Vous êtes foncièrement honnête et loyal. Même si elles frisent l'indiscipline, je suis fier de vous avoir sous mes ordres. Votre fougue me rappelle ma jeunesse, les survols de l'Allemagne, les combats aériens contre les nazis et la profonde amitié qui nous unissait au 64e squadron. Chacun d'entre nous était prêt à mourir pour les autres. Mais vous verrez qu'un jour le commandement d'une unité ne vous tolérera plus les décisions individuelles hypothéquant la sécurité du groupe. Bientôt vous serez appelé à commander une flottille, peut-être même à remplacer Dominique à la tête de la 18. Votre jugement et votre analyse seront alors différents. J'ai connu cela avant vous !

Après avoir tourné dans la rue des Lis jaunes, la voiture sillonna entre le tramway et les pousse-pousse, sur la grande avenue du Souverain impérial. Devant le portail ouvert, entouré de piliers de calcaire beige, deux parachutistes nous contrôlèrent. Le premier nous indiqua la direction du parking.

La résidence de style colonial comportait des péristyles et des grands balcons de bois, en façade. De splendides bougainvillées violets et rouges les recouvraient. Dès nos premiers pas, un sous-officier nous réceptionna et nous guida à travers la résidence pour en rejoindre l'arrière qui s'ouvrait sur une terrasse de taille respectable, abritée elle aussi par des bougainvillées rouges. En contre-bas d'une volée de marches, réalisées avec des dalles blanches, nervurées, figurait un remarquable jardin en pelouse, excellemment entretenu. Les jardiniers avaient marié harmonieusement les différentes catégories de palmiers qui trônaient au centre des massifs de roses à l'ancienne et des lilas blancs et parme. Des allées de flamboyants complétaient la décoration du lieu. Ils alternaient et créaient ainsi des senteurs envoûtantes parmi les autres parterres d'azalées, aux fleurs rose pastel, tout aussi parfumées. Les magnolias les caressaient de leurs hampes blanches et lumineuses.

Sur la grande terrasse, arborée elle aussi, un aréopage de personnalités péroraient et papillonnaient. À notre arrivée, un homme brun aux tempes grisonnantes, de taille moyenne, et affecté d'un généreux embonpoint, nous accueillit et ouvrit grands les bras à notre vue. Il était en smoking, veste blanche et pantalon noir.

- Commandant ! Soyez le bienvenu. Bonsoir, capitaine !

- Mes respects, monsieur le résident général. Merci pour votre invitation… Me désignant de la main : je vous présente le lieutenant de vaisseau Larrieux.

- Ah ! Voilà notre jeune héros en chair et en os ! Approchez, capitaine. Approchez que nous vous présentions à nos amis.

Légèrement intimidé, je suivis le haut fonctionnaire et le commandant en direction des invités.

- Permettez-moi, mes amis, de recueillir votre bienveillante attention, invita avec emphase le maître des lieux. Je ne vous présente plus le commandant Saint-Albin de Thionville que vous connaissez. Voici notre héros, le valeureux capitaine Larrieux, dont les exploits sont parvenus jusqu'à nous !

- Ohh ! Ahh !

Tel un Martien, j'étais passé en revue, jaugé ! Je n'étais plus intimidé, mais ces regards curieux, portés sur moi sans délicatesse, m'attristaient ! Étais-je pour eux une bête curieuse, comme ces fauves livrés à la délectation du public dans un cirque ? Ces hommes, sanglés dans d'impeccables smokings, parfois ornés de décorations, et ces femmes dont certaines étaient bien plus jeunes que leurs époux, jolies et très élégantes, me dévoraient des yeux !

Leur attitude dénonçait la différence de monde dans lequel nous vivions. Nous, pauvres militaires, qui avions choisi de servir notre pays, nous n'avions rien de commun avec ces individus ! Eux, ils étaient les décideurs, les maîtres de la société ! Ils dirigeaient l'Administration, les entreprises, les banques, en un mot… l'Indochine !

Qu'étais-je pour eux, sinon ce petit officier de marine que certaines circonstances particulières avaient jeté sur le devant de la scène ? En faisant l'effort de m'accueillir, ils se donnaient bonne conscience, et par là même, voulaient montrer un attachement de circonstance aux militaires qui se sacrifiaient, jour après jour, pour que leurs intérêts soient protégés ! Certains d'entre eux étaient probablement sincères, mais combien ?

Nous nous approchâmes. Plusieurs invités s'empressèrent de venir bavarder avec nous. Quelques-uns paraissaient sympathiques. Les autres nous montraient, sans ambages, la différence de catégorie sociale entre eux et nous. Les hommes étaient pleins de suffisance. Les femmes, sensuelles, le regard brillant, nous dévisageaient sans retenue, comme si nous étions le fruit de leur imagination pernicieuse !

Bien plus tard dans la soirée, un couple s'avança vers nous. Mon regard se porta sur la femme. Merveilleusement belle, assez grande pour une Asiatique, relativement jeune, mince. Elle était moulée dans une saillante soierie fuchsia. Une parure de perles de culture, d'une blancheur étincelante, ceignait son cou et soulignait un ravissant visage angélique, aux yeux très expressifs. Son décolleté ne laissait subsister aucun doute sur sa splendide poitrine. Sa peau était celle d'un fruit mûri par le soleil, une peau de velours. Elle était redoutablement attirante !

L'homme avait une forte stature. Vêtu d'un smoking ivoire, il respirait l'aristocratie et l'autorité. Ses cheveux châtains tenus courts, et ses tempes argentées, accentuaient plus encore la froideur de son regard clair sur un nez aquilin. Le résident général annonça :

- Commandant, permettez-moi de vous présenter madame Kao Ky. Elle est la cousine de l'empereur… et monsieur le vicomte Édouard de Saint-Elme-Sentenac, président du comptoir franco-indochinois du bois et administrateur de nombreuses sociétés, ici au Tonkin.

Voilà donc l'homme d'affaires le plus riche et le plus influent d'Indochine ! Les présentations terminées, le vicomte prit la parole.

- Ah ! Bonsoir messieurs ! Votre travail est absolument re... mar... qua... ble, si j'en juge par les revers que l'ennemi subit ! Grâce à vous, la guerre ne sera bientôt plus qu'un lointain souvenir ! Plaise à Dieu que nous renvoyions ce Hô Chi Min et ses séides chez leurs voisins chinois, chez leur ami Mao Tsé Toung.

Puis, se tournant vers moi :

- Alors, jeune homme, vous voilà un héros, me semble-t-il ? Vos exploits font l'admiration de tous nos amis et toutes ces dames en frissonnent ! dit-il en souriant.

- Je n'ai fait que mon devoir de militaire, monsieur ! Il n'y a là, rien de bien exceptionnel.

- Tu, tu, tu !... Ne soyez pas si modeste, capitaine ! Vous avez sauvé d'une mort certaine deux de vos camarades, au péril de votre vie, m'a-t-on informé. Vous êtes provençal, m'a-t-on dit ? Ah ! quelle remarquable région... Votre père est-il également militaire ?

- Non, monsieur ! Il est professeur de français dans le Var, dans un lycée.

- Ah ! comme c'est curieux ! Un enseignant de l'école de la République ! L'Éducation nationale, messieurs, la pépinière des radicaux socialistes, des philosophes et des francs-maçons ! Ne composent-ils pas la majorité de notre gouvernement ? Enfin, que voulez-vous, les Français sont des rêveurs idéalistes !

Après un silence de plusieurs secondes...

- Alors, comment êtes-vous devenu militaire, avec un père professeur ?

- Monsieur, depuis mon enfance, je suis passionné d'aviation et j'adore la mer. C'est donc naturellement qu'après mes études, j'ai choisi de me diriger vers l'aéronautique navale.

- Très bien, capitaine. Dans quelques semaines peut-être, vos victoires porteront leurs fruits. Les rebelles seront contraints à la débâcle.

- Ne peut-on pas négocier la paix ? Cette guerre dure depuis des années et nous n'en voyons jamais la fin ! Déjà en 1946, le général Leclerc en avait eu l'idée.

D'un ton véhément, le vicomte me répondit,

- Négocier ! Négocier ?... Jamais, monsieur ! On ne négocie pas avec des terroristes, avec de tels barbares ! Savez-vous comment ils traitent les prisonniers ? Vos camarades, capitaine, sont torturés, humiliés, assassinés ! Ne soyez pas sentimental, utopique comme Leclerc ! Vous êtes un militaire, que diable, appelé à une grande carrière couverte de gloire, certainement. Laissez donc nos ministres philosophes fantasmer à des pourparlers de paix... Souvenez-vous de mes paroles, capitaine, ce sont des barbares et je ne me trompe que rarement !...

Nous délaissant au profit d'un autre groupe, nous restions en compagnie de la princesse.

- Allons, messieurs, excusez le vicomte, il est toujours très excessif dans ces propos. Mais, êtes-vous marié, capitaine ?

- Non, Votre Altesse.

- Comment un si beau jeune homme, très charmant dans son uniforme blanc, fait-il pour rester célibataire ?

Sa tonalité minaude et son regard brillant de chatte, où je décelais une pointe d'avidité bien féminine, m'indisposaient. Je me sentis confus malgré une lueur de fierté égoïste. Une si belle femme, de surcroît cousine de l'empereur, serait-elle sujette à la concupiscence ? Rechercherait-elle une romance, une brève aventure avec un jeune officier de marine ?

Comprenant mon embarras, le commandant vint à mon secours.

- Vous savez, Votre Altesse, le capitaine Larrieux, comme nous tous militaires, n'avons que très peu de temps à consacrer aux loisirs, hélas ! Les missions se succèdent à des cadences effrénées. Pas plus tard que demain matin, nous aurons rejoint Haiphong.

- C'est fort regrettable, commandant ! J'aurais bien aimé présenter le capitaine à quelques amies charmantes qui auraient eu grand plaisir à le connaître un peu mieux !

Comme dans tous les cocktails, les discussions allaient bon train, certaines étaient stériles, d'autres dénotaient l'oisiveté et les jalousies pernicieuses entre ces notables. Le champagne, le punch, les toasts aussi variés que les indéfectibles gâteaux de soirée, étaient servis par des Asiatiques qui slalomaient avec légèreté entre les groupes.

Réveil très matinal obligeant, peu après minuit, nous abandonnâmes la résidence du haut fonctionnaire après avoir pris congé des invités. Le vicomte me serra la main avec vigueur en me rappelant ses consignes :

- N'oubliez pas, capitaine : le sentiment idéaliste n'est pas pour les militaires. Ce modernisme à la française n'est qu'utopique !

Après mon baisemain protocolaire à la princesse, son sourire enjôleur accompagna ses paroles :

- À très bientôt j'espère, capitaine ! La guerre finira bien un jour. Vous aurez alors plus de temps pour découvrir les plaisirs de l'Indochine et aimer ses habitants. Je serai votre obligée et votre guide.

Mon regard quitta à regret cette belle femme. Tout en elle n'était que luminescence ; ses cheveux, relevés en un étonnant chignon retenu par de scintillantes joailleries, ses yeux brillants, son merveilleux sourire et sa voix suave. Sa beauté et sa classe juraient au milieu de ce parterre d'intrigants, certains de la victoire des troupes françaises et peu attentives à la réalité politique et au devenir fiévreux du Tonkin.

Cléopâtre au milieu de ses sujets !

Dans la voiture qui nous ramenait à l'hôtel réservé, le Pacha brisa le silence :

- Ne soyez pas surpris ! Moi non plus je ne les aime pas. Pourtant je suis un aristocrate ! Ma famille descend des grands maréchaux de France. Mais j'ai su conserver cette pudeur et cette courtoisie que notre formation de militaires nous inculque. De plus, je suis très respectueux des institutions, de l'honneur et de la fidélité à notre pays. Ces gens-là vivent loin de la métropole depuis trop longtemps. Ils n'ont plus qu'une lointaine connaissance des traditions chevaleresques de l'aristocratie française et des règles élémentaires de la bienséance. Ils sont devenus des colonialistes pleins d'arrogance. Ils ne privilégient plus que l'argent et les plaisirs !

Avant de m'endormir, je repensais à cette soirée, à ces interlocuteurs surprenants, atypiques, à cette femme fascinante, et surtout... à ses yeux de panthère.

Afin de garantir la liberté du Laos, janvier et février virent se renforcer la garnison de Diên Biên Phu. Dans la vallée en forme de cœur, l'une des contrées les plus profondes du Vietnam, le village était un carrefour stratégique en pays thaï, à la frontière, sur la RP 41. La cuvette de Diên Biên Phu était l'un des rares secteurs permettant l'implantation d'un terrain d'aviation. Ceinturé de collines escarpées et très boisées, le camp était défendu par des points d'appui positionnés sur des pitons le dominant. Ces centres de résistance avaient, pour dénomination, des prénoms féminins.

Le bataillon de Pierre-Jean était arrivé le 25 janvier avec d'autres unités. Elles avaient débroussaillé, creusé des tranchées, tendu des barbelés et préparé la piste d'atterrissage sous l'œil inquiet des autochtones. Les aménagements militaires de leur vallée prédisaient, pour eux, la fin de la quiétude, loin du delta.

Un après-midi de février, un *Privateer* de la 28 F en provenance de Saigon nous ramena un André, souriant et plein d'énergie. Nous étions enchantés de le revoir.

- À te voir en si belle forme, les soins de ces charmantes infirmières ont dû s'avérer des plus attentionnés, semble-t-il ! Encore de nouveaux progrès réalisés par la médecine moderne ! ricana l'enseigne Lebris, le boute-en-train de la flottille.

- À vrai dire... heu... je reconnais qu'elles se sont donné beaucoup de mal pour retaper le grand blessé de guerre que j'étais ! Il y en avait une en particulier, une très jolie petite brunette. Munie de sa seringue, afin de m'injecter son poison, elle me promettait tous les jours de m'emmener dîner en tête à tête, dès la fin de ma convalescence ! Tu vois le tableau de là… moi qui déteste les piqûres ! Eh bien, rien qu'à l'idée de découvrir tous les secrets intimes de ce splendide corps… je me suis laissé attendrir ! Oui mes amis ! Enfin, ce n'était pas une vaine promesse. Un soir, elle m'a invité à dîner à Saigon, et nous avons terminé la soirée, chez elle… à réviser l'anatomie de plus près…

- Sacré Ménard ! À vous voir, on vous donnerait pourtant le bon Dieu sans confession ! Allez, vous cachez bien votre jeu ! Enfin vous avez bien raison, on ne vit qu'une fois et la vôtre a bien failli s'arrêter très tôt… Enfin !… lâcha amicalement, Dominique Francheschini.

Le cap Saint-Jacques est un coin réellement magnifique. La corniche Duöng Quann n'ui et le massif N'ui Nhö ont un petit air sympathique. Saigon est assurément une très belle cité, mais différente d'Hanoi. L'ambiance y est moins feutrée, moins spirituelle et moins traditionaliste, plus occidentalisée. Les habitants sont plus communicatifs, plus enclins aux bavardages. On sent nettement le côté intéressé, commercial, un peu comme chez nous à Toulon ou à Marseille. Les bars y sont nombreux, les clients jouent beaucoup aux cartes, aux dés et aux dominos. Tous ces loisirs font l'enjeu de sommes d'argent importantes.

Bon nombre de nos camarades se font plumer, et certains perdent leur solde du mois en une seule soirée !

Les bouges, comme celui de Louisette, il y en a à profusion dans les rues de joie et de trafics en tout genre. Enfin bref, je suis très heureux de revenir parmi vous, même si, là-bas, c'était le paradis loin de la guerre, annonça-t-il en rigolant.

Avec le bien-être des retrouvailles, nous partîmes trinquer en ville, la soirée venue.

Le 18 février, les quatre grands décidèrent d'une inattendue conférence pour la fin avril, afin d'étudier le problème indochinois et explorer une solution de paix. Cette réunion est-ouest aurait lieu à Genève.

Par courrier, notre ami Pierre-Jean nous invitait, si nous en avions la possibilité, le 2 ou le 3 mars à Hanoi. Une partie de son bataillon serait en permission pendant quelques jours, avant de retourner sur Diên Biên Phu. Nous avions rendez-vous à la *Maison aux Chansons*, chez Louisette.

Exceptionnellement, nous bénéficiâmes d'un jour de permission, André et moi. Dominique Francheschini avait accepté de nous libérer le 3 mars.

- Allez retrouver votre copain, nous nous débrouillerons bien sans vous. Nous ignorons par avance l'issue de l'offensive qui se prépare là-haut. Remémorez-vous vos souvenirs d'enfance, de bonheur, quelques heures durant. Profitez-en, le proche avenir n'est pas particulièrement réjouissant.

Au petit matin, Le train ahanant nous emportait vers Hanoi. Un crachin léger embuait l'atmosphère douce de la fin de nuit. Vers midi, nous ouvrions la porte du bar. L'ambiance était plus sereine que lors de notre précédente visite. Seulement quelques militaires, autour d'une table, bavardaient tranquillement devant un verre.

Pierre-Jean était assis sur un tabouret face au comptoir. Il consommait une bière. Pas de jeunes et jolies accompagnatrices, aujourd'hui. Louisette nous aperçut. D'un signe des yeux, elle prévint notre ami. Il se leva et nous nous congratulâmes. Malgré son sourire, *le Rouquin* n'était pas comme à son habitude ! Lui, le bon vivant, très jovial, toujours porté vers les plaisirs culinaires ou sexuels, n'avait jamais été si triste, hormis lors de son échec au baccalauréat !

- Salut ! Eh bien, *Rouquin* ! Ce n'est pas la grande forme me semble-t-il ! Que t'arrive-t-il ?

En ce jour, je retrouvais le Pierre-Jean de fin juin 1947. Mais le motif n'était plus le même. Il nous raconta, las :

- Demain… on repart là-bas ! Nous nous sommes préparés pour l'assaut des Vietnamiens. Les rumeurs folles parlent de cinquante mille hommes ! Vous vous rendez compte ! Cinquante mille ! Et nous, dans le camp, nous sommes moins de dix mille ! Ils ont à présent des canons et des pièces de DCA ! Merci les Soviets ! Ça va être un véritable carnage, je vous le dis !

- Tu sais, de notre côté, à la base, nous nous apprêtons aussi. Les flottilles de l'Arromanches devraient incessamment nous rejoindre à terre. Les trajets du porte-avions à Diên Biên Phu sont trop longs, les appareils ont juste assez de carburant. Nous aussi, nous redoutons le pire.

- Mes amis… je ne sais pas si nous nous reverrons un jour. Si… je n'en revenais pas… embrassez bien mes parents et dites-leur que, malgré toutes mes frasques, mes aventures, j'aurai pensé à eux jusqu'au dernier moment, bafouilla-t-il d'une voix subitement enrouée.

- Oh ! Pierre-Jean, qu'est-ce que tu nous fais là ? Ne t'inquiète pas, la bataille ne devrait pas avoir lieu. Nos gouvernants négocient la paix à Genève, en ce moment. Tu vas voir, elle sera signée bien avant que l'offensive ne se déclenche. Nous allons rentrer chez nous à Carqueiranne, revoir nos parents, le port des Salettes, les Pins Penchés, le Pradon ! annonça André enjoué. Tout redeviendra comme avant.

J'étais moins optimiste que lui ! Le temps que les protagonistes, à Genève, dégagent une solution, de longues semaines s'écouleraient. D'ici là… Le *Rouquin* désenchanté ! Lui ! Était-ce un signe prémonitoire ?

En fin d'après-midi, les yeux embués, nous nous séparâmes. Louisette, elle aussi, avait les yeux humides. Son âge et sa vie mouvementée lui faisaient pressentir, plus encore que nous, le drame latent qui s'annonçait.

Depuis quelque temps, les guérilleros opéraient des attentats à la périphérie de Haiphong et d'Hanoi. Il y a encore quelques semaines, ces actions de commandos avaient pour cibles : la route reliant les deux grandes villes, la voie ferrée et les infrastructures industrielles. Les populations et les commerces n'étaient que peu visés. Les dirigeants Vietminh, méfiants et pessimistes quant à la solution qui découlerait de la conférence en Suisse, accentuaient la montée en puissance de leurs actions ! Alors qu'ils amassaient des milliers d'hommes et des tonnes de matériels autour de Diên Biên Phu, ils opéraient également par des *clashs* psychologiques, destinés à effrayer les populations civiles.

Depuis peu, des commerces, des bars et autres lieux accueillant des Français, étaient devenus les cibles de groupuscules d'irréguliers à la solde des Sino-Vietnamiens. Généralement, les troubles intervenaient tard dans la nuit ou avant le lever du soleil, à des heures où baissait la vigilance des services de sécurité !

Le 13 mars l'inéluctable se produisit. Le général Giap déclencha l'offensive contre Diên Biên Phu !

Appuyés par une artillerie soutenue, les Viets, telle une marée humaine, fondirent sur les points d'appui Gabrielle et Béatrice ! Ils s'en rendirent maîtres le lendemain, au prix de centaines de morts. Épuisés par cet effort, les Viets calmèrent leur ardeur. Cette bienveillante accalmie permit à nos camarades d'évacuer les blessés et de recevoir des renforts.

Les opérations aériennes furent accrues. Néanmoins, tel un volcan qui sommeillait, l'ennemi préparait ses nouvelles attaques. Semblables à des fourmis, ils creusaient inlassablement des galeries souterraines, des tranchées, des caches de munitions. Leur objectif : se rapprocher des points d'appui et du PC français en se maintenant à l'abri visuel et en se protégeant des raids aériens.

Ce même jour, la base de Cat Bi fut à nouveau attaquée. Stratégie militaire ou impact psychologique ? Alors que la grande offensive avait été lancée là-haut dans les montagnes, l'aérodrome qui accueillait les chasseurs et les bombardiers qui défendaient Diên Biên Phu depuis des semaines, était la cible des Vietminh ! Certes, avant la Noël, notre base avait déjà subi les intrusions rebelles, vite refoulées par les unités de marsouins et de paras. Malheureusement, à chaque fois des avions, déjà en nombre limité, étaient sérieusement endommagés ou détruits.

Du 13 mars à la fin avril, offensives et contre-offensives se succédèrent. Après la perte de Béatrice et Gabrielle, ce fut au tour des points Huguette et Isabelle de subir les assauts ennemis. Leurs pertes étaient colossales mais sans cesse les vagues de combattants déferlaient sur les Franco-Vietnamiens.

La piste d'atterrissage, sous le feu incessant de l'adversaire, était devenue inutilisable. Seuls les parachutages demeuraient possibles dans la cuvette. Renforts et ravitaillement dépendaient uniquement de la virtuosité des équipages des *C 47 Dakota* !

L'aéronavale effectuait mission sur mission. Les *Hellcat*, les *Helldiver* et les lourds quadrimoteurs *Privater*, pilonnaient inlassablement les positions ennemies. La nuit, Haiphong était réveillée par les décollages des bombardiers, équipés pour les vols nocturnes.

Les vingt et vingt et un avril, les pluies annonciatrices du changement de mousson apparurent. Diên Biên Phu devint vite un bourbier où agonisaient les blessés qui, à présent, ne pouvaient plus être évacués ! L'étau Vietminh se resserrait inexorablement !

Un soir, au mess, l'un de nos collègues, pilote de l'Armée de l'Air, nous narra ses dernières missions sanitaires sur la forteresse.

« Hier, j'ai tenté un atterrissage. Comme nous arrivions à l'entrée de la piste, les Viets nous ont arrosés copieusement, j'ai dû remettre les gaz. En redécollant, je voyais les hommes au sol faire de grands signes ! En bout de terrain, des ambulanciers et des blessés sur les brancards posés à même le sol, des médecins et des infirmiers attendaient notre atterrissage, comme un ultime espoir. Les larmes aux yeux, la rage au cœur, à mon grand désarroi j'ai repris mon envol, en les abandonnant à leur triste sort ! Nous sommes rentrés troués de tous les côtés, la dérive en lambeaux, un moulin sur trois pattes !

« Lors de nos dernières évacuations, nous avons mesuré l'aggravation de la situation : par l'état des blessures et du désespoir dans lequel étaient plongés nos soldats. Nous avons été terrifiés par l'agonie de certains d'entre eux. D'une voix dolente, les appels au secours et les émouvantes litanies émergeant de ces corps mutilés, nous démoralisaient ! Je pilotais instinctivement, indifférent à tout, brisé par tant de détresses, de souffrances.

« Là-haut, ça va vraiment très mal ! Nos camarades sont de véritables héros ! Ils contiennent tant bien que mal les milliers de Viets grâce à leur courage, à leur ténacité. Mais de jour en jour, la situation périclite. Les munitions, les médicaments et le ravitaillement parviennent difficilement !

« Vous avez dû constater comme moi, lors de vos bombardements, que l'approche du camp était de plus en plus aléatoire. Quoique vous, encore, avec vos chasseurs, vous manœuvrez mieux et vous êtes plus rapides. De notre côté, avec nos pavés, plonger dans cette cuvette et en ressortir sous les tirs, après les parachutages, s'avère souvent très hypothétique !

« Hier, Martial et son équipage ont été touchés lors de leur approche. Malheureusement, ils se sont crashés sur Isabelle, pauvres gars !... »

Le visage blême, les yeux humides et la voie noueuse, le vieux lieutenant de l'Armée de l'Air s'arrêta de parler. L'instant était lourd, pesant. Le silence installé et glacial, plongea la totalité du mess dans l'écœurement, le cauchemar ! Du regard, je recherchai André. Nos yeux se trouvèrent, se fixèrent.

Lui aussi avait compris. Pierre-Jean était là-bas, dans la fournaise, acteur ou victime de l'apocalyptique bataille. Était-il vivant, blessé, ou pire ?

Son pressentiment me revint à l'esprit. Mon Dieu, qu'es-tu devenu, Rouquin ? André était livide ! À sa gauche, le commandant Francheschini avait saisi notre détresse. À ma droite, Jean-Marie de Lourvainville me toucha le bras et me dit :

- Garde l'espoir ! Rien ne dit qu'il soit arrivé quelque chose à votre ami Chambon. Quand il vous a parlé la dernière fois, il connaissait une mauvaise passe... Ses angoisses ont-elles débouché sur une quelconque réalité ? Rien n'est moins sûr. Pensez fortement à lui, à vos prochaines soirées là-bas, à Carqueiranne, bientôt. La guerre va finir plus rapidement que ce que l'on pense. Il vaincra la fatalité.

- Que Dieu t'entende, Jean-Marie ! Mais pour l'instant, la situation paraît nous échapper ! Dans le delta, les Jaunes nous assaillent de toutes parts. À Diên Biên Phu, ils progressent rapidement. Au Sud et au Cambodge, ils lancent attaque sur attaque. Mais comment va se terminer cette guerre ?

- Ne soyons pas défaitistes, gardons l'espoir ! essaya de nous réconforter un collègue aviateur.

- C'est vrai ! Nous n'avons pas encore perdu malgré les coups bas de nos prétendus alliés ! Les Américains nous poussent à quitter l'Indochine. Sous leur image de Saint-Bernard et leur prétendue mansuétude, les rumeurs les plus folles courent sur des livraisons discrètes d'armes, à Hô Chi Minh, par leur satanée CIA ! éructa, avec véhémence, Dominique Francheschini.

- Peut-être simplement des ragots ? Comment penser un seul instant que les États-Unis fassent le jeu de nos ennemis, alors que sous le feu des Viets, leurs avions-cargos larguent dans la cuvette, matériel et médicaments pour nos camarades !

- Jean, certes, les Américains semblent nous soutenir, mais leurs services secrets ont quelquefois des réactions ambiguës, aberrantes, même. Elles sont dictées par des analyses ou des raisonnements que nous ne pouvons pas comprendre. Joueraient-ils au chat et à la souris ?

En fin de repas, nous regagnâmes notre hôtel à Haiphong. La Jeep de Dominique nous ramena, André, Jean-Marie et moi.

Endormi dans ma chambre, je fus réveillé en sursaut par les ronflements des moteurs Pratt et Withney des *Privateer*. Nos collègues décollaient pour une longue nuit de pilonnage sur les positions ennemies encerclant le camp retranché.

Certaines de nos nuits étaient ponctuées d'explosions et de tirs. Par petits groupes, les guérilleros attaquaient les secteurs périphériques de la ville. Ces commandos irréguliers étaient composés de civils et de trafiquants, armés par les Vietminh.

En ce matin de mi-avril, des coups forts, insistants, frappés à ma porte, et des appels, me réveillèrent brutalement ! C'était Jean-Marie.

- Jean ! Oh ! Jean, réveille-toi ! Vite ! Habille-toi ! On fonce rue du Soleil Levant ! Les Viets ont commis des attentats il y a une heure à peine. Plusieurs commerces ont été détruits ! J'ai déjà réveillé André.

Aussitôt debout, mon sang ne fit qu'un tour ! *La Fleur de Lotus* ! Le restaurant des Hohan !

À toute allure dans les rues de la ville, la Jeep conduite par Jean-Marie fonçait aussi vite que le moteur pouvait supporter, se créant à coups de Klaxon un passage au milieu d'une foule nonchalante, indifférente.

Nous arrivâmes en haut de la rue du Soleil Levant. Le quartier était bloqué par les légionnaires et les paras. Quelques policiers étaient présents également. Les pompiers éteignaient plusieurs foyers dont les fumées s'élevaient dans le ciel saumoné de l'aurore. Nous nous présentâmes au sous-officier, responsable de la section.

- Mon adjudant, pouvons-nous passer ? Nous avons des amis qui tiennent un restaurant plus bas : *La Fleur de Lotus*. A-t-il été attaqué ? Y a-t-il des victimes ?

- Huit boutiques ont subi des représailles ! On dénombre déjà une bonne douzaine de morts et pas mal de blessés !

Le gradé nous donnant le passage, nous courûmes. Je redoutais le pire, l'irréparable, l'inconcevable !

C'était apocalyptique ! Des cadavres en tous lieux jonchaient le sol ! Mutilés, pour la plupart ! Ils baignaient dans d'énormes flaques de sang, au milieu de nombreux décombres. Des objets divers, des vitres, des morceaux de mobilier, des murs effondrés et des portes trempaient dans le sang. La rue était méconnaissable ! Les victimes étaient prises en charge par les ambulances.

Quelques képis blancs entouraient trois corps, ceux de terroristes abattus, leurs *AK 47* automatiques encore à côté d'eux.

Les minutes passaient, nous arrivâmes devant l'établissement des Hohan. Nous approchâmes de *La Fleur de Lotus,* ou du moins, de ce qu'il en restait ! Mon Dieu !

Nous stoppâmes au beau milieu de la rue, glacés par le spectacle ravageur et meurtrier. Des yeux, je cherchais. J'appréhendais de découvrir l'irrémédiable. Tout était littéralement détruit !

Des corps jonchaient le sol au milieu des débris, des feuilles et des fleurs soufflés par les explosions. Des blessés, auprès desquels s'affairaient les secouristes, gémissaient, pleuraient, hurlaient !

La gorge nouée, je recherchais mes amis parmi les victimes. Je questionnais les militaires et les survivants. Aucun d'entre eux n'avait vu nos amis ! Avaient-ils pu s'échapper avant l'attaque ? Probablement. L'espoir renaissait tout à coup. Mais où étaient-ils ?

Plus loin dans la rue, un groupe de légionnaires s'affairait auprès de plusieurs civils légèrement blessés. Nous nous avançâmes résolument.

Subitement, j'aperçus un garçonnet brun, en tunique, les pieds nus. Quanq était là ! Il me tournait le dos, debout à côté du groupe. Je courus et je l'appelais. Mon sang ne fit qu'un tour. Il était vivant ! Le soulagement m'envahit. De joie, mes yeux s'humidifièrent, ma respiration se calma.

- Quanq ! Quanq, tu es vivant ! Dieu soit loué ! criai-je.

Mais m'entendait-il au milieu de ce vacarme ?

Il ne bougeait pas, ne se retournait pas ! Rapidement, je fus sur lui. Je l'attrapais, le retournais vers moi. Du sang s'écoulait de sa main droite. Des coupures superficielles et des ecchymoses biffaient son fin visage. Mais il était vivant.

Soudain, je me figeais. Ce gamin n'était pas Quanq ! Il avait à peu près le même âge, mais ce n'était pas lui !

L'espoir retomba d'un coup ! La désillusion, la désespérance m'habitaient, en cet instant.

Perdu, il me regardait sans comprendre. Ses yeux malheureux fixèrent ma détresse. Il était apeuré et, surpris, je le lâchais. Je m'en éloignais en reculant.

- Mais où est Quanq ? Où sont les Hohan ? implorais-je.

Nous revînmes sur nos pas. Je m'approchais de ce qu'il restait du restaurant. À l'intérieur, l'image douloureuse du drame m'enveloppa. Mobilier détruit et encore fumant, plafonds en partie écroulés que recouvraient les tentures, naguère encore magnifiques.

En nous frayant un passage, nous cherchâmes partout. Aucun être humain, vivant ou mort, ne subsistait en ce lieu de tragédie !

- André, Jean Marie ! Ils ne sont pas là non plus ! Ils sont probablement vivants, j'en suis persuadé. Il nous faut les trouver immédiatement ! ordonnai-je, en sortant hâtivement.

À nouveau, nous cherchâmes à proximité du *Fleur de Lotus*.

Je m'éloignais vers les vestiges du commerce voisin. Les étals de fruits et légumes étaient détruits, écrasés, répandus à même le trottoir. J'écartais les débris de bois et les ruines de la devanture. Puis soudain… ils étaient là !

Instantanément, je saisis la cruelle réalité !

Quatre poupées désarticulées semblaient dormir à même le trottoir. Elles étaient ensanglantées dans les décombres. Atterré ! Anéanti ! J'oscillais entre rage et désespoir.

Quanq ! Mon si jeune ami ! Mon Dieu, qu'as-tu laissé faire ?

Puis, un peu plus loin… Maï ! La beauté délicate ! Ses longs cheveux et ses yeux d'une intense douceur qui regardaient le ciel. Ses parents, eux aussi, étaient là ! Tous là, immobiles, mutilés, assassinés… réunis pour l'éternité.

Je restais prostré ! Un éphémère moment, j'avais cru au miracle, à la miséricorde du Seigneur. Trop, peut-être ! En cette seconde, le monde s'écroula autour de moi…

Désespéré, je m'agenouillais auprès de Quanq, simplement vêtu d'une tunique blanche. Sans ce regard fixe et son extrême pâleur, je pouvais le croire en plein sommeil ! Délicatement, je le serrais dans mes bras. En le soulevant, sa petite main s'ouvrit et lâcha un objet brillant !… La tour Eiffel ! Mon modeste cadeau de Noël ! Jusqu'au dernier moment il l'avait gardé auprès de lui !

Quanq ! Pauvre Quanq ! Quelle infamie ! C'était un véritable pantin !

Son sang s'écoulait sur mes vêtements. Je n'en avais cure ! Je pleurais. Je pleurais comme un enfant ! Combien de temps suis-je resté ainsi ?

André et Jean-Marie étaient là, à mes côtés. Les larmes aux yeux, ils étaient également éplorés. Ils ne bougeaient pas. Ne parlaient pas. Par pudeur, par affection, ils respectaient ma profonde détresse. En cet instant de ma vie, j'étais accablé, brisé par tant d'injustice.

Un ambulancier apporta des couvertures. Dans celle qu'il me tendit, délicatement j'enroulais l'enfant en lui laissant son petit visage fin, découvert. Fermant ses paupières je le déposais doucement sur le sol. J'étais à genoux, le regard dans le vague, pétrifié !

Adieu mes belles intentions ! Mon ami Quanq ne découvrirait jamais la France qu'il aimait tant. La Provence que je voulais lui faire connaître. À présent, ce petit être innocent, intelligent, heureux de vivre, et impatient de découvrir le monde, gisait dans son linceul, dans cette rue martyrisée ! Peu de temps auparavant elle était encore animée et joyeuse.

Couvert de sang, je fus relevé par mes amis, hagard et effondré, le visage baigné de larmes. Des civils, inquiets, questionnaient les militaires et les secouristes. Leur détresse était profonde. Parmi eux, un personnage traversa le dispositif et s'approcha du lieu. Dans un état second, je mis plusieurs minutes à m'éveiller de ce cauchemar.

Brusquement, je reconnus en cet Asiatique vêtu à l'européenne, Li Phuan ! Ma tristesse fondit d'un seul coup. La haine surgit en moi comme une lame de fond. Violemment, elle balaya toute mon éducation et ses nobles valeurs : Respect, Tolérance et Générosité. Tel un taureau, je le chargeais. De mes deux mains, je l'empoignai et le soulevai en le tenant par le cou. Fou ! Exalté ! Je le plaquai férocement contre le tronc d'un gros jacaranda. En transes, irascible, je lui jetai au visage :

- Assassin ! Salaud... ! C'est ça, ta guerre ? Votre prétendu combat pour la liberté ? Vos belles paroles ? Assassiner lâchement des civils, des femmes et des enfants ! Des êtres sans défense !

Je serrais... Mes mains étranglaient... J'étouffais cet être vil auquel je vouais à présent une haine indicible. Ses yeux se révulsèrent. Sa respiration devint rauque et haletante. J'allais l'étrangler, le tuer. Je ne voulais plus le voir vivant.

- Tu vas mourir, assassin ! Tu es le complice de ces monstres ! Ah ! Voilà ta noble cause ? Celle qui nécessite le meurtre d'un enfant de treize ans ! vociférai-je, déchaîné.

André et Jean-Marie, redoutant mon geste irrémédiable, m'arrachèrent prestement ma victime.

- Jean, arrête ! Arrête-toi, Jean ! Tu ne vas pas devenir comme eux, un tueur ? Il ne mérite que le mépris et la honte.

Retenu fortement par mes camarades, je continuais à hurler :

- Va les voir ! Va voir ce qu'il reste des tiens ! Ils étaient ta famille ! Vous êtes bien comme les nazis ! Des êtres méprisables.

Reprenant péniblement ses esprits et sa respiration, mais malgré tout marqué par l'émotion, Li Phuan ânonna :

- C'est réellement dramatique ! Cruel ! Mais il y a un prix à payer pour la liberté ! Vous, les Français, avec vos révolutions, vous devriez le savoir ! Et la lutte contre les nazis, n'a-t-elle pas généré des morts innocentes ?

Face à une telle assertion, je restais décontenancé. Une semblable affirmation était déplorable. Lamentablement, ignominieusement ce monstre cherchait à excuser les excès, les massacres commis par ses acolytes. Pourtant, avait-il tort ? L'héroïque libération de la France, lors de la Seconde Guerre mondiale, n'avait-elle pas entraîné de telles exactions ? D'Oradour-sur-Glane au massacre des jeunes résistants du Vercors, en passant par toutes les représailles commises sur les populations civiles, la liberté de notre pays n'a-t-elle drainé aussi son flot d'atrocités ? Mais qui sont les monstres aujourd'hui, eux ou nous ?

Soudain me revint en mémoire l'aphorisme du vicomte Édouard de Saint-Elme-Sentenac : « *On ne négocie pas avec des terroristes, des assassins ! Jamais ! Ce sont des barbares ! Entendez-vous ?* »

Face à ce carnage gratuit, je m'interrogeais. N'avait-il pas raison ? N'étais-je pas trop sensible, trop sentimental ? Les gens que nous combattions étaient-ils humains ? La vie représentait-elle quelque chose pour ces chefs obnubilés, fanatisés ? Ils sacrifiaient des milliers de soldats dans ce conflit, apparemment avec insensibilité, comme de la chair à canon. Dans certaines villes ou villages, les populations civiles n'étaient pas mieux loties. Sous mes yeux, j'en avais le triste exemple.

Li Phuan s'approcha des membres de sa famille. Il s'arrêta devant le petit corps de son filleul, se baissa et l'embrassa sur le front. Surprenante réaction ! Avait-il en fin de compte un peu de cœur ? Nous restions ébahis !

M'étais-je trompé ? Avais-je eu une attitude équivoque envers cet homme qui n'était peut-être pas le misérable individu que j'imaginais ? Contrarié par ses idées progressistes et anticolonialistes, ne m'étais-je pas laissé aller à beaucoup d'intolérance, d'excès envers cet homme ?

Le Vietnamien se releva et resta silencieux. Priait-il ? Peut-être ! Mais vers quel Puissant s'élevaient ses prières ? En nous regardant pudiquement, il s'éloigna. Une certaine tristesse fermait davantage son visage. Se sentait-il coupable à cause de mes accusations ?

Certes, il n'était pas responsable de cette tragédie. Pion sur l'échiquier sanglant des grands responsables de son parti politique, il était le spectateur, le témoin d'un cauchemar qui le dépassait, qui l'engloutissait.

Se réveillerait-il ?

Malgré ma détresse, ma rage, Li Phuan me fit penser à ces autres endoctrinés qu'étaient les miliciens pétainistes. Eux aussi croyaient à un monde meilleur d'où seraient exclues bien des libertés au nom du grand nationalisme. Cette soirée, proche de la Noël 43 où ces miliciens firent irruption chez nous, me revint en mémoire.

Nous questionnâmes les services médicaux sur la destination des corps, et les démarches à accomplir pour les obsèques.

Les Hohan furent inhumés deux jours plus tard au cimetière d'Haiphong, sous une pluie fine, dernières larmes de tristesse qui bénirent les innocentes victimes de cette déraison.

Avec la fin avril, les pluies s'intensifièrent. Les vols furent de plus en plus hasardeux. Au sol, les défenseurs du camp retranché, malgré leur héroïsme, perdaient pied peu à peu. Les pilotes de chasse et les équipages des bombardiers étaient, eux aussi, épuisés. En plus de la fatigue physique, s'ajoutait l'hypothétique résultat de cette bataille qui, jour après jour, minait le moral. Les points d'appui étaient attaqués sans relâche. La trêve sollicitée par le commandement du camp, pour opérer la nécessaire évacuation des blessés, fut refusée par l'ennemi !

Isabelle était la cible des Vietminh depuis des jours. Les pluies torrentielles du début mai, calmèrent un temps les échauffourées. Les *C 47*, volant très bas sous les ondées en prenant des risques infinis, parachutaient prodigieusement des munitions, des vivres et du matériel médical. Alors qu'à Genève les pourparlers s'embourbaient, les rebelles incitèrent les Franco-Vietnamiens à la reddition. Autour du camp, des appels étaient lancés inlassablement, créant encore plus de confusion, de démoralisation.

Le 6 mai, l'apocalypse se déchaîna !

Les Vietminh attaquèrent de toutes parts, aidés en cela par une frénésie de leur artillerie. Les commandos suicides, équipés d'explosifs, se jetèrent sur les barbelés afin d'ouvrir des brèches pour leurs camarades. Mais jusqu'où allait le fanatisme ?

La nuit fut terrifiante, ponctuée de furieux corps à corps. Le lendemain, le PC de Diên Biên Phu fut l'objectif principal de l'ennemi. Dans la boue, parmi les morts et les blessés, les combattants du camp retranché, épuisés mais héroïques, luttèrent désespérément jusqu'à 17 heures…

Le 7 mai 1954 sonna la fin de nos espoirs…

Au roulage sur le taxiway, pour une nouvelle mission, nous apprîmes la triste nouvelle.

- Ventoux rouge un de la tour. *Delta Bravo Papa* vient de tomber ! Tout est fini… !

- Reçu ! répondit Dominique Francheschini d'une faible voix où perçait de la détresse.

Durant le décollage, pour une ultime mission sur ce qu'il restait de l'ancienne forteresse naturelle, j'étais glacé malgré la chaleur humide qui avait envahi le cockpit. Qu'allaient devenir les survivants, nos camarades, nos frères d'armes ?

Ce soir-là, le repas fut bref et religieusement silencieux. Le chagrin et la désillusion se lisaient sur nos visages. Plus tard, dans ma chambre, mon sommeil subit une grande agitation, entrecoupée de visions : villages en feu, combats aériens, crashs d'avions, pilotes et équipiers morts, et… Quanq !

Durant cette nuit, me revint à l'esprit celle qui avait suivi le retour de mon père et de Robert, après la Libération de la Provence en 1944…

Mon esprit s'attarda sur la vision de Pierre-Jean. Qu'était-il devenu? Je me refusais à penser qu'il pouvait être mort, lui, l'homme des plaisirs, l'épicurien invétéré. Pouvait-il disparaître ainsi, au fond d'un trou boueux, si loin, dans une contrée inconnue de l'Extrême-Orient?

Après leur victoire à Diên Biên Phu, les Vietminh se ruèrent sur le delta. Les missions de l'aviation et, entre autres, la nôtre, avaient pour objectif de couper l'avancée des bataillons arrivant du camp retranché. Le moral diminuait encore. Nous ressentions une grande lassitude. Maintenant, nous souhaitions vivement la fin du conflit.

Ce matin, dans le bus qui nous conduisait à la base, André exprima sa rancœur.

- Jean, tu sais, j'en ai vraiment marre. J'ai hâte que tout ça finisse au plus vite, que nous retrouvions enfin nos familles et le soleil de Provence !

- Tu n'es pas le seul ! Pareillement, ils me manquent. Ce désastre m'a totalement démoralisé ! Néanmoins comment savoir si cette défaite hâtera la fin des hostilités ?

Un après-midi de juillet, lors d'une patrouille que nous poussâmes en direction des plateaux, nous survolâmes des cohortes entières de prisonniers descendant vers le delta. D'en haut, nous pûmes apercevoir, dépités, un long serpent humain déguenillé. Il sinuait au milieu des zones arides, telle une colonie de fourmis. La comparaison s'arrêtait là.

Fort heureusement, le soulagement survint de Genève, le 21 juillet.

Les éclaircies et les orages se disputaient tour à tour le ciel. Nous ne volions pratiquement plus, hormis pour des patrouilles de surveillance. Ce fut sous de véritables giboulées que, dans l'après-midi du 30 juillet, le commandant Saint-Albin de Thionville réunit la flottille au grand complet, dans le hangar. Jean-Marie de Lourvainville l'accompagnait.

Impeccablement alignés, pilotes et personnels au sol leur faisaient face.

- Repos. Bonjour, messieurs. Ce matin, des ordres de l'état-major me sont parvenus. L'un d'entre eux vous concerne. Bonne nouvelle, la 18 réintègre la métropole, à Hyères. Elle redeviendra opérationnelle dès le 15 octobre. Les personnels les plus anciens en Indochine quitteront Cat Bi le 4 août prochain, en début d'après-midi. À bord de l'escorteur *Le Rapide* ils rejoindront Saigon. De là, ils s'envoleront vers Paris à bord d'un appareil d'Air Indochine. Vous pourrez prendre congé de vos taxis car, eux, ne seront pas du voyage. Ils restent ici. Sur la base d'Hyères, des *Corsair* vous attendent. Donc, comme je vous l'annonçais, les plus anciens nous quitteront le 4. Les autres, vous attendrez septembre. Pour vous, heureux bénéficiaires du prochain départ, la Marine, dans sa très grande mansuétude, vous offre deux mois de congés eu égard à vos années passées ici et à vos bons et loyaux services ! De Lourvainville, veuillez lire la liste à ses messieurs.

- Bien, commandant. Pour commencer, les pilotes : commandant Francheschini, lieutenants de vaisseau Larrieux et Ménard, premiers maîtres Léandri, Kerboulec…

- À présent, pour les personnels techniques…

À la fin de la longue énumération, le capitaine de vaisseau, reprit la parole :

- Bon retour dans la mère patrie et bonne chance dans la suite de votre carrière. Je ne sais pas si nous aurons l'opportunité de nous revoir un jour ? Pour ma part, je termine l'année ici et, en janvier prochain, je rejoindrai Nouméa, en Nouvelle-Calédonie, ma nouvelle affectation.

Puis, ému, d'une voix plus douce,

- Messieurs, j'ai été très fier d'avoir commandé des militaires valeureux et fidèles aux grandes valeurs de notre pays. Toutefois, ayons une pensée pour tous ceux qui nous ont quittés, victimes du devoir…

Silence…

- Au revoir, messieurs, et que Dieu vous garde !

Le soir du 3 août, un pot d'adieu nous était offert au mess, en présence de nos collègues marins et soldats. Même si la joie inondait nos cœurs à l'imminence de notre prochain départ, la défaite de Diên Biên Phu, de nos frères disparus, et surtout, l'enfer dans lequel essayaient de survivre nos camarades prisonniers, traçaient en nous un sillon douloureux.

- Alors, Jean ! Contents de revoir votre Provence, André et toi ? Petits veinards, vous passerez le 15 août en famille et sous le soleil, assurément !

- Certes, oui, mais c'est une joie diffuse qui semble superficielle tant le manque de nouvelles de Pierre-Jean est en filigrane. Qu'est-il devenu ? Est-il mort là-haut ? Est-il prisonnier ? Était-il dans cette colonne de nos camarades que nous avons survolée, il y a quelques jours ? De son côté, André, même s'il y pense, a hâte de rentrer. Depuis quelque temps, fréquemment, il me confiait en avoir marre ! Je devine qu'il est impatient de revoir sa famille, et plus encore sa fiancée ! Après notre retour, je pense que la célébration du mariage ne tardera plus.

- Il a de la chance et il revient de loin ! Sans toi…

- Et toi, Jean-Marie, que vas-tu faire ? Rentres-tu en métropole ou restes-tu ici ?

- Non ! Je vais rentrer avec Hélène et sa mère. Il leur tarde de rejoindre Paris pour retrouver leur famille. Je vais postuler pour l'école des commissaires de la Marine. Ensuite nous verrons bien.

- Le Pacha va à Nouméa ! Ce sera bien la première fois qu'ils ne seront plus ensemble, avec Dominique !

- Oui, c'est vrai. Mais madame Saint-Albin de Thionville rejoindra le vieux en Nouvelle-Calédonie. Le reverrons-nous un jour ?

- Quelle sensibilité chez cet homme ! Il est pourtant d'un abord très martial, rigoureux et très respectueux du règlement !

Fin analyste, cet homme est très méthodique dans son commandement. Avec ses allures chevaleresques, il me fait penser à un général napoléonien ! Quel chef ! Quel exemple pour nous tous !

- Bon voyage de retour et à bientôt, mon cher Jean ? Là-bas aussi, en Afrique, le vent impétueux de l'indépendance balaie nos autres colonies ! Occuperont-elles notre proche avenir ? Qui sait ?...

Le matin, avant notre départ, comme un ultime pèlerinage, un adieu, je m'avançais sur le tarmac saluer une dernière fois nos avions. Ils n'étaient plus que sept, alignés en état de vol.

Le n° 6, mon compagnon, était là. Son costume bleu foncé était chamarré par des souillures d'huile, de gaz d'échappement et par des pièces de remplacement dont la couleur brillante jurait sur celle, passée, de sa carlingue. Comment ne pas avoir du respect pour cette machine que je n'avais pas ménagée durant ces longs mois et qui ne m'avait jamais déçu.

- Adieu, mon vieil ami ! Tu as rempli des centaines de missions durant ta carrière. J'espère qu'un musée t'accueillera comme un seigneur des airs. Et que tu n'iras pas grossir les cimetières où se disloquent, sous l'effet des ans, d'autres avions prestigieux que l'homme a vite fait d'oublier !

Je m'éloignais, le cœur gros, sans me retourner. Tout était irrémédiablement fini entre nous !

À douze heures, ce 4 août, nous escaladâmes l'échelle de coupée du *Rapide*. À quatorze heures, l'escorteur quittait le port d'Haiphong.

Une fois n'est pas coutume, sous la pluie ! Le ballet des sampans, des jonques et des navires marchands, animait inlassablement la baie d'Along. Elle s'éloignait doucement. Le bâtiment prit un cap au sud.

Demain, Saigon nous accueillerait en début de matinée. Peu avant midi, le *Bréguet* deux ponts commercial décollerait d'Indochine en direction de Paris-Le Bourget, avec, à son bord, les premiers libérés de la 18.

Avec l'autorisation du commandant du bateau, j'étais monté à la passerelle. À l'extérieur du poste de commandement, nue tête sous la pluie, je regardais, ému, la côte annamite s'éloigner. Combien de souvenirs, de cauchemars, se bousculaient dans ma tête ? Peu de bons souvenirs ! Beaucoup de peine et de tristesse assistaient notre départ !

- Pierre-Jean, où es-tu, ami ?

Toujours cette lancinante question ! Ce supplice m'obsédait sans relâche ! Et puis, peu à peu, le sourire de Quanq l'enfant martyr, ce petit frère asiatique que j'aimais tant, surgit devant mes yeux ! À travers les gouttes de pluie, son doux visage radieux s'imprégnait à présent sur l'horizon.

À l'arrière du navire, le pavillon tricolore, fouetté par le vent orageux, égratignait l'image immatérielle de ce gamin rieur. La pluie m'inondait. Les larmes de la mousson accompagnaient notre appareillage.

Mais où étaient-ils donc ces lendemains ensoleillés dont me parlait tant mon père ? Cet espoir et cette joie qui pénétraient les hommes après de terribles épreuves…

N'étaient-ils qu'illusoires ?

Adieu Quanq !…

Adieu Indochine !…

Troisième Partie

ALGÉRIE, ADIEU…

Le 9 août, toutes les démarches inhérentes à notre retour sur le sol de la mère patrie accomplies, nous débarquâmes en gare de Toulon. Sur le quai grouillant de monde, impatiemment, mon père, Robert et Catherine, nous attendaient. À peine descendus du wagon, nous nous jetâmes tour à tour dans leurs bras.

La Frégate Renault de mon père nous ramena à Carqueiranne. Toute la famille était enfin réunie depuis deux ans et demi ! Même mes cousins et leurs épouses, dont nous fîmes la connaissance, étaient présents.

J'embrassais longuement ma mère. Je la regardais. Hormis quelques cheveux gris rebelles, au milieu de sa magnifique coiffure auburn, maman n'avait pas changé. J'avais l'impression de la redécouvrir. Ses larmes coulaient sur son visage rayonnant de bonheur. L'oncle Léon me prit dans ses bras vigoureux. Son abondante chevelure ainsi que son épaisse moustache avait blanchi.

- Tè Jean, vous en avez terminé de courir les petites Asiatiques, cette fois ? ricana-t-il amicalement.

- Courir les filles ? C'est vite dit ! Les Viets ne nous ont laissé que peu de temps pour amadouer ces demoiselles, à notre grand regret, d'ailleurs !

Après toutes ces marques de tendresse, je changeai aussitôt de tenue et, en civil, je descendis seul, à la recherche des chemins de mon enfance, en direction du port des Salettes. Je flânais sur le quai unique, où dansaient au gré de la houle, quelques bateaux de pêche déjà rentrés, leurs filets inondant le pont. Je cherchais le *Marie-Pierre*. Son emplacement était vide, il était encore en mer.

Du bout du quai, à côté du fanal d'entrée, j'observais le large. Plusieurs pointus fendaient l'eau en se dirigeant vers le port. Celui d'Adrien Marel s'approcha. Quand il arriva à son emplacement, les amarres furent frappées sur les bittes. Le moteur fut stoppé. Adrien et son matelot sautèrent sur le béton, nous nous étreignîmes.

- Je suis content de te revoir, mon petit Jean, après ces années. Tes parents se sont fait beaucoup de mouron, plus d'une fois ! Enfin, avec André, vous en êtes revenus sains et saufs, c'est le principal.

- Oui, nous avons eu de la chance. Malheureusement pour Pierre-Jean, elle n'a pas été au rendez-vous.

- Mais qu'en sais-tu ? Pas de nouvelles ne signifie pas pour autant, mauvaises nouvelles ! Les Viets commencent à libérer des prisonniers, peut-être Pierre-Jean est-il parmi eux ? Gardons l'espoir.

- Je constate qu'une fois de plus, la pêche a été bonne. Ce chapon splendide fait office de roi, au milieu de ta bouillabaisse.

- Figure-toi, je n'ai pas résisté, je l'ai pesé. Je m'y suis repris à deux fois pour vérifier. Il fait trois kilos deux cents ! Je n'en avais jamais pêché de si gros ! Tu devrais sortir en mer avec le bateau que ton père et Robert ont acheté ensemble.

- Oui, je l'ai appris dans son dernier courrier. Je compte bien me remettre à la chasse sous-marine et, pourquoi pas, à la plongée en bouteilles ? J'ai deux mois de vacances pour apprendre.

Adrien me proposa, après son travail, de me montrer le bateau de mon père.

Le soir, la traditionnelle soupe au pistou rassembla nos familles sur la grande terrasse fleurie. Une fois encore, tante Louise s'était surpassée.

Au dessert, mon père se leva et, de sa voix claire et agréable, nous annonça la date du mariage de Catherine avec un aviateur que je connaissais très bien ! Applaudissements et cris de joie ponctuèrent la déclaration. À la date du 9 septembre, mon ami André allait devenir mon beau-frère. Tout près l'un de l'autre, main dans la main, ils se regardaient tendrement, se retrouvaient. Ils respiraient le bonheur.

Qu'il était bon de se retrouver chez soi, entouré de ceux que l'on aimait le plus. Cependant, mes premières nuits de vacances furent entrecoupées de réveils brutaux. Les souvenirs douloureux assaillaient mon sommeil. En particulier l'interminable attente de nouvelles de Pierre-Jean m'oppressait. Cette pensée ne cessait de me hanter jour et nuit !

Le lendemain matin, emportant une collation légère, je décidais d'aller seul en mer pour la journée afin d'évacuer ces tourments. Je passais des jours entiers dans les criques de Porquerolles, à pêcher et à visiter ces fonds encore vierges de toute présence humaine.

Le jour du 15 août, pour la Sainte-Marie, ma sœur Catherine me présenta sa meilleure amie, infirmière comme elle à l'hôpital Sainte-Anne.

De taille moyenne, blonde, un visage souriant au regard gris clair, Marie-Lou était une jeune Toulonnaise de vingt-trois printemps. Amicalement, l'après-midi, tous deux, en compagnie des fiancés, nous descendîmes par les sentiers, nous baigner à la plage du Pradon. Le cadre idyllique, le soleil, le bon vin blanc de la cave à Léon, nous conduisirent, Marie-Lou et moi, à nous rapprocher. Une certaine complicité naquit, cet après-midi-là. Ce fut le début d'une aventure de plusieurs mois.

Ses jours de repos, Marie-Lou m'accompagnait en mer. Elle devint ma confidente privilégiée. Au fil des jours, elle apaisait mes craintes et, peu à peu, la vie reprenait son cours normal. Malgré ces journées débonnaires, bercées par la grande dame, le pilotage commençait à me manquer ! De sentir vibrer un avion, d'effectuer des loopings, des tonneaux et autres voltiges, m'affectaient. Mais comment pouvais-je m'égarer dans mes pensées alors qu'une douce jeune fille à mes côtés s'évertuait à rendre mon quotidien des plus plaisants ?

Quelques jours plus tard, en fin de matinée : surprise ! Le miracle. Le facteur nous apprit la bonne nouvelle, celle que nous espérions sans trop y croire.

- Ohé ! Les Larrieux ! Pierre-Jean Chambon est vivant ! Ses parents me chargent de vous prévenir qu'il va être libéré sous peu ! Le Marius, il est fou de joie. Il y a peu, encore, avec sa femme, ils n'en parlaient pas, mais ils étaient désespérés. Au fond d'eux, ils ne gardaient que peu d'espoir. Et vous voir rentrer sans leur petit... Eh bè, du coup ce matin, le Marius, il n'arrête pas de chanter ! Il a offert tous ses gâteaux aux clients, qui ne comprenaient pas !

- Comment ? Vous êtes sûr ?... Le *Rouquin* est vivant ? C'est merveilleux !...

Toute la famille était heureuse de ce dénouement et partageait ma joie.

Empruntant la vieille moto de mon père, je fonçai immédiatement à la boulangerie des Chambon, au centre du village. Eugénie, visage baigné par les larmes de joie, apostrophait joyeusement les clients, en montrant le courrier militaire leur annonçant la délivrance. En ce jour merveilleux, le soleil, de ses puissants rayons, était revenu chauffer le cœur de ces deux sympathiques commerçants.

J'entrai en courant dans le magasin et aussitôt, je tombai dans les bras d'Eugénie.

- Oh, Jean ! Je suis si heureuse à présent, tu sais ! Mon petit Pierre est vivant ! Il va nous revenir. Nous n'y croyions plus, tu sais ! Sans nouvelles depuis mars, je m'étais résignée malgré moi. J'espérais, sans y croire, comme ces parents en 45 qui ont attendu vainement le retour d'un être cher. Ils avaient gardé cet infime espoir jusqu'à ce qu'une lettre, d'une indifférence administrative douloureuse, vienne l'anéantir un matin…

- Tè, lis la lettre. Elle nous informe qu'il sera hospitalisé quelques jours à l'hôpital militaire de Toulon. Dis, Jean, tu crois qu'il est blessé, mon petit, pour qu'il le mette à l'hôpital avant de nous le rendre ?

Moi non plus, je n'y croyais plus, pensais-je. Il était lui aussi un miraculé que le grand dragon écarlate n'avait pas voulu pour son ultime repas. Le monstre s'était-il enfin repu des dizaines de milliers de morts que cette guerre avait engendrées ? Combien de temps restais-je ainsi dans les bras d'Eugénie ?

- Ne t'inquiète pas, Eugénie. C'est la routine. Il ne va faire qu'un bref passage à Sainte-Anne pour des examens médicaux de fin de campagne.

Après la chaleureuse accolade de Marius, je regagnais, enfin soulagé, la Grande Bastide.

Par un après-midi de fin août, André et moi, nous étions à l'hôpital Sainte-Anne. Pierre-Jean était dans une chambre au second étage du pavillon principal. Nous le trouvâmes assis dans son lit, feuilletant un magazine. À notre vue, il éclata de joie, bondit hors du lit et nous engloutit dans ses immenses bras !

- Jean ! André ! Mes amis ! Quelle joie de vous retrouver enfin ! Il y a encore peu, je ne pensais pas revoir la France de sitôt. Je vous le dis !

Les effusions des retrouvailles passées, je le regardais. Je fus surpris par sa maigreur ! Où était passé le quintal de muscles que nous lui connaissions ? Était-il blessé, malade ?

Je le questionnai :

- Non ! Rassure-toi, je ne suis ni blessé, ni malade. Je suis simplement en observation et, après la visite médicale de demain, je serais probablement libéré pendant trois mois. Oui, j'ai laissé vingt kilos dans les camps ! Les Viets nous en ont fait voir de toutes les couleurs ! À Diên Biên Phu, à la fin, ils nous harcelaient sans discontinuer. Les camarades, exténués, s'effondraient les uns derrière les autres ! Depuis quelques jours nous ne pouvions plus récupérer leurs corps. Nous combattions dans un état second, par instinct de conservation, le moral n'y était plus, plus d'espoir, de véritables bêtes prises au piège ! Malgré un corps à corps effroyable, l'après-midi du 7 mai, nous avons perdu pied et ils ont envahi le PC. Tout était fini !

« Nous avons été désarmés, regroupés sous la pluie, sans boire ni manger. Débutait alors notre lente agonie de prisonniers. Durant des jours et des jours nous avons erré dans la jungle et sur les plateaux. Nous avancions nus pieds, nos chaussures trempées nous faisant affreusement mal. Nous buvions une eau croupie qui entraînait des dysenteries, aboutissant pour beaucoup, aux inévitables décès. Les sangsues nous pompaient sans relâche. Nos corps n'étaient que plaies exsangues et purulentes. Nous avions faim et soif. Cela a perduré des mois et des mois ! En y repensant, je me demande encore comment j'ai tenu le coup. Certains soirs, l'appel au suicide raisonnait dans ma tête. Combien de nos camarades y ont succombé, psychologiquement et physiquement détruits par cette insoutenable soumission et par cet ignoble traitement !

« Marcher ! Toujours marcher ! Jour et nuit, sans fin ! Dormir très peu ! Des repas quasi inexistants cadençaient notre survie. Des coups de bâton pleuvaient sur nous lorsque nous ne pouvions plus avancer. Pourquoi un tel traitement ? Nous étions certes des prisonniers, mais la haine de certains chefs Vietminh envers nous semblait irrationnelle, inconcevable, réellement inhumaine !

Et puis, vers la fin juillet, un responsable du camp nous fit aligner sous la pluie pour nous annoncer notre prochaine libération. Nous ne l'espérions plus ! Ce fut fait le onze août. Par la suite, nous sommes descendus sur Saigon et, de là, les autorités militaires ont informé nos familles… et me voilà enfin de retour. Si tout se déroule bien, je serais dehors sous peu. »

- Pierrot, je viendrai te chercher ! lui annonçai-je.

- Tu ne le sais pas, mais tu arrives à point nommé. Tu seras des nôtres pour enterrer ma vie de célibataire avant mon mariage ! dit André en souriant.

- Quoi ! Toi prochainement marié ? Ah, mon pauvre vieux ! Je ne t'imagine pas rentrant chez toi le soir, enfilant gentiment tes pantoufles et berçant ta marmaille ! ironisa-t-il en levant ses mains au-dessus de sa tête.

Éclatements de rire.

- Eh, pourquoi pas ! Nous ne sommes pas tous des bêtes de sexe comme toi ! L'amour avec un grand A, ça existe aussi ! Tu verras quand tu y succomberas à ton tour ! Et puis, tu vas pouvoir récupérer toutes les filles rien que pour toi, de quoi te plains-tu !

- Je plaisante. Tu es un petit veinard. Je vous présente mes meilleurs vœux de bonheur, à toi et à Catherine. En fait, tu as probablement raison, la vie sans amour est-elle concevable ?

Deux jours plus tard, je garais la voiture devant la boulangerie Chambon. Le *Rouquin* s'en extrayait et sautait en pleurs dans les bras de ses parents, devant les clients ébahis ! Les amis étaient là, et partageaient leur joie.

Les préparatifs du mariage allaient bon train et accaparaient toute la maisonnée. Loin de cette agitation, j'en profitais pour m'adonner aux bienfaits de la mer, aux plaisirs de la pêche sous-marine et à ceux, plus intimes, que me procurait l'anatomie de Marie-Lou.

Le 9 septembre fut vite là. Ce fut le branle-bas de combat. Dès cinq heures du matin, la maison s'éveilla ! Le mariage, pourtant n'aurait lieu que l'après-midi. Mais sous l'impulsion de ma mère, la famille s'ingénia à passer tous les détails de cette mémorable journée au peigne fin.

En fin de matinée, la maison était merveilleusement décorée. Les femmes avaient accompli un remarquable travail, réalisé avec beaucoup d'attention. Elles y avaient mis tout leur cœur afin que les mariés en conservent un excellent souvenir.

Des guirlandes d'ampoules multicolores, accrochées sur le tronc du grand pin, illumineraient ce soir le devant de la terrasse.

La grande table qui accueillera le buffet, était elle aussi parée pour la circonstance. Un chemin de table, confectionné de verdures diverses, était piqué d'un grand bouquet de glaïeuls, de pieds-de-veau et d'iris blancs au milieu d'un feuillage de pin. En ce jour festif, Louise avait sorti le grand service de table en porcelaine de Moustiers, service hérité de sa grand-mère. Remarquable de beauté et de finesse avec ses petites fleurs blanches sur le feuillage d'un bleu roi délicat.

Les hommes n'étaient pas en reste. Nos pères s'activaient du côté de la cave. Pendant ce temps, Léon s'en était allé farfouiller au plus profond de son trésor, là-haut sur la plus haute étagère ! Emprisonné de la tête aux pieds par les toiles d'araignée, il réapparut, marchant doucement afin de ne pas trébucher dans la pénombre du réduit.

Surpris, nos pères éclatèrent de rire en voyant ce Père Noël gris, courbé, avançant délicatement !

- Oh ! Léon ! D'où sors-tu ?

- Eh bien de là ! Mais rien de grave. Tenez, venez plutôt apprécier le contenu d'une de ces bouteilles ! Attention de ne pas faire trembler le vin ! Depuis qu'il dort au fond de la cave, il doit avoir un de ces bouquets... je ne vous dis pas !

- Oh, Léon ! Nuits-Saint-Georges, cuvée 1928 ! Tu ne te refuses rien, à ce que je vois ! Tu nous les avais bien cachées, celles-là !

Pendant que Charles soulevait l'une des bouteilles empoussiérées, Léon avait saisi verres et tire-bouchon.

- Ce Bourgogne m'a été offert par le parrain de Louise quand les jumeaux sont nés. On va un peu se le goûter ! Vous m'en direz des nouvelles !

Silence. Puis...

- Huumm ! Quelle merveille ! Belle robe et fameux bouquet... remarquable ! Vraiment re... mar... quable ! annonça mon père en roulant une gorgée du nectar dans sa bouche.

- Par cette chaleur, il descend bien, le bougre ; mais attention à son retour de bâton ! ajouta Robert.

- En effet ! C'est un jour de réjouissance mais n'en rajoutons pas, enchaîna aussitôt mon père.

Le travail de préparation était à présent terminé. La terrasse pouvait réceptionner dignement autour du buffet, les *novis** et leurs invités. Le mariage pouvait avoir lieu !

Vers 14 heures, nous traversâmes la place du village à pied. André et sa mère ouvrirent le cortège. Nous arrivâmes devant la petite mairie, en haut de la placette ombragée. Nous attendions la mariée. Les parents et les amis étaient présents...

Dominique Francheschini et son épouse Maria, une charmante petite femme brune, fort agréable avec son accent corse, Yannick Moustique Kerboulec, les Chambon, les Marel et bien d'autres amis de mes parents, enseignants, carqueirannais.

De mon côté, j'observais André qui deviendrait dans quelques minutes mon beau-frère. Quelque peu impressionné, il était là dans son bel uniforme immaculé, tenant le bras d'une Henriette, toute intimidée dans sa robe parme. Un mignon chapeau fleuri recouvrait sa belle chevelure sombre. Comme le futur marié, nous avions, Dominique, Yannick et moi, revêtu notre uniforme blanc. Notre casquette, ornée de l'ancre de Marine, nous protégeait des ardents rayons du soleil.

Pierre-Jean, lui aussi, était en grande tenue. L'uniforme vert kaki et le béret rouge des parachutistes tranchaient sur les vêtements clairs de l'assistance. Malgré son jeune âge, sa poitrine était déjà bien fournie en décorations. Mais ne les méritait-il

---

* Jeunes mariés en provençal

pas lui qui, depuis 1950, combattait en Indochine ? Lui qui était un survivant de Diên Biên Phu ! Qui avait connu la débâcle de Cao Bang et qui avait participé à toutes les plus grandes opérations du Tonkin et du Cambodge !

Malgré l'ombre que prodiguaient les platanes de la place, la chaleur était accablante. Nous nous impatientions. Catherine se faisait attendre.

Ami de mon père, Émile Thibault était trapu, le ventre proéminent et le crâne dégarni. Artisan de son état, il était le maire de la commune depuis la Libération. Ceint de l'écharpe tricolore, il extériorisait sa joie et son appréhension à diriger cette cérémonie. Marie-Lou, son bras passé sous le mien, trépignait elle aussi dans l'attente de son amie.

Enfin elle arriva ! La charrette s'arrêta devant l'Hôtel de Ville. Du véhicule rustique, descendit ma sœur, éblouissante dans sa longue robe blanche faite de dentelles à l'ancienne. Sous sa capeline, dont les larges bords protégeaient un magnifique chignon couronné d'un ruban de tulle, elle était rayonnante.

Mon père descendit à son tour, sanglé dans un costume trois pièces, gris cendre. Il était resplendissant.

Léon, le cocher, fier comme Artaban, avait revêtu la tenue traditionnelle de la Provence avec sa taillole rouge, entourant sa large taille, entre le gilet en velours et le pantalon de toile écrue. Sur la tête, il portait un grand chapeau noir. Le fils et la fille d'Étienne étaient les petits pages d'honneur. Ils s'empressèrent de soulever la longue traîne qui terminait la belle robe de la mariée.

À la suite de Monsieur le Maire, nous entrâmes dans la salle des mariages qui, malgré son exiguïté, parvint à nous contenir tous. André, immobile devant le bureau de l'officier d'état civil, attendait ma sœur. Au sortir du couloir, encombré par la famille, elle apparut à ses yeux dans un charmant brouhaha. Son visage s'illumina encore plus à la vue de celui qui, dans un instant, allait devenir son mari. Après la traditionnelle lecture de l'acte de mariage, Émile Thibault s'avança vers les novis.

- André et Catherine, mes enfants, je vous déclare unis par les liens du mariage. Jeunes gens, vous pouvez à présent vous embrasser.

- Mon cher André, je dois te confier un livret qui comporte quelques pages… sache qu'on peut toujours en rajouter si nécessaire ! Félicitations !

Tonnerre d'applaudissements, embrassades et larmes de joie terminèrent la cérémonie civile.

Au sortir de la mairie, le cortège bruyant se dirigea, à pied, vers la sympathique église distante d'une centaine de mètres.

Depuis le premier curé, l'abbé Justinien Carmagnole, en 1846, le village de Carqueiranne disposait de sa propre paroisse.

Le père Tanguy, curé de Sainte-Madeleine, réceptionna les jeunes mariés sur les parvis de l'église. Il les accueillit chaleureusement, lui qui les avait connus tout jeunes. À la vue de mon père, un grand sourire se dessina sur son visage. Une amitié réciproque unissait mon père à ce vieil ecclésiastique. Elle datait des années de guerre où, dans la Résistance, des personnages aussi différents qu'eux deux s'étaient connus. Ils avaient combattu pour la liberté de leur pays en faisant abstraction de leurs idées. Leur amitié ne s'était jamais altérée, au fil des ans.

Quelques instants plus tard, ce fut un petit « oui » timide et emprunté des époux qui retentissait dans la nef de l'église. Le moment tant attendu était celui de l'échange des anneaux nuptiaux. Ce pauvre André, lui pourtant si calme et si précis dans ses diverses missions de combat, était, en cet instant, tout tremblant et hésitant lors du passage de l'anneau sur le doigt fin de Catherine.

Le soir, au son de la musique, les mariés ouvrirent le bal sur une valse viennoise. Léon et Louise, les Marel, les Francheschini et les Chambon se joignirent à eux, sous les yeux envieux de la jeune génération qui s'y lançait gauchement. Pierre-Jean, malgré les dures épreuves endurées, redevint le joyeux drille que nous connaissions et que nous appréciions tant. La chaleur aidant, les convives s'accordèrent des moments de calme, arrosés par les boissons rafraîchissantes.

Dominique et Maria étaient assis à la table de mes parents. Ils dialoguaient amicalement avec quelques excès de rire qui me faisaient chaud au cœur. Sans se connaître auparavant, ils semblaient s'estimer.

Marie-Lou et moi, nous les rejoignîmes. Mon père emplit nos coupes de champagne et nous trinquâmes tous ensemble au bonheur des *novis**, bien sûr, mais aussi à une longue amitié entre nous.

- Une nouvelle vie débute pour André et Catherine. Espérons que la Marine ne sera pas une trop grande rivale pour votre sœur, Jean ! dit Maria en souriant. Une épouse de militaire et plus particulièrement celle d'un marin, éprouve d'énormes difficultés à lutter contre la grande maîtresse de son époux : l'Armée ! Croyez-moi, j'en parle par expérience !

- Il est vrai que Maria m'aura souvent attendu, depuis notre mariage ! Mais bientôt elle n'aura plus à se morfondre... je quitterai la Marine en fin 1955. Nous succéderons à ses parents pour gérer leur hôtel restaurant de Propriano.

- Dominique, toi, hôtelier ? C'est une galéjade ! Je n'y crois pas un instant ! Je pensais que l'aviation était toute ta vie ! fis-je remarquer.

- C'est vrai ! Mais dans la vie, il y a des choix nouveaux qui surgissent quelquefois. J'ai combattu durant la Seconde Guerre mondiale et en Indochine d'où je suis revenu grâce à toi. Merci. Les années passent. Un jour il faut savoir mettre un terme à ce mode de vie. Je vous quitterai prochainement avec énormément de regrets et ce sera un adieu à l'aviation militaire. Là-bas, à Porto Vecchio, une petite équipe d'anciens de 39/45 a créé un aéro-club avec deux *Jodel* biplaces. J'irai sûrement les rejoindre, si ma femme me laisse encore partir !

- C'est ton choix ! Même si te voir nous quitter me peine énormément, je me range à ta décision et je l'accepte avec beaucoup de

---

* Nouveaux mariés

respect. Je ne sais pas si aujourd'hui je réussirais à abandonner l'aéronautique navale ? Un mois déjà que nous ne touchons plus le manche et cela me manque. J'ai hâte de réintégrer la 18.

- Holà Jean ! Je te reconnais bien là ! Toujours aussi impatient !

Mais que diable, tu es en congé ! Ne pense pas à la Marine ! Profite de tes vacances, croque la vie à pleines dents. Nous avons déjà eu la chance d'en revenir, alors... La mer t'appelle, va pêcher, découvre de nouveaux fonds, la Méditerranée est si vaste ! Et puis, il serait dommage de faire languir cette charmante jeune fille, ne crois-tu pas ? Plonger dans ses beaux yeux gris ne doit pas être trop désagréable ? Allez, les jeunes ! Profitez tous les deux de ces journées de calme. Vivez l'amour de tout votre saoul, le temps passé ne se rattrape jamais !

La fête battit son plein jusqu'au matin. Les premiers rayons du soleil perçaient l'horizon lorsque la fête prit fin. Depuis quelques heures, les novis étaient parvenus, non sans mal, à s'échapper en catimini. La première aube de leur vie de jeune couple débutait dans l'intimité, après la nuit animée et heureuse qu'ils venaient de connaître.

En octobre, c'étaient les retrouvailles avec les anciens et la prise de contact avec les nouveaux. Nous nous reportâmes un bref instant, quelques mois en arrière. La prise en main de nos nouveaux appareils, les *Corsair* et les divers entraînements soudèrent les liens de la 18 renouvelée où la symbiose entre anciens et nouveaux s'affermit de jour en jour.

Les tragiques évènements du 1er novembre 1954, la *Toussaint Rouge*, remettaient en mémoire pour les anciens d'Indo, les exactions des rebelles Vietminh. L'Algérie, allait-elle basculer à son tour dans la tourmente et le chaos ? Déjà là-bas, au Moyen-Orient, la création du tout nouvel état israélien par David Ben Gourion avait soulevé les populations palestiniennes. Elle avait aussi sorti d'une toute superficielle somnolence le monde arabe. L'appétit de pouvoir de certains militaires aux dents longues et particulièrement aiguisées s'en ressentit !

En Égypte, le colonel Nasser avait pris la tête de l'État, après avoir déposé le premier président Naguib !

En Irak, les piliers de la monarchie s'effritaient sous les prémices du coup d'État que de jeunes militaires de hauts rangs préparaient insidieusement et méthodiquement !

Chez nous, en France, les mois passaient dans l'expectative de l'éruption latente de l'Afrique du Nord et du Moyen-Orient. Cependant, en décembre 55, des changements importants survenaient au sein de la 18 !

Dominique quitta la Marine pour une retraite bien méritée. L'adieu à notre chef eut lieu ici, à la Base Principale de l'Aéronautique Navale d'Hyères. Il ponctua la brillante carrière du capitaine de corvette Francheschini, née de la mutinerie des Français libres, en juin 1940. Le pot d'adieu, dans le hangar de la flottille, permit d'échanger nos souvenirs bien sûr, mais aussi nos attentes, nos doutes quant à l'avenir qui se profilait.

- Nos chimères ressurgiront bientôt, j'en ai bien peur ! Toutes les colonies françaises aspirent à l'indépendance ! Les crises politiques et militaires vont se succéder. Si nos gouvernants ne négocient pas subtilement ce virage inévitable, la France se replongera dans les affres qu'elle a connues en Indochine. Si l'histoire se répétait, cette fois, je ne serais plus acteur, mais témoin. Mais vous les jeunes, comme toi Jean, seriez précipités dans cette nouvelle frénésie. Vous n'y échapperiez pas !

- L'avenir nous le dira. Ce n'est plus ton problème à présent. Rejoins ta Corse natale, cette île énigmatique dont la beauté des sites n'a d'égale que le caractère entier et chaleureux de ses habitants. Au revoir, mon ami. À bientôt, Dominique.

De leur côté, André, Moustique et Roland Lebris partirent pour la 19 F, piloter les premiers chasseurs à réaction de l'aéronavale : les *Aquilon*.

Pour ce qui me concernait, je remplaçais Dominique à la tête de la 18. Maximilien de Monségur devenait mon second. Nous étions, avec Léandri, les trois survivants de la 18 tonkinoise !

Le mois de février 56 fut glacial. Durant près de trois semaines, la Provence et la Côte d'Azur, toutes parées de blanc, subirent les assauts du général Hiver ! Les températures polaires accompagnèrent les chutes de neige. Les routes étaient verglacées, certaines écoles fermées. Le matin du 14 me fut fatal ! Malgré les intempéries, ce matin-là, le thermomètre avoisinait les moins sept degrés, je quittais mon logement en direction de la base. J'étais harnaché comme un chevalier des temps modernes. Je chevauchais mon destrier mécanique calmement, jusque dans le virage du pont de La Villette. La neige verglacée eut raison de ma témérité et de mon équilibre ! Instantanément, le deux-roues zigzagua, dérapa, glissa et se coucha. Je basculai et je fus projeté contre les congères du bas-côté ! Pour sa part, la moto continua sa course folle et frappa dans le mur qui longeait la route en cet endroit. Le car de police-secours me transporta vers l'hôpital, boulevard Riondet.

Le diagnostic tomba de la bouche du chirurgien de garde :

- Pas de chance, jeune homme. Entorse du pied droit !

Un plâtre lourd et handicapant me contraignit à trois semaines de repos forcé !

En juillet, le raïs égyptien décida de nationaliser le canal de Suez. La France et le Royaume-Uni dénoncèrent une violation du droit international et décidèrent de riposter. Quatre mois après, les troupes franco-britanniques intervenaient sur la terre des pharaons ! Dans le même temps, l'armée israélienne attaquait son puissant voisin dans le Sinaï !

Ce qui devait se solder par la sécurisation et la reprise du contrôle du canal de Suez se transforma en une bataille diplomatique, dont Paris et Londres firent les frais ! Les deux grands, comme pour le partage de l'Indochine, décidèrent envers et contre tous.

L'Égypte, depuis l'arrivée de Nasser, abritait les bases arrière des rebelles du Front de Libération National Algérien. Ceux-ci fomentaient, depuis des années, agressions et autres troubles dans les départements nord-africains.

En août de l'année suivante, j'étais convoqué à la préfecture maritime de Toulon. Je fus introduit dans le bureau du contre-amiral, commandant l'aviation embarquée.

- Mes respects, amiral ! Capitaine de corvette Larrieux, à vos ordres ! déclinai-je dans un garde-à-vous impeccable, casquette sous le bras.

- Bonjour, commandant… repos ! L'état-major vous envoie avec la 18 en Afrique du Nord. Plus précisément à Lartigue, dans l'Oranais. Mais, cette fois, ce n'est pas à tour de rôle avec les autres flottilles, comme à Télergma. Vous partez pour une affectation à terre d'une durée indéterminée. Je ne connais pas les dessous de cette décision. L'ordre vient de Paris ! Certaines de mes informations laissent entendre que le commandant des opérations aériennes à Oran ait fortement souhaité et joué de toute son influence pour vous faire venir. Il est vrai qu'il est difficile de refuser des renforts à un héros de la France libre et, qui plus est, avait prédit depuis des années l'escalade de cette guerre sans nom. Les missions de l'Aéronautique navale, là-bas, sont très importantes. Plus particulièrement par la surveillance du trafic maritime dans lequel s'infiltrent les navires ravitaillant en armes, les maquis du FLN ! Le contre-amiral Saint-Albin de Thionville accumule les succès dans cette chasse à l'armement rebelle. Il requiert votre présence dans ce secteur.

- Monsieur… le contre-amiral François-Xavier Saint-Albin de Thionville, avez-vous dit ?

- Oui, bien sûr ! Le connaissez-vous, commandant ?

- Oui. J'étais sous ses ordres à Haiphong ! Il était alors capitaine de vaisseau. C'est un homme de rigueur et de convictions qui communique celles-ci avec une aisance d'avocat, liant à la fois rhétorique et autorité. Mais… je le croyais à Nouméa ?

- Il y était, en effet, jusqu'à la fin de l'an dernier ! Nos gouvernants envoient en Algérie les Tigres du Tonkin ! Massu, Salan, Bigeard, de Thionville et quelques autres encore ! Ce qui, au départ, ne semblait être qu'un simple maintien de l'ordre s'avère devenir une situation complexe, une nouvelle affaire indochinoise ! Vous partez le 16 septembre. Je sais la 18 entre de bonnes mains. Bonne chance, commandant !

Les *Corsair* décollèrent dans le soleil naissant de ce beau mois de septembre. J'admirais les îles d'Hyères et la presqu'île de Giens qui défilaient sous nos ailes. En prenant le cap sur Oran, je ne pus m'empêcher de contempler Toulon et ses massifs qui s'éloignaient rapidement. La Méditerranée était calme. Plusieurs navires survolés égratignaient le miroir bleuté, étincelant sous les rayons du soleil. Après deux heures de vol, nous transitions par l'ouest d'Oran en approche sur la base de Lartigue.

La grande cité de l'Ouest algérien s'éveillait sous l'intense chaleur nord-africaine. Comme à chaque fois que je survolais ces côtes, l'Algérie évoquait une sœur de notre littoral provençal. Comme si les dieux, des milliers d'années auparavant, dans leurs errements célestes, avaient éloigné ces deux sœurs pour leur seul plaisir ! Les inciter à se combattre, à se déchirer pour mieux se connaître, mieux se comprendre et mieux s'aimer ! Séparées par ce cordon divin, l'aînée, Marie la gracieuse, et la cadette, Amina l'ardente, prisonnières de leur histoire, soulevaient timidement le voile mystique de leur jeunesse !

L'aérodrome était emprisonné au milieu d'une zone semi-aride. Au loin, vers le nord, apparaissaient dans les terres, les vertes cultures de citronniers, d'orangers, de vignes et d'oliviers. Les *Lancaster*, les *Neptune* et les trimoteurs *Junker 52* du transport, occupaient la plus grande partie du tarmac. Plus loin, une dizaine d'hélicoptères *H 21 Banane*, semblaient dormir à leurs côtés.

L'après-midi, je me rendis à l'amirauté, à Oran, distante d'une vingtaine de kilomètres environ. La Jeep conduite par un quartier-maître, pénétra dans la grande ville en empruntant l'avenue de la République, les boulevards de Mascara et du maréchal Joffre. Nous arrivâmes au fort Lamoune, siège du commandement de la Marine de l'Ouest algérien.

L'ancienne forteresse surplombait la grande jetée du port et, telle une sentinelle, en surveillait l'entrée. Nous passâmes sous le grand porche gardé par deux fusiliers marins. À l'entrée du bâtiment principal, je me renseignai auprès d'un officier marinier. Par le gigantesque escalier de pierre, je me rendis au second étage. Les murs sur lesquels se découpaient des portes vernies, étaient blancs.

Le domaine du contre-amiral se trouvait dans l'aile droite. Dans le grand local du secrétariat où ma voix raisonnait et se perdait dans la hauteur du plafond, je m'adressais à une jeune personne aux pommettes rouges et aux cheveux courts. Elle était impeccablement sanglée dans son uniforme arborant, sur les épaulettes, deux galons dorés de second maître.

- Bonjour ! Je suis le commandant Larrieux. L'amiral m'attend !

- Bonjour, commandant ! Son aide de camp va vous accueillir, me répondit-elle.

À l'injection « entrez », elle m'annonça en ouvrant la porte :

- Le commandant Larrieux vient d'arriver.

Un officier aux lunettes rondes, classiques, suivit la jeune fille. Quel ne fut pas mon étonnement en reconnaissant dans l'aide de camp de l'amiral… mon ami Jean-Marie de Lourvainville.

- Jean-Marie ! Quelle surprise !

- Bienvenue aux portes de l'Afrique, mon cher Jean.

- Je te pensais quelque part sur un bateau ou au ministère, à Paris ?

- Et non ! Le vieux m'a fait venir au début de l'année !

- Cherche-t-il à reconstituer son équipe d'Haiphong en me faisant affecter ici aussi, avec la 18 ?

- Tu vas le découvrir dans quelques minutes, il nous attend.

Nous fûmes reçus par le contre-amiral Saint-Albin de Thionville. Il se leva, contourna le grand bureau en bois rouge foncé, travaillé en style napoléonien et ne me laissa pas le temps de le saluer. En me tendant la main :

- Larrieux ! Content de vous revoir. Je ne pensais pas que ce serait de sitôt, mais les évènements dans cette contrée nécessitent notre présence. Encore une affaire mal engagée me semble-t-il ?

- Mes respects, amiral. Je suis également très heureux de vous revoir et d'être à nouveau sous vos ordres. J'espère que nous volerons plus que ces derniers mois ! Hormis quelques raids en Kabylie et quelques entraînements à Hyères, nous sommes loin du quota d'heures de l'Indochine !

- Vous risquez d'être déçu ! Ici notre travail, mis à part quelques assauts contre des intrusions de rebelles venus du Maroc, est avant tout la surveillance du trafic maritime et le recueil des renseignements de toutes natures sur le FLN. Messieurs, asseyez-vous, je vais vous expliquer vos rôles respectifs. De Lourvainville est chargé de recevoir les renseignements émanant des différentes flottilles et de nos bâtiments en mer. Il les classe par ordre de priorité et d'urgence, les transmet à Alger à l'antenne du SDEC, service de documentation extérieure et de contre-espionnage, le successeur du deuxième bureau. Le vôtre, Larrieux, sera d'organiser les patrouilles aériennes, les vols de surveillance photographique et les missions de combat de la 18, en coordination avec les différentes flottilles basées à Lartigue.

- Oui, mais… et la 18, amiral ? Je volerai beaucoup moins à sa tête ?

- Vous la superviserez ! Mais laissez donc de Monségur se débrouiller ! C'est un excellent officier et un très bon pilote ! Ici, le climat est moins tendu que dans d'autres villes, malgré les attentats. Même si l'ennemi est insidieux, s'il se répand dans la population comme un poison et si ses méthodes ressemblent à celles des Viets, rien à voir avec le Tonkin. Pas d'armée officielle organisée, comme celle de Giap. Des groupuscules aux ordres de quelques chefs de guerre dont les arguments fallacieux n'ont, pour l'instant, convaincu qu'une minorité de musulmans. Mais rassurez-vous, vous volerez aussi. En tant que responsable des missions aériennes de la 18, libre à vous d'organiser les vols et de désigner les pilotes selon votre choix.

- Merci, amiral !

Après avoir écouté attentivement le Pacha, j'observais rapidement son immense bureau. Les deux fenêtres étaient étroites. Néanmoins, elles offraient une vue généreuse sur le grand port d'Oran et sur le large. Une beauté ! Entre les ouvertures, une grande peinture représentait la bataille de Texel en 1694, au cours de laquelle s'illustra le célèbre corsaire Jean Bart. Sur le mur opposé se trouvait la photographie, déjà vue à Cat Bi, sur laquelle figurent les cinq anciens du 64e squadron de la RAF. Ce cliché le suivait partout. Au milieu de documents épars, papiers, tampons et stylo-plume, trônait le cendrier en marbre rose sur lequel s'alanguissait sans grâce la vieille pipe en bois, tous deux vestiges affectifs du vieux militaire. La photo de la très belle comtesse Sophie Saint-Albin de Thionville, avec ses yeux d'un bleu lumineux et son sourire énigmatique, accompagnait toujours le contre-amiral. Mais, un autre cadre à son opposé, attira mon regard. Le portrait d'un jeune homme blond semblait me sourire. Il était en tenue d'élève saint-cyrien, son casoar posé sur le bras droit. Ce jeune homme était le portrait de madame Saint-Albin de Thionville, avec ses yeux bleus et son sourire doux. L'amiral avait-il donc un fils ?

Je n'avais souvenance que d'une fille, qui était directrice d'une galerie de peinture à Paris. Qui était ce jeune militaire ? Était-ce son fils ? Où se trouvait ce jeune homme ? Quel âge pouvait-il avoir? Je m'en ouvrirai à ce sujet auprès de Jean-Marie, car il était un peu le confident du vieux.

Les grosses poutres en bois tranchaient sur la blancheur du plafond et des murs. Le parquet de bois ciré chantonnait sous nos pas, comme dans les coursives d'un vieux navire.

Après deux longues heures d'entretien, nous prenions congé de l'amiral pour nous diriger dans celui de Jean-Marie. Là, dans une atmosphère plus détendue, nous évoquâmes nos souvenirs communs et nos carrières depuis l'Indochine. Et Jean-Marie de débuter :

- Après un an passé à Brest, j'ai été affecté ici à ma grande surprise. Je me suis posé la question de savoir quel pouvait être le rond-de-cuir inepte de l'état-major qui m'envoyait dans ce pays ! À l'époque, je m'imaginais que seuls les Touaregs, leurs chameaux et les sauterelles, pouvaient y survivre ! dit-il en riant. Dès que je suis arrivé, et que j'ai vu que Saint-Albin y était aussi, j'ai compris que ça allait chauffer dur ! Notre boulot commence à porter ses fruits. Nous avons arraisonné plusieurs navires transportant des armes pour les fellaghas. Nous avons réussi à contenir les entrées de rebelles au sud de l'Atlas, grâce aux aviateurs. Leurs vieux *T 6* texa*ns* font du bon travail, mais nous avions besoin d'une escadrille puissante avec de bons avions d'assaut et d'excellents pilotes. Il a remué ciel et terre ! Voilà la raison de votre venue à Oran. De plus, le vieux faisait d'une pierre deux coups. La 18, pour les missions aériennes, et toi, pour compléter le dispositif décisionnaire !

- Bien vu de sa part ! Il est toujours un fin stratège avec son côté secret et son éloquence particulière. C'est vrai, je le retrouve avec plaisir.

- À présent, je te laisse t'installer à la base. Je vais te dénicher un appartement en ville et puis je te présenterai quelques amis.

- Qu'est donc devenue ta belle amie Hélène ?

- Nous sommes mariés. Hélène, pour sa part, est restée à Paris. Quand je le peux, nous nous retrouvons là-haut. Mais souvent, c'est elle qui descend me rejoindre pour plusieurs semaines. Tu feras la connaissance aussi de madame Saint-Albin de Thionville. Tu verras, elle t'éblouira certainement, comme nous tous ici. Entre nous, c'est la douceur veloutée sur un port de reine. Quelle classe ! Tu jugeras par toi-même. À propos, comment vont André et les autres ? J'ai appris récemment le divorce de Dominique avec la Marine. Son épouse doit être enfin soulagée.

- André commande la 19. Roland Lebris et Moustique sont avec lui. J'ai pu les saluer avant notre départ d'Hyères. André est marié et papa d'une petite fille. Ma filleule se prénomme Margot. C'est une très belle poupée brune avec les yeux turquoise de ma sœur.

- Maximilien de Monségur est-il toujours aussi aristocratique et réservé ? Ses manières nous faisaient rire, en Indo. Même le colonel Piarretty, le patron des aviateurs à Cat Bi, ironisait lorsque ce pauvre Max le questionnait. Rappelle-toi :

- Sauf votre respect, mon colonel, dois-je comprendre que votre soliloque ne puisse souffrir aucune contestation ?

- Lieutenant ! Nous ne sommes pas dans la Marine Royale de Louis XV, que diable ! Nous sommes en 1953 dans l'aviation de combat et en guerre ! J'ai l'impression de découvrir un jeune puceau fraîchement sorti d'un séminaire ! répondait crûment en riant le colonel.

Rougissements de l'intéressé et éclatements de rire dans l'assistance. Puis, après cette évocation sympathique, j'interrogeai :

- À propos, l'amiral aurait-il un fils, Jean-Marie ?

- Ah, tu as vu la photo ! Hélas oui ! C'était Alexandre, sous-lieutenant dans l'infanterie coloniale.

- Comment, *c'était* ?

- Il est mort la veille de Noël 1954 à côté de Brazzaville, en combattant des tribus insoumises arrivant du Sud ! Il n'avait que vingt et un ans. C'est comme une blessure qui ne se cicatrisera jamais. Le vieux n'en parle jamais. Ne l'évoque pas plus, ne se confie pas davantage. Pourtant, je le sais très affecté. Il conserve en lui cette tragédie. S'il ne t'en parle pas, évite le sujet.

- Bien, à demain matin, à neuf heures ici. Au revoir, Jean-Marie !

Le quartier-maître me ramena jusqu'à la base de Lartigue. Je découvris nos locaux : un hangar et deux salles au rez-de-chaussée d'un des bâtiments. L'une comme salle des vols, et l'autre transformée pour l'occasion en un bureau, le mien.

Je fis la connaissance du lieutenant de vaisseau Neuville, de la 21, et je retrouvai avec plaisir le lieutenant de vaisseau Lemercier, plus connu sous le sobriquet de Monsignori ! Il lui avait été donné suite à une histoire d'atterrissage à Santa-Andrea de Luqà-sur-Malte, lors de la préparation du débarquement en Sicile. Lemercier, quadragénaire bedonnant et chauve, était un adepte du franc-parler mais également un fameux pince-sans-rire. Il commandait les *Junker 52* du transport. De Madagascar, par le Centre-Afrique, la Côte d'Ivoire et le Sénégal, l'Afrique française ne détenait plus aucun secret pour ce baroudeur.

En 1943, copilote d'un *Lancaster*, Lemercier avait sauvé son équipage lors d'un raid nocturne sur Messine. Touché par la DCA, l'avion, endommagé, privé d'un moteur et surtout de son commandant de bord grièvement blessé, rejoignait Malte avec difficulté, piloté par son copilote. Troué de toutes parts, le bombardier se retrouva avec seulement deux moteurs sur quatre, après l'arrêt du troisième au-dessus de la mer ! Et, comme un malheur n'arrive jamais seul, en approche sur Malte, le train d'atterrissage refusa de sortir ! Lemercier, qui ne pouvait reprendre de l'altitude pour sauter en parachute avec ses équipiers et surtout avec son pilote, inconscient, décida de se poser sur le ventre ! Il atterrit sur la terre aride et l'herbe rare de l'île méditerranéenne. L'avion glissa longuement, perdit une aile et s'immobilisa au milieu de la piste, sans prendre feu ! Tout l'équipage fut sauvé.

Félicité chaleureusement par son chef d'escadrille devant tous ses collègues, mon ami écoutait les louanges de son patron :

- Lemercier, bravo pour votre décision ! Elle vous a tous sauvés ! Votre atterrissage était parfait, même s'il ressemblait plus à

la glissade d'un cardinal sur les tapis du Vatican qu'à celui d'un avion sur une piste ! ironisa-t-il gentiment. Messieurs, nous avons à présent un Monsignori dans l'escadrille !

Applaudissements et éclats de rire ponctuèrent cette élévation de grade honorifique et unique dans l'armée !

Et, bien sûr, comme toutes les anecdotes, insignifiantes au départ, celle concernant cet ancien des FFL gonfla et se répandit inévitablement dans tout le milieu aéronautique militaire ! Depuis, le lieutenant de vaisseau Lemercier était appelé amicalement *Monsignori*.

Les semaines passaient entre vols, surveillances en mer et patrouilles le long de la frontière marocaine. Je découvrais cette région. En parlant de Mers El-Kébir, Jean-Marie évoquait la Corse et Calvi. Par contre, Oran, au pied de ces massifs montagneux, faisait penser à Toulon, surplombé par les monts Caume, Coudon et Faron.

La métropole de l'Ouest algérien s'animait sous la chaleur tropicale avec la bénédiction de Notre-Dame de Santa-Cruz, dont la statue veillait du haut de son rocher. Elle avait été construite en 1855 par les Oranais pour conjurer le sort et endiguer les épidémies de peste et de choléra qui, en ce temps-là, sévissaient tout autour de la Méditerranée.

Le café de Sauveur Esposito, situé dans la rue d'Arzew, à quelques pas de la place des Victoires, était fréquenté presque exclusivement par des Européens. Seuls quelques autochtones, amis du patron, venaient consommer au milieu des Pieds-noirs. Meublé et décoré en style moderne, le comptoir en zinc, les petites tables rondes et les chaises étaient en métal brillant, recouvertes de skaï rouge et bleu. Des photographies de célébrités de la chanson jouxtaient des tableaux aux couleurs et motifs futuristes, pour l'époque. L'établissement attirait les jeunes. L'ambiance y était chaleureuse, animée, balayée par les nouvelles musiques qui arrivaient d'outre-Atlantique et prolongeaient leurs rêves de fin d'adolescence.

J'avais connu Sauveur fortuitement, un dimanche matin, sur l'appontement du port de plaisance où je flânais. J'étais arrêté devant une balancelle espagnole sur laquelle, suspendu entre deux haubans, un panonceau peint à la main, indiquait : « A Vendre ».

Peu d'animation à cette heure matinale sur les quais. Derrière moi, une voix à l'accent pied-noir accentué, m'interrogea :

- Po, po, dè ! Il est beau, n'est-ce pas ! Il vous plaît ? Vous ne souhaitez pas l'acheter, ce bateau, militaire ?

Surpris, je me retournais et j'examinais le nouveau venu. L'homme, râblé, empathique, dans son ensemble de toile couleur paille, encore jeune malgré une calvitie précoce, m'observa à son tour.

- Oh, un officier de Marine et pilote d'avion ! Vous êtes à la Senia ou à Lartigue, jeune homme ?

Quelque peu étonné de cet inattendu interrogatoire venant d'une personne que je ne connaissais nullement, je toisai l'homme et lui répondis mécaniquement :

- Lartigue, monsieur ! Mais excusez-moi, je ne crois pas vous connaître ?

- Ah, c'est vrai ! Permettez que je me présente : Sauveur Esposito. Je suis le patron du café *Le France,* rue d'Arzew, sous les arcades. C'est plein de jeunes comme vous, et même bien plus jeunes, qui viennent écouter de la musique moderne. Venez et vous verrez, l'ambiance y est sympathique. Lors de votre visite, à l'entrée demandez-moi, je me ferai un plaisir de vous accueillir. À propos, pour le bateau, c'est celui de mon ami Maurice. C'est un homme malade, à présent, sa santé ne lui permet plus de sortir en mer tout seul. Avec beaucoup de regret il s'en sépare pour une somme modique. Si vous êtes intéressé, passez me voir quand vous voudrez, il y aura toujours moyen de s'arranger avec mon ami. On pourra faire baisser le prix, j'en suis certain.

- Je vous remercie. Au fait, je m'appelle Jean Larrieux, je suis pilote de chasse dans la Marine.

- D'où êtes-vous ?

- D'un petit village, en Provence. Toute mon enfance a été bercée par la Méditerranée, pas très loin de Toulon. J'aime la mer. Je suis ici depuis plusieurs mois et je souhaite en effet acheter une embarcation pour découvrir ce côté-ci de la grande bleue. Si toutefois nous tombions d'accord sur le prix, ce voilier me conviendrait parfaitement.

- Provençal, dites-vous ? Mais vous l'avez laissé en métropole, votre accent ? Vous parlez comme les gens des grandes écoles, comme les hauts fonctionnaires, mais avec une intonation plus sympathique ! énonça-t-il.

- Vous n'êtes pas le premier surpris, même ma famille s'en offusque, parfois !

Sa bonhomie et sa jovialité m'avaient séduit immédiatement. Après une franche poignée de main, le sympathique quadragénaire s'éloigna en m'ayant réitéré son invitation.

- Venez ! N'hésitez pas. Ma femme prépare les meilleures sardines à l'escabèche de tout Oran ! Vous m'en direz des nouvelles ! Jeune homme, à bientôt j'espère.

La 18 participa aux actions contre les fellaghas dans le Grand Erg occidental et le long de la frontière marocaine. Malgré l'intense surveillance maritime et aérienne, les livraisons d'armes aux rebelles continuaient. Les deux grands, USA et URSS, jouaient le jeu du FLN. Pour les Soviétiques, rien de surprenant. En ce qui concernait les États-Unis, c'était plus paradoxal. Tel Janus, le dieu à deux têtes, ils affirmaient d'une part soutenir la France, alors qu'en réalité, semblait-il, très hypocritement et dans l'ombre, ils aidaient les Soviétiques dans leur soutien inconditionnel aux insurgés ! Ceux-ci, nonobstant leur hégémonie marxiste, ne refusaient en aucune façon le concours bienvenu du Grand Satan occidental.

En ce printemps 1958, l'effritement de l'équilibre politique en France atteignit son paroxysme. Les gouvernements se succédaient sans pour autant trouver de solution à la crise algérienne.

Un après-midi, avant de partir en direction de fort Lamoune, j'attendais de Monségur qui descendait de son avion. Il revenait d'une mission de strafing avec trois autres *Corsair*, dans les monts de Tlemcen en renfort de l'Armée de l'Air.

- Salut, Max, comment s'est passée la mission ?

- Mal. Certes, le camp Fell a été détruit entièrement. Par contre on a laissé un appareil et deux gars. Un *T 6* des aviateurs, touché devant nous. Le pilote n'a pas pu redresser. Au tapis, aucun survivant. Les fellaghas ont de plus en plus d'armement, il faut le dire.

- Hélas, je le sais ! Leurs filières de ravitaillement sont très importantes malgré les coups que nous leur portons ; bateaux arraisonnés, avions détournés sur nos aérodromes et arrestations de leurs agents. Ils bénéficient du soutien de plusieurs nations arabes qui leur servent de bases arrière. Le contre-amiral m'a convoqué, je pars à l'amirauté… salut !

- Au revoir Jean, à ce soir !

- Non ! Ne m'attends pas ; j'ai prévu de rester à Oran avec Jean-Marie de Lourvainville. Salut et à demain !

Aussitôt, je quittais la base dans la deux-chevaux qui m'avait été affectée. J'aperçus en roulant sur ma gauche, la Sebka d'Oran, cette grande étendue marécageuse salée qui occupait une grande dépression de quarante kilomètres de long sur près de trois de large. Curiosité géologique particulière à quelques kilomètres à peine des orangeraies et des alignements de clémentiniers de Misserghin. Sur la nationale 2A, je croisai le bus jaune et bleu de la Sotac qui desservait Sidi Bel Abbes et ses environs. De l'aérodrome voisin de la Sénia, décollaient dans le bruit assourdissant de leurs réacteurs, deux chasseurs *Mistral* qu'utilisaient nos collègues aviateurs.

Je traversais la grande ville, très animée. La vie quotidienne de ces communautés, certes différentes mais tout aussi chaleureuses, était empreinte d'amitié et de respect mutuel. Oran me faisait penser à Marseille, la capitale de notre Midi. Là-bas depuis des siècles, la magnanimité de ses habitants avait surmonté les différences ethniques, confessionnelles ou originelles. Cette communion offrait, à la grande cité du Sud, une mosaïque humaine généreuse, remplie de sagesse et de tolérance.

Depuis quelques mois, je louais un petit appartement au premier étage d'un immeuble rue Maréchal Lannes, pas très loin de la rue d'Arzew. Ma compagne du moment, Danielle, une commerçante du quartier de l'hôtel de ville, était une femme de trente-cinq ans, séparée d'un époux médecin algérois. Nous nous rencontrions plusieurs fois par semaine. Nous vivions chacun de notre côté, gardant ainsi notre liberté et protégeant nos occupations professionnelles de tous les aléas. Et puis, j'aimais conserver ma liberté et partir des journées entières avec la balancelle que j'avais fini par acheter au vieux Roméro, Danielle n'aimant pas particulièrement la mer.

À la barre, j'appréciais la navigation quasi silencieuse de cet original voilier à deux mâts. Foc, génois, grand-voile et tape-cul, gonflés par le souffle léger du Ponant, propulsaient allégrement mon navire vers de nouveaux horizons. Du rocher de la Vieille, où flânaient les imposants mérous, aux îles Abibas, privilégiées par les langoustes et sillonnées par les barracudas, je découvrais les sites de pêche et de plongée de cette région.

Bercé par la faible houle, je revis mon neuvième anniversaire fêté avec mes cousins, à Carqueiranne, en 1937.

«Un soir, Léon se présenta à la maison pour inviter les hommes au ramassage des oursins. Les Ménard seraient aussi de la partie. Le lendemain, ce fut par un temps calme et ensoleillé que, munis de nos casse-croûte, nous empruntâmes la direction de la mer. Chargés, nous l'étions ; Léon nous demanda de porter des cageots en bois, un seau, des vieilles fourchettes, mais aussi deux crapettes. Le chemin était assez long et escarpé avant d'atteindre notre destination.

Le coin était splendide. La petite crique était péniblement accessible à pied. Léon la connaissait pour y être venu braconner quelquefois par le passé. Ce lieu était magique, certes peu abrité des vents, il était surtout protégé des regards indiscrets et du douanier qui ne s'y risquait pas ! Nous étions éblouis devant ce lieu sauvage que nous ne connaissions pas. Des rochers affleuraient la surface de l'eau. Plus loin, la couleur plus foncée dénotait une grande profondeur.

- Tonton Léon, à quoi va servir le seau ?

- *Tè, pardi, a ramassa leis arapedo, pitchoun** !

- Oui, mais c'est quoi ça?

- Ce sont ces coquillages, en forme de chapeaux chinois, collés sur les roches à fleur d'eau, des *bernicles*, quoi, comme disent les Parigots !

Empressés de passer à l'acte, nous apprîmes la manière la plus facile pour les décrocher. Charles et Robert, trouvèrent le ramassage plus rapide en utilisant leur couteau.

Resté à mon côté, Étienne, véritable débrouillard, me dit :

- Jean, vient par là, il y en a des tonnes et elles sont plus grosses !

C'est après maints essais que je parvins à les expulser de la roche. Pendant ce temps, l'oncle avait revêtu ses cuissardes en caoutchouc. Muni de sa crapette et du cageot, il s'attela à la cueillette des oursins.

Après l'oursinade, ce fut un copieux aïoli. Le repas traîna en longueur jusqu'à l'heure du souffler des neuf bougies, réparties sur le gros gâteau. Arriva le moment tant attendu des cadeaux.

---

* Tiens, bien sûr, à ramasser les arapèdes, petit !

Un peu à l'écart, sur la table, étaient entassés trois paquets enrubannés. Rapidement ouverts, nous découvrîmes trois magnifiques cannes à pêche et leurs accessoires. Quelle ne fut pas notre joie à la vue du complément indispensable aux apprentis pêcheurs que nous étions.»

Repenser à ces moments de bonheur ! Quelle joie !...

Toute l'année, ou presque, les températures douces aidant, la pratique des activités subaquatiques dans ces fonds vierges m'enchantait. Celles-ci m'éloignaient de mes préoccupations militaires et de cette question fastidieuse ; garderions-nous ces départements ou, comme en Extrême-Orient, allions-nous abandonner ces populations fragilisées ? Elles qui ne devraient vivre que dans l'insouciance ensoleillée des peuples bénis, à qui les dieux avaient offert une si belle région. Malheureusement, cette attente pernicieuse assombrissait la vision sereine de l'Algérie.

Y avait-il eu seulement un jour de sérénité et de calme dans cette Afrique du Nord depuis trois mille ans ? Depuis Rome, Carthage et les invasions de toutes natures, nubiennes, égyptiennes, européennes, l'Algérie avait-elle connu un jour une paix durable ?

Jean Giono ne disait-il pas en parlant de la grande dame bleue et de ses peuples : «... *Sous le soleil de la Méditerranée, il n'y a pas de mystères, seulement des tragédies* » ?

Une nouvelle tragédie était-elle en devenir ? Sous la brise qui gonflait mes voiles, en doublant le cap Falcon, je m'éloignai de ces interrogations oppressantes...

Cette année 1958 connut de multiples bouleversements. Attentats et manifestations de rues entraînèrent la constitution de Comité de Salut Public, le 13 mai. Ce comité fut présidé par le général Massu, qui en appela au général de Gaulle le lendemain. Le 15, c'était le général Salan qui, d'Alger, finissait son discours devant une foule importante par : « Vive l'Algérie française, vive la République, vive de Gaulle !... ». Sauveur de la

France, le grand homme de 1940, ainsi sollicité après la débandade des gouvernants successifs, devint président du Conseil. Sa venue en Algérie, au début juin, redonna espoir à tout un peuple sans distinction de confessions. Par ces mots : « Je vous ai compris, et vive l'Algérie française !... » le général avait soulagé des millions de personnes vivant dans une sombre expectative. Le 6 juin, devant une foule immense, au balcon du Forum à Mostaganem, il prononça un discours historique :

« *Il est parti, de cette magnifique terre d'Algérie, un mouvement exceptionnel de rénovation et de fraternité. Il s'est levé de cette terre éprouvée et meurtrie, un souffle admirable qui, par-dessus la mer, est venu passer sur la France entière pour lui rappeler qu'elle était sa vocation ici et ailleurs... Il n'y a plus ici, je le proclame, que des Français à part entière, des compatriotes, des concitoyens, des frères qui marchent désormais dans la vie en se tenant par la main...* »

En réunion dans son bureau en compagnie de Jean-Marie de Lourvainville, j'écoutais la note d'espoir du contre-amiral.

- Avec de Gaulle à la tête du pays, nous garderons les trois départements algériens dans la France. Je l'ai déjà suivi en 40, j'ai confiance en lui. J'ai énormément d'estime pour cet homme et je lui voue une admiration sans limites.

- Résistera-t-il aux pressions nationales et internationales ? Ses prédécesseurs de tous bords, malgré un consensus politique, ont claqué la porte ! N'est-ce pas prématuré que cette confiance sans bornes, amiral ? confessa, sceptique, Jean-Marie.

- Vous êtes encore jeune, commandant ! L'énergie que dégage cet homme est contagieuse. Elle soulève des montagnes ! Ayez confiance. Le conflit algérien n'est plus qu'une affaire de quelques mois ! Par ses paroles, le général a assuré la pérennité de la France, ici.

Je retrouvais, dans les propos de l'amiral, ceux de mon père lui aussi enthousiasmé par ce même homme. Pourtant, comme

Jean-Marie, une certaine défiance m'habitait. Sixième sens... peut-être ?

En décembre, le général fut élu Président de la République. Les fêtes de Noël en Oranie se déroulèrent dans une liesse populaire, balayée par une nouvelle espérance. Au café *Le France*, l'ambiance était des plus joyeuses. Sauveur Esposito n'en finissait plus de couvrir de louanges le nouveau président. De son côté, Eugénie était plus réservée. Assis à une table, autour de laquelle avaient pris place Maurice Roméro et Rachid El-Adaï, l'épicier musulman du quartier, et ami d'enfance de Sauveur et de Maurice, nous disséquâmes les événements de cette année. Et Rachid de rajouter :

- Le général de Gaulle va nous sauver ! Nous sommes très nombreux, les musulmans, à vouloir rester français ! Les marxistes du FLN, personne n'en veut. D'abord, on n'en a tous peur ! Et puis, notre sort les importe peu ! Seul le pouvoir les intéresse.

Cette assertion me renvoyait six ans plus tôt au Tonkin ! Les Vietnamiens, eux aussi, dans leur grande majorité, souhaitaient demeurer dans l'union française ! L'histoire et notre défaite à Diên Biên Phu les en avaient privés. Depuis, dans un pays instable, le chaos et le début d'une nouvelle guerre étranglaient ce peuple si attachant. L'Algérie n'était en rien comparable. Ici pas de Hô Chi Min, pas de Giap, seulement quelques jeunes loups qui n'avaient ni l'aura, ni l'autorité de l'oncle Hô et de son général. Pour nous les difficultés ne pouvaient surgir que de l'extérieur. De l'aide apportée par les deux grands aux rebelles et, notamment, de la pression politique qu'ils insufflaient à l'ONU.

À mes moments de détente, hormis mes sorties en bateau, il m'arrivait de fréquenter les plages. Celle de Trouville avait plus particulièrement ma préférence. En ce matin d'avril 59, après un bain plutôt matinal, j'étais allongé sur ma serviette. Depuis quelques minutes, je suivais du regard, abrité derrière mes lunettes de soleil, l'évolution bruyante et désordonnée des bateaux de pêche quittant ou revenant à Oran.

Soudain, ma ligne d'horizon fut rompue par l'apparition d'une jeune femme. Une silhouette élancée, que je trouvais charmante, passa à proximité de moi. Elle captiva mon attention! Âgée d'une vingtaine d'années, courtement vêtue d'une robe de toile fleurie, elle s'installa à une dizaine de mètres, à peine, de moi. De son beau sac en osier clair, elle en sortit un grand drap de bain. Gracieusement débarrassée de sa robe, elle m'apparut dans un bikini azur assorti à son chapeau de paille à larges bords. Elle venait de le poser sur sa longue chevelure brune.

Déjà, depuis quelques jours, je l'avais remarquée! Elle venait se baigner et prendre le soleil sur cette plage en s'installant approximativement au même emplacement.

Aujourd'hui, avant de s'allonger et de prendre son livre, elle se retourna vers moi et me sourit. À l'abri du soleil, derrière mes lunettes et sous mon chapeau de paille, j'examinai discrètement la nouvelle venue. Elle était presque aussi grande que moi, mince, le visage fin, et une peau hâlée. Cette belle naïade était... Tout, en elle, m'attirait.

Quelques adultes et des enfants profitaient de cette belle matinée et de la mer calme. Tout en peaufinant mon bronzage, je me surpris à épier l'inconnue du coin des yeux. Machinalement, je me redressai et décidai d'aller me baigner. Je passai volontairement très près de cette lectrice. À mon passage, me surveillant certainement elle aussi, elle baissa son livre. M'observait-elle derrière ses lunettes? Arborant mon plus séduisant sourire, je la saluai.

- Bonjour, mademoiselle.

Quelques secondes à peine s'écoulèrent avant qu'elle ne me réponde. En me dévisageant comme si j'étais un extraterrestre, elle me sourit et dit à son tour :

- Bonjour, monsieur. Devrions-nous nous connaître?

- Non, pas encore! Je vous ai aperçue plusieurs fois. Êtes-vous une habituée de cette plage?

- En effet, je l'aime bien. Le matin plus particulièrement. À cette période de l'année, elle est tranquille. La fréquentation n'y est pas encore estivale. Je l'avoue, moi aussi je vous avais remarqué.

Abandonnant l'idée de baignade, gentiment, je cherchai à m'imposer à son voisinage et à engager la discussion.

- Cela vous dérange-t-il si je m'assois un instant près de vous ?

- Chercheriez-vous à me draguer, monsieur ? Questionna-t-elle ironiquement, d'une voix agréable, en riant. Une pointe d'accent pied-noir perçait dans son amicale question.

- Moi, vous draguer ? Que nenni, jolie sirène ! Mais ne vous offusquez pas de mon audace. J'apprécie la compagnie des dames, à plus forte raison lorsqu'elles sont aussi belles que le soleil ! Non, je plaisante, mais j'avais envie de parler, plus précisément de vous parler, mais sans aucune arrière-pensée, croyez-moi.

- Vous savez, je me méfie toujours. Surtout lorsqu'un bel homme vous aborde de but en blanc par des paroles fallacieuses et des louanges plein la bouche ! Mais je vous en prie, asseyez-vous donc ; nous pourrons bavarder un moment. Moi aussi, je suis assez causante et un peu de compagnie n'est pas pour me déplaire.

Au début, nous discutâmes de la mer, de la région, du climat et lentement notre conversation devint plus personnelle. J'appris ainsi qu'elle se prénommait Mathilde et qu'elle demeurait à Saint-André de Mers El-Kébir. Sa famille était propriétaire d'un grand domaine agricole à Misserghin. Plusieurs dizaines d'hectares étaient consacrés aux orangers, clémentiniers, citronniers et oliviers, le reste de la propriété étant destiné à la viticulture. C'était son arrière-grand-père, jeune officier de l'armée du général Bugeaud, venu s'installer en Algérie après sa conquête au XIXe siècle, qui était à l'origine des premières plantations, réalisées à la force du poignet. Lors de nos échanges, je lui demandai :

- Mais, sans indiscrétion, pourquoi n'habitez-vous pas au domaine ?

Simplement de répondre :

- Ma profession ne me le permet pas et ma direction met un appartement à ma disposition, ici dans la ville.

- Comment, votre profession ! Vous travaillez ?

- Oui, cela vous paraît-il étonnant ? Voyez-vous, je suis institutrice à l'école primaire de Saint-André. Au-dessus des classes des filles, la bâtisse comporte deux appartements. L'un est affecté au gardien et à sa famille, l'autre à la directrice. Mais, celle-ci habite dans la maison familiale, au bout du village. Vacant, l'appartement m'a été proposé. J'ai accepté, voilà tout.

- Le travail de la terre ne vous tentait donc pas ? Pourtant, sur une telle exploitation il doit y avoir de la place, même pour une femme ?

- De la place ! Oh, certes oui, ce n'est pas ce qui manque. Pour tout vous dire, je me passionne pour mon métier. C'est pour moi une véritable vocation, et ce, depuis ma tendre enfance. J'adore les enfants, ce sont des êtres adorables qui ne demandent qu'à apprendre des grands. Ce goût d'enseigner m'est venu sur le domaine en voyant tous les enfants des ouvriers, curieux et attentifs aux moindres choses. Ici, il n'y a pas de discrimination, ils sont tous logés à la même enseigne. Ils se connaissent depuis leur premier âge car leurs parents travaillent souvent ensemble sur les mêmes exploitations.

- Comme c'est curieux, mon père est également dans l'enseignement. Lui aussi parle de son travail en employant des termes enthousiastes. Il enseigne les lettres dans un lycée. Il est tout aussi passionné que vous par sa profession. Quelquefois, il en devient même égoïste ! Mais ma mère lui pardonne volontiers.

- De quelle région êtes-vous ?

- Du Midi de la France. Plus exactement du côté de Toulon. Mon village s'appelle Carqueiranne.

- Mais dans votre village, il y a un lycée ?

- Non, il est trop petit. Mon père professe dans la grande ville voisine de Hyères.

- À votre allure décidée et résolue, je doute que vous soyez enseignant, vous aussi. Est-ce que je me trompe ?

- Non ! Ne vous en déplaise, je suis militaire. Plus précisément, je suis pilote de chasse dans la Marine. Mais dites-moi, pour être dans l'enseignement faut-il avoir une apparence particulière ? Pourtant, vous aussi vous me semblez énergique.

- Non ! Mais vous paraissez si déterminé. Pourquoi ce choix si singulier ? Après vos études, suivre les traces de votre père ne vous enchantait donc pas ?

- Après le baccalauréat, je ne m'imaginais pas assis derrière un pupitre toute ma vie, face à une classe bruyante. Mais incontestablement, l'enseignement est une noble vocation. Depuis ma tendre jeunesse passée au bord de la mer, ma préférence est allée vers les grands espaces et les voyages. En choisissant de devenir pilote dans la Marine, je conciliais mes deux passions. Actuellement, je suis en poste à Oran, plus particulièrement sur la base de Lartigue. Cela fera bientôt dix-huit mois.

Le soleil ardent chauffait nos peaux quand nous décidâmes d'aller nous baigner. Nous poursuivîmes notre discussion dans la fraîcheur. Ses lunettes ôtées, son regard me dévoila deux yeux bruns lumineux. J'en fus ébloui ! Quelques brasses après, Mathilde émit quelques plaisanteries à propos de mon bronzage léger pour un adepte des plaisirs aquatiques, ce qui finit de cimenter agréablement ce début d'amitié naissante. En nous séparant, nous promîmes de nous revoir.

Les prochaines semaines confortèrent notre attachement de manière plus prononcée. La profondeur de nos liens vit naître la progressive métamorphose de notre amitié. Jour après jour, nous succombâmes aux philtres envoûtants de Vénus. L'amour, tel une rafale de mistral sur deux papillons, nous emporta dans le voile éblouissant du septième ciel.

Le frémissement de la mer sur la grève troublait le silence de la nuit. La lumière opalescente de la lune se reflétait dans le miroir sombre de l'eau. Main dans la main, nous étions assis sur le sable, à quelques mètres à peine des pins parasols. Nous avions abandonné la voiture sous la petite pinède qui semblait protéger cette anse des mouvements et des bruits de la route voisine. Nos tendres paroles paraissaient s'envoler vers les étoiles scintillantes. Nous avions bravé le couvre-feu pour un moment romantique. Nous étions seuls. Nous avions découvert cette crique quelques jours auparavant. La tête de Mathilde reposait sur mon épaule, et ses longs cheveux caressaient mon cou.

- Jean, m'aimes-tu comme je t'aime ?

- Non !

Surprise, retirant sa tête de mon épaule, Mathilde demanda :

- Comment ? Tu ne m'aimes pas !

- Non !... Je ne t'aime pas... Je t'adore ! Je ne pensais pas pouvoir aimer quelqu'un à ce point. Suis-je déjà tombé amoureux ?... peut-être... mais aujourd'hui c'est différent. C'est comme si tu me prenais la main et que tu m'entraînais dans un autre monde. Un lieu envoûtant dans lequel une force spirituelle me paralyserait et m'engloutirait dans un tourbillon euphorique. M'aurais-tu envoûté, adorable sorcière ?

- Certainement, mon beau chevalier ! Mes philtres sont irrésistibles ! Même le plus endurci des célibataires vient d'y succomber ! N'est-ce pas, jeune homme ? Moi aussi, je t'adore. Sur la plage de Trouville, j'attendais que tu t'avances ! Je l'espérais avec un pincement au cœur. Est-ce cela, le coup de foudre ? Dès le premier jour où je t'ai vu, rien ne m'a plus semblé pareil. Moi, d'habitude si réservée en présence des garçons, me méfiant de leurs avances, j'ai réellement fondu lorsque tu m'as adressé la parole. Après nous être quittés, ce matin-là, je ne vivais plus que pour notre prochain rendez-vous. Face à ces heures qui ne s'égrainaient que trop lentement, je trépignais d'impatience. Être au lendemain matin, te retrouver et me jeter dans tes bras !

- J'étais également dans un grand état d'excitation ! Que s'était-il passé ? L'amour, le vrai, l'unique me dévorait-il ? Moi aussi, j'avais hâte de te revoir, de t'embrasser.

Tendrement, je l'embrassais. Nous basculâmes sur le sable doux. Notre baiser se fit plus fougueux. À travers sa robe fine, je caressais délicatement son corps magnifique. Elle était sous moi, ses mains réunies autour de ma tête…

La cloche de l'église carillonnait les douze coups de minuit lorsque nous pénétrâmes dans Saint-André, profondément endormie. Discrètement, nous nous rendîmes chez Mathilde. La porte d'entrée à peine refermée, je l'attirais contre moi et je l'embrassais fiévreusement…

Je la quittais au petit matin après notre première nuit d'amour.

Quelques heures plus tard, ce dimanche, elle vint me chercher à Oran dans son curieux petit cabriolet Renault Floride blanc, intérieur en skaï grenat. Nous passâmes la journée sur mon bateau, bercés par une houle légère. Le coup de foudre venait de nous balayer. Au fil des jours qui ne s'annonçaient pas des plus sereins pour cette région, ils s'en trouvaient de plus gais : ceux qui me rapprochaient de Mathilde et au cours desquels la brûlante actualité était vite effacée.

En juillet, d'un commun accord, Mathilde m'invita au domaine afin de me présenter à ses parents. C'était à bord de son véhicule, qu'un samedi matin nous quittions Saint-André en direction de Misserghin.

Après le village, nous tournâmes à droite dans une allée de terre bordée par des hectares de clémentiniers. Sur un talus, quelques arganiers faisaient la joie des oiseaux. La voiture parcourut un bon kilomètre en soulevant un nuage de poussière. Soudain, de grands palmiers dattiers apparurent.

L'allée aboutissait sur une vaste esplanade de gravier blanc, parfaitement ratissée. Mathilde se gara devant la grande bâtisse domaniale. Son architecture massive de pierres claires était imposante. Elle tranchait au milieu de cet écrin de verdure.

Notre approche avait dû être signalée. Une femme brune nous attendait en haut des quatre marches donnant accès au perron. Une porte d'entrée monumentale en chêne, admirablement travaillée, accueillait le visiteur. La cinquantaine approchante, le port altier, mince et de taille moyenne, la femme nous accueillit en souriant. Aussitôt les deux femmes s'étreignirent affectueusement.

- Bonjour, maman ! Je te présente mon ami Jean dont je vous ai déjà longuement parlé à toi et à papa.

- Bonjour, ma fille ! Tu as une mine éblouissante. Bonjour, jeune homme, enchanté de faire votre connaissance. Mathilde nous a si souvent parlé de vous. Avec mon époux, il nous semble vous connaître depuis fort longtemps ! Mais ne restez pas ici par cette chaleur, venez à l'intérieur je vous en prie, la température y est meilleure.

La lourde porte de chêne franchie, nous débouchâmes dans un vaste hall aux murs de crépi blanc. Quelques tableaux de maîtres ainsi que des tentures anciennes complétaient l'ameublement. De ce vestibule, pavé de marbre clair, partaient deux couloirs livrant accès aux ailes de la vaste demeure. Mais le plus impressionnant était l'immense escalier de marbre rose, bordé de balustres, qui desservait l'étage ! Au pied de celui-ci trônaient, majestueux, deux nègres également en marbre rose, tenant chacun un candélabre. Sur le mur, en face de l'escalier, une grande peinture dans un cadre doré, m'attira.

Un couple, jeune, souriait. Lui, en tenue militaire du siècle dernier, était brun, le teint mat, le regard brillant, avec une moustache fournie dont les pointes fines remontaient vers le haut. Elle, brune également, était vêtue d'une longue robe de dentelle blanche au col resserré. Dans l'angle inférieur gauche, je lus la légende : « Bixente et Violette Irrigaray, 1862… »

Non loin de là, attendait un couple de serviteurs. À l'ordre de leur maîtresse, ils s'empressèrent de prendre nos bagages. Empruntant l'un des couloirs, nous nous dirigeâmes vers l'aile droite, à l'arrière de la maison. La température fraîche des lieux fut la bienvenue après le trajet.

La demeure était un savant mélange architectural. Vue du dehors, elle ressemblait à un petit manoir avec ses deux tours rondes, crénelées et à étages. Le bâtiment central, lui, avait une architecture coloniale avec de grandes terrasses couvertes, soutenues par des colonnes blanches. L'intérieur, avec ses vastes pièces aux plafonds hauts, s'apparentait bien à une construction du XIXe siècle. Mais la découverte du lieu ne s'arrêtait pas là. Une très grande salle à manger, meublée et décorée avec raffinement, offrait, par trois portes-fenêtres, la vue sur un espace arboré charmant. S'y trouvait une belle pelouse recouverte par de vieux palmiers.

Au centre d'un patio ceinturé par des oliviers centenaires, nous accueillit une fontaine en grès, d'où l'eau chantait agréablement. Elle s'écoulait d'une vasque portée à bout de bras par une divinité grecque. Une mousse de plusieurs décennies la parait incomplètement. Aux dires de Mathilde, la fraîcheur de ce lieu était toujours la bienvenue. L'espace aéré et ombragé protégeait sensiblement de la forte chaleur. En ce lieu, près d'un olivier, deux hommes conversaient. À notre vue, leur dialogue s'arrêta. Le plus âgé des deux s'avança vers nous en souriant. Il était aussi grand que moi mais sa stature était plus imposante.

Le quinquagénaire brun, au visage lourd, au front haut et au menton carré, respirait volonté et énergie. Le père embrassa sa fille avec une grande joie, sous l'œil bienveillant de son épouse. Mathilde me présenta.

- Papa, je te présente mon ami Jean.

Nous nous serrâmes la main, tout en nous jaugeant attentivement. La poignée de main était ferme et puissante. C'était celle d'un homme décidé. Son allure et son physique, sous un aspect affable, me rappelaient l'oncle Léon, lui aussi homme de la terre.

- Georges Irrigaray ! Très heureux de faire votre connaissance, commandant.

- Jean Larrieux ! Enchanté de vous connaître, monsieur, répondis-je, quelque peu intimidé par cet homme.

À l'arrière, un jeune Arabe à peine plus âgé que moi, s'éloigna discrètement.

Le repas de midi se déroula sur la terrasse ouverte. L'ambiance était détendue, agréable. Le succulent repas terminé par un café crémeux avait été servi par une vieille Algérienne. Malgré l'ombre, une chaleur sèche nous emmaillotait. Le léger souffle du vent était à peine perceptible.

La conversation du moment portait sur les origines de la famille paternelle de monsieur Irrigaray. J'appris ainsi que sa famille venait de France et plus particulièrement du Pays Basque.

En effet, son grand-père, Bixente, après avoir quitté l'Armée en 1860, avait investi toutes ses économies et toute son énergie dans l'élaboration de ces cultures ; projet audacieux en ce siècle. Ses plantations réalisées, il était revenu en France chercher son épouse et son fils pour s'établir définitivement ici.

- Mon père a épousé la fille d'un commerçant d'Oran et je suis le fruit de cet amour. La bâtisse de l'Orangeraie a vu le jour en 1899. Auparavant, la famille résidait dans une autre construction, bien plus petite, à quelques centaines de mètres de là, au milieu des orangers. À présent, celle-ci est habitée par mon régisseur, Ahmed, que vous avez aperçu ce matin, et par sa famille. À l'occasion, je vous présenterai à cet ancien officier parachutiste que vous venez d'entrevoir. Il a été fait prisonnier à Diên Biên Phu. Aïcha, sa mère, nous a servis ce midi. Son époux et elle travaillent sur le domaine depuis plus de quarante ans. Ahmed, leur fils, était très doué, toujours premier partout, à la communale comme au lycée. Il a voulu s'engager dans l'Armée en 47. Il a fait Saint-Cyr. À son retour d'Indochine, après sa démission de l'Armée, je lui ai proposé de m'épauler sur la vaste exploitation à la place du régisseur. Ce dernier, vieillissant et fatigué, souhaitait, avec sa famille, regagner sa région bourguignonne… Comme vous le savez, Mathilde a choisi d'être institutrice et autonome ! Certes, elle vient d'avoir vingt-cinq ans. C'est une belle vocation de vouloir enseigner, de nos jours. Le travail dans ce domaine n'est pas toujours facile, même pour un homme d'expérience. Mon fils, Paul, travaille avec moi. Sa fonction de représentant commercial le conduit à d'incessants voyages. Il parcourt les routes françaises afin de décrocher de nouveaux clients ; voilà la raison de son absence aujourd'hui. Lui, également, souhaite vous connaître assez vite.

- Je sais que le métier de la terre est dur et peut engendrer le découragement. Le frère de ma mère est maraîcher et horticulteur. Ses terres sont infiniment plus modestes que les vôtres. Chez nous, en Provence, les exploitations sont plus morcelées, plus artisanales, hormis quelques grands domaines viticoles loin dans les terres.

Pendant que les femmes s'affairaient de leur côté, l'homme, avenant, me proposa de découvrir une partie de ses terres. Nous nous embarquâmes à bord d'une vieille Jeep, et soudain, alors que nous parvenions en haut d'une butte, je fus stupéfait par l'immensité de ces cultures et par le parfait alignement des fruitiers ! Deux cents hectares à perte de vue ! Les arômes émanant du mélange d'agrumes, nous parvenaient délayés par le zéphyr, dans l'atmosphère tiédissant de cette fin d'après-midi.

Le soir, la pénombre installée sur le domaine, nous appréciâmes la fraîcheur tant espérée après l'accablante chaleur diurne. De notre côté, Georges et moi entamions le sujet brûlant de l'actualité :

- Un jour prochain, je pressens qu'il nous faudra quitter ces terres ! Cent ans de dur labeur, d'investissements financiers, de bonnes et de mauvaises récoltes. Quelquefois, il nous faut lutter contre des fléaux tels que la grêle ou les sauterelles. Heureusement, les années se suivent mais ne se ressemblent pas.

- Mais monsieur, pourquoi voulez-vous partir ? Pourquoi vouloir quitter ce domaine magnifique, ce remarquable héritage familial ? C'est aussi votre lieu de naissance, votre terre ?

- Allons, Jean ! Vous permettez que je vous appelle par votre prénom ? Ouvrez les yeux ! En tant que militaire, vous êtes bien placé pour savoir ce qui se trame ! Toutes nos colonies s'émancipent les unes après les autres, certaines dans le calme, d'autres, hélas, dans le chaos ! Voyez-vous, l'Algérie ne sera pas l'exception ! Paris commence à nous lâcher ! La métropole est indifférente à notre sort. Elle espère que ce conflit s'arrêtera rapidement et que tous ces jeunes appelés du contingent réintégreront la France au plus vite.

- Pourquoi un tel pessimisme ? Je ne suis pas d'accord avec vous. Les rebelles perdent pied jour après jour. Nous sommes en train de la gagner, cette guerre ! Vous verrez, l'Algérie sera bel et bien l'exception !

- Jean, je suis admiratif devant votre enthousiasme. Mais ne rêvez pas trop !... Militairement, oui, l'Algérie pourrait être conservée, mais elle sera perdue sur le tapis vert des négociations, pareillement à d'autres colonies... comme le Tonkin !

Ce fut sur ces moments de doutes prémonitoires que nous prîmes congé des parents pour accueillir un sommeil réparateur. Nous gagnions nos chambres respectives, même si nos relations étaient devenues plus intimes à Saint-André. Je retrouvais, comme dans ma Provence, le calme campagnard, griffé simplement par le chant de quelques insectes nocturnes. À la fois paisible et apaisante, cette complainte m'entraina rapidement dans les bras de Morphée.

La journée du lendemain nous permit de faire plus ample connaissance. Les Irrigaray se révélèrent de charmants et agréables hôtes. Ils avaient su rester simples malgré leur place importante sur l'échiquier économique de l'Oranie. Une fois encore, ce fut en profitant de la fraîcheur toute relative de la fin de journée que Mathilde et moi, nous les quittâmes.

Assez rapidement, je présentai Mathilde à l'ensemble de mes amis, et, bien sûr, au contre-amiral et à sa charmante épouse. Par sa gentillesse, son empathie naturelle et son charme, Mathilde trouva un accueil sans pareil. Elle les éblouit tous. Il ne lui restait plus qu'un pas à franchir, la connaissance de ma famille et de mes amis, en France. À ce jour, ce voyage n'était pas encore programmé.

Les semaines passaient et l'attitude de plus en plus équivoque du Président de la République faisait ressurgir en Algérie le spectre des vieux démons ! Son discours du 16 septembre dévoila ses intentions. Un référendum serait proposé au peuple français, des deux côtés de la Méditerranée. L'idée d'une autodétermination commença à germer dans l'esprit des gouvernants, ce qui n'était pas pour rassurer les Pieds-noirs et la grande majorité des musulmans.

Peu après la rentrée des classes, un matin où je me trouvais à Oran, je décidai d'aller faire un petit coucou à ma bien-aimée. Arrivé à Saint-André, je garai ma 2 CV près du marché situé sous l'école communale. En remontant la petite rue, je redécouvris le royaume de Mathilde. Le petit établissement scolaire était scindé en deux, le coin des garçons et le côté des filles. C'était l'heure de la récréation. L'effervescence enfantine défiait la quiétude des moineaux chantant dans les grands platanes de la cour. Semblant s'amuser de cette excitation matinale, les oiseaux s'envolaient gaiement dans un gazouillis romantique.

Devant le portillon de la cour des filles, je l'aperçus. En compagnie de deux collègues, elle dialoguait tout en surveillant les joyeuses gamines. Son attention fut attirée par deux écolières contre le grillage. Soudain, elle me remarqua. Passé sa surprise, elle accourut, souriante. Les deux fillettes nous observaient en pouffant :

- Aïcha ! Tu as vu le gendarme ? Mais, qu'est-ce qu'il vient faire ici ?

- Hi ! hi ! Lucienne, ci pas un gendarme ! Ça y être l'amoureux de mam'zelle Mathilde ! Ji l'y déjà vu avec maman sur le marché. Après, y sont venus ici, chez mam'zelle !

- Tu te trompes peut-être ! C'est peut-être son frère ?

- C'y pas vrai ! J'y l'a vu, il a embrassé mam'zelle sur la bouche !

- Ah ! alors…

En entendant cet échange, nous nous tournâmes vers les gamines et nous éclatâmes de rire. Ma tenue kaki de service ressemblait effectivement à celle des gendarmes.

- Alors, monsieur Larrieux, que faites-vous ici ? Que se passe-t-il ? Seriez-vous interdit de vol ? ironisa-t-elle.

- Non ! Je sors simplement de l'amirauté et j'avais envie de te voir. Je ne pensais pas te trouver dans la cour. Mais c'est très bien ainsi.

- C'est une charmante attention. Tu m'en vois ravie même si cela va faire jaser, à présent, parmi mes amies. Je voulais te… je t'aime !

- Moi aussi ! J'ai hâte que nous puissions nous retrouver.

Soudain la cloche de la fin de récréation, cruellement, interrompit notre tendre aparté.

Les fêtes calendaires approchant, nous avions convenu que nous nous échapperions une bonne semaine en Provence. L'ensemble de ma famille découvrirait enfin la personne que mon cœur chérissait. Je savais, par nos fréquents courriers, que ma mère attendait cet instant avec une grande impatience. Elle craignait depuis quelques années, que son grand fils ne finît vieux garçon !

Aujourd'hui encore, je me souviens de ses paroles lors de ma dernière permission à Carqueiranne, il y a plusieurs mois, déjà.

- *Mais Jean, mon Jean, tu as à présent trente ans, ta passion pour ta profession est une chose, vivre et partager des aventures sans lendemain, une autre. La jeunesse ne dure qu'un temps. N'envisages-tu pas un jour de créer une famille à ton tour ? Regarde ta sœur, et André avec ta filleule, comme ils sont heureux. Vas-tu finir, vieux garçon ?*

- Rassure-toi, maman, tu seras encore grand-mère, mais laisse-moi le temps de trouver celle avec qui je partagerai ma vie.

Le *Saint-Pierre*, mon embarcation nous permettait de passer des journées et des nuits agréables en mer. Ce matin-là nous naviguions, bercés par une houle longue et un vent léger, au large du cap Lindlés. Alanguie sur le roof à côté du grand mât, Mathilde, vêtue d'un maillot jaune, offrait son corps aux dards brûlants du soleil. Une fois encore, j'admirais ses formes agréables, ses longues jambes fuselées, ses petits seins, sa longue chevelure sombre abritée sous un saillant chapeau de paille...

Emporté par cette douce béatitude, je lâchai la barre et le bateau fit un écart. Je repris la commande mais le brusque changement de direction ne lui avait pas échappé !

- Dites-moi, commandant Larrieux, pilotez-vous ainsi d'habitude, ou auriez-vous perdu la maîtrise de votre navire ? Chercheriez-vous à m'effrayer ?

- Que nenni ! N'ayez crainte, gent dame ! Cela ne se reproduira plus. Je rêvais et...

- Vous rêviez ? Se pourrait-il au moins que ce soit à moi ? Ne sais-tu pas que je suis jalouse ?... que je n'ai nullement l'intention de te partager avec quiconque, ne serait-ce que par la pensée, dit-elle, en riant.

- Je pensais justement à une divine naïade blonde, nue, alanguie sous un cocotier et je m'...

- Salaud ! Ignoble bonhomme ! cria-t-elle en se levant brusquement pour se jeter sur moi.

À l'automne, lors d'un week-end au Domaine de l'Orangeraie, je fis la connaissance d'Ahmed. Au volant de la Jeep, il revenait de terminer sa tournée dans les clémentiniers.

- Ah bonjour, commandant. Je suis heureux de vous rencontrer !

- Bonjour. Moi de même, Ahmed. Si vous aviez un moment, j'apprécierais de pouvoir bavarder. J'espère que monsieur Irrigaray n'y verra aucun inconvénient. Je ne voudrais pas vous causer des ennuis.

- Non, pas de problème, rassurez-vous. Mais montez donc, nous bavarderons en chemin. Je dois encore me rendre du côté des citronniers.

- Monsieur Irrigaray m'a dit que vous étiez dans l'Armée et que vous aviez combattu à Diên Biên Phu ?

- Affirmatif ! J'étais lieutenant à la 22e brigade de chasseurs parachutistes. J'avais en charge une section. La brigade, après la défaite et la captivité, a été décimée. Très peu malheureusement en sont revenus !... Après ce désastre, j'ai décidé de quitter l'Armée.

- Comme cela est étrange, j'ai justement un excellent ami qui y était affecté ! Il se nomme Pierre-Jean Chambon, peut-être le connaissez-vous ?

- Pierre-Jean, le *Rouquin* ? Oui ! Il était dans ma section ! Ça alors, quel hasard !

- C'est bien de lui qu'il s'agit. Oui, je le connais bien, ajoutais-je en riant. C'est l'un de mes meilleurs amis d'enfance. Après la défaite, sans nouvelles aucunes de lui, je le pensais mort, là-haut, dans la cuvette.

- Vous ne pouviez pas en avoir. Nous avons été faits prisonniers le soir du 7 mai après la prise du poste de commandement. Ces salopards nous ont fait errer d'un coin à l'autre durant des semaines et des semaines. Nous devenions asthéniques. Ceux de notre section qui ont eu la chance d'en revenir, le doivent un peu à Pierre-Jean, vous savez. Son incroyable volonté, son moral d'acier et sa façon de se priver de sa maigre pitance pour l'offrir aux autres, malgré sa faim, ont forcé le respect de tous. Moi, y compris. Tout au début, nous l'avions surnommé le *Rouge* par rapport à ses cheveux. Mais après plusieurs de ses redoutables colères, nous avons opté pour *Rouquin*, comme vous, en fait.

Dans ses accès de rage, il braillait que les seuls rouges présents dans le coin étaient les salauds qui se tenaient en face et qu'il ne valait mieux pas se tromper d'adversaire si l'on ne voulait pas tâter de son point ! En ces moments-là, je vous prie de croire qu'il valait mieux rectifier nos paroles !

- Ha ! Ha ! Sacré *Rouquin* ! Sans aucun doute, nous parlons bien du même individu ! Il est à nouveau au cœur du combat, en Kabylie, cette fois. À présent, il est officier. De votre côté, vous avez fait Saint-Cyr, je crois ?

- Oui ! Mais c'est une longue histoire, et je ne voudrais pas vous ennuyer avec ça ! Enfin... c'est grâce à monsieur Irrigaray. Il me connaît depuis toujours car je suis né sur le domaine. J'y ai passé mon enfance aux côtés de Paul et de Mathilde. Nous avons usé les mêmes bancs d'école, ici et à Oran. Devant l'excellence de mes résultats scolaires, monsieur Georges a proposé à mes parents de me prendre sous son aile, en quelque sorte. Il est intervenu pour que je puisse présenter le concours d'entrée à Saint-Cyr. Plus tard, dans cette prestigieuse école, tout n'a pas été facile, croyez-moi. Malgré mon travail assidu et ma volonté de réussir, je n'étais pour eux qu'un petit Arabe ambitieux, tout juste sorti de son bled ! Certains aspirants de ma promotion m'évitaient même. Ils me regardaient de leur air supérieur ! En me montrant leur dédain, ils m'accablaient ! Certains soirs, je vous l'avoue, j'étais totalement démoralisé, j'en avais les larmes aux yeux. Mais je suis comme le roseau, je plie mais je ne romps pas ! Pour mes parents, pour monsieur Georges et pour ma race, j'ai eu la rage de réussir. Ainsi, j'ai démontré à ces prétentieux pleins de suffisance que la réussite dans la vie ne tenait pas qu'à la particule de votre nom ni à la couleur de votre peau ! Face à mon acharnement et à mes résultats, ils ont fini par me regarder autrement et l'ambiance a changé. Ceux qui, hier, se moquaient encore et me traitaient de plouc, sont d'abord devenus de bons partenaires d'études, pour évoluer ensuite en de véritables amis. Saint-Cyr terminé, certains d'entre nous se sont retrouvés sur le théâtre de l'Extrême-Orient, à Cao-Bang, à Nan-Sé, à Luang-Prabang et à Diên Biên Phu. Dans cette guerre, la France a perdu beaucoup d'hommes et surtout de jeunes et brillants officiers. Sans le père de Mathilde, je n'aurais jamais pu embrasser la carrière d'officier de l'Armée française. À présent, c'est ici, sur ma terre natale, que ces maudits Marxistes recommencent leurs exactions ! Ce ne sont que des jeunes loups sans envergure aucune, des seconds couteaux que vous aurez vite fait d'anéantir. Les Algériens veulent majoritairement rester français. La France ne doit pas nous abandonner... comme nos amis du Tonkin ! Commandant, je vous le dis, la Patrie ne doit pas céder à la pression internationale.

- Vous savez, Ahmed, je reste optimiste. C'est certain, nous allons la gagner, cette guerre ! Je pense que nous avons tiré la leçon de Diên Biên Phu. Il n'est nullement question de laisser ce pays à la merci de quelques excités !

- Je suis d'accord avec vous. Mais en voyant la tournure des événements, il m'arrive pourtant de douter. Toutefois, méfions-nous des politiques ! Leur logique est parfois déconcertante. Ils ne raisonnent jamais comme nous, les militaires. Sans la France, l'Algérie aux mains du FLN deviendrait vite la proie des divisions intestines. Elles seraient enfantées par des leaders avides de pouvoir qui n'ont pas foi en Dieu ! Qu'Allah les engloutisse tous dans les flammes de l'Enfer !

Quelque peu surpris et étonné par cette injonction divine d'une sincérité limpide, je déviai la conversation sur le travail d'un pareil domaine. Une petite armée d'employés en permanence et le renfort de saisonniers aux temps forts des récoltes et des vendanges étaient nécessaires.

À Noël, comme promis à Mathilde ainsi qu'à mes parents, nous nous rendîmes avec joie à Carqueiranne. Après le *Constellation* d'Air France Alger-Marseille, puis le train jusqu'à Toulon, nous débarquâmes enfin sur le quai de la gare par un froid sec et un soleil généreux.

Naturellement, ils étaient là sur le quai, chaudement vêtus. Manteaux de laine peignée pour tous les deux, chapeaux de feutre noir pour mon père et jade pour ma mère. En ce lieu et par ce temps, les présentations furent écourtées.

Et mon père, de dire :

- Enfin, vous voilà arrivés ! Bonjour, Jean ! Bonjour, mademoiselle ! Venez les enfants, ne restons pas là, par ce froid glacial nous allons tous attraper mal ! Nous ferons plus amplement connaissance devant un bon feu de cheminée.

Sur ces bonnes paroles, nous partîmes prestement nous engouffrer dans la vieille Frégate.

Alors que nous parvenions à la Grande Bastide, Mathilde, restée derrière moi, s'immobilisa, émerveillée ! Silencieuse, elle regardait la mer...

- Mon Dieu que c'est beau, Jean !... Ce lieu est encore plus magnifique que dans tes descriptions !

- Ho ! Rien d'extraordinaire par ici, vous en découvrirez de plus stupéfiants, encore, lorsque Jean vous conduira sur la Côte d'Azur ou dans les calanques, en allant vers Marseille !

Ce soir-là, nous n'étions que tous les quatre à la maison. Nous profitâmes de ce moment d'intimité familiale pour affiner nos liens. Ma mère, comme je le prévoyais, était aux anges et ne tarissait pas d'éloges sur Mathilde ! Mon père, d'ordinaire assez réservé, était rayonnant devant cette belle jeune fille au caractère affirmé.

À présent, confortablement assis dans les fauteuils de cuir, face à la cheminée où crépitaient les bûches de chêne, nous bavardions dans une douce béatitude. La soirée s'éternisait pour notre plus grand plaisir. En cet instant de quiétude et de félicité, je ne savais dire depuis combien d'années je n'avais pas connu de pareils moments de communion avec mes parents. Au moment d'aller nous coucher, ma mère indiqua à Mathilde :

- Venez avec moi. Je vous ai préparé l'ancienne chambre de Catherine. Elle vous conviendra très bien, j'en suis certaine...

Et, en l'embrassant :

- Bonne nuit, Mathilde…

Et de rajouter, légèrement offusquée devant mon sourire malicieux :

- Voyons, Jean ! Tu n'y penses pas, j'espère ! Ici, tant que les épousailles n'ont pas été célébrées, les amoureux ne dorment pas dans le même lit ! Là-bas, c'est une chose que je ne suis pas censée connaître. Ici, sous ce toit, c'en est une autre ! Le comprends-tu ?

En fait, ces belles paroles venaient d'une mère attentive et respectueuse des traditions en ce qui concernait la vertu d'une jeune fille avant le mariage. Ce rappel des convenances ne m'empêcha nullement de retrouver en catimini ma douce aimée, quelques dizaines de minutes plus tard !

En ce 25 décembre, toute la famille était enfin réunie. De l'examen attentif d'un connaisseur, l'oncle Léon, en passant par ma sœur Catherine, Mathilde, dans sa simplicité souriante, fut adoptée par tous et plus particulièrement par ma filleule. Dans la foulée, André évoqua certains souvenirs d'enfance mais aussi de jeunesse. Ceux-ci me ramenèrent bien des années en arrière et je me remémorais les joyeux moments de l'insouciante adolescence.

Mon regard se porta vers le sapin de Noël, illuminé de mille feux. En un bref instant, je revoyais des situations contrastées : bonheur et tristesse. Les Noëls heureux de mon jeune âge où nous étions éblouis à l'ouverture des paquets colorés. Nous frémissions à la découverte de ces cadeaux que cet homme incroyable, le Père Noël, nous avait apportés.

Toutefois, André et moi, nous cherchions à comprendre comment ce vieillard pouvait se mouvoir si facilement dans ce conduit ridicule, avec sa grande hotte emplie de présents, et, de plus… la cheminée allumée ! Il est vrai que cet homme admirable est un incroyable magicien ! Dans mon rêve, je m'évadais et je m'attardais sur des images plus douloureuses…

Je revins huit années en arrière, sous la bruine d'un Noël tonkinois. Subitement, le souriant visage de Quanq surgit du fond de ma mémoire. Cet enfant martyr, disparu, à qui j'avais pensé faire découvrir ma Provence, endeuillait le miroir de ma jeunesse passée. Je ne l'avais pourtant jamais oublié. En ce soir de fête, je le revoyais s'émerveiller devant mes présents. Sa fin tragique, dans une guerre d'adultes dont il avait été l'innocente victime, me révulsait encore…

Lors de ces vacances, nous en profitâmes allégrement pour parcourir à nouveau les chemins de mes escapades enfantines. Mathilde s'émerveillait toujours un peu plus à la découverte de ces lieux mythiques qui avaient bercé ma jeunesse. Elle n'en finissait plus de se réjouir à la vue de cette côte méditerranéenne que nous parcourions. Et de proclamer quelquefois dans un cri du cœur :

- Jean, que ces endroits sont enchanteurs, c'est encore plus beau que chez moi ! Ici les couleurs explosent !

C'est par bateau que, le 2 janvier nous devions repartir et quitter les nôtres. À la maison, les séparations n'avaient pas été faciles. Malgré ce départ obligé, ma mère, soulagée, voyait repartir un fils qu'elle acceptait désormais de partager avec une autre !

Mon père, quant à lui, ne tarissait pas d'éloges sur sa future bru qu'il appelait, à présent : ma seconde fille.

André était du voyage, lui aussi. Il rejoignait sa flottille, la 19, en poste à Alger-la-Blanche pour quelques mois.

Le grand navire quitta Marseille en fin d'après-midi. En silence, nous regardâmes avec un petit pincement au cœur, s'éloigner le palais du Pharo, la Bonne Mère, le château d'If et, peu après, le phare de Planier.

Le lendemain, nous étions en réunion chez le contre-amiral avec Jean-Marie de Lourvainville et le lieutenant de vaisseau Neuville. Saint-Albin de Thionville avait le visage des mauvais jours. Les traits tirés, le bleu clair de ses yeux avait viré au sombre. Sa voix, habituellement veloutée, était forte, hargneuse même !

- Messieurs, les soutiens aux rebelles s'accentuent ! Les bateaux d'armes sont de plus en plus nombreux. Les agents du SDEC prennent des risques incalculables pour découvrir, en URSS et dans ses pays satellites, les navires destinés à l'Armée de Libération Nationale. Ils ont noté une nette augmentation des envois de matériel de guerre. De plus, des avions aux couleurs de pays, en principe nos alliés, n'hésitent plus à traverser notre espace aérien en toute impunité, refusant même de se poser jusqu'à ce qu'une injonction armée les y contraigne ! Face à la découverte de chargements d'armes dans leurs appareils, certaines de ces nations, pour se dédouaner, n'hésitent pas un seul instant à nous préciser hypocritement qu'ils étaient destinés à des pays sud-africains !

En tapant bruyamment sur son bureau, d'ajouter :

- Mensonges que cela, messieurs ! Nous savons pertinemment que c'est pour le FLN ! Nous allons immédiatement renforcer nos patrouilles. Ils vont voir que nous ne sommes pas dupes de leurs petits manèges ! Neuville, vos *Neptune* doivent couvrir toute la Méditerranée occidentale durant la nuit ! Pas un seul mètre carré de mer ne doit être ratissé ! Larrieux, bien content que vous soyez de retour ! La 18 assurera le même secteur, mais de jour. Pas un, m'entendez-vous, pas un de ces rafiots ne doit nous échapper ! proclama-t-il, toujours en colère. Nous allons montrer à ces pharisiens que la France n'est pas un pays de demeurés. Nous n'avons que faire des convoitises de l'ours polaire ou de l'oncle Sam !

À ma connaissance, je n'avais connu le Pacha ainsi exacerbé qu'une seule fois, je m'en souvenais très bien. C'était au Tonkin en 53… cela, à la suite d'un raid décidé par le GATAC et jugé inutile par la suite, et ce, malgré les réserves de de Thionville sur l'opportunité de cette mission. Au cours de celle-ci, nous avions perdu un avion et son pilote. Pour que cet homme au calme olympien bien connu se mette hors de lui, c'est que l'état-major devait trembler sur ses fondations !

Par patrouilles de deux *Corsair*, la 18 assura la couverture aérienne diurne, sur la partie ouest de la Méditerranée. Cette dernière n'occulta pas les autres missions d'appui feux, dans les secteurs gérés par le Groupement Aérien Tactique. La contestation algérienne, face à la nouvelle politique de la France, suintait dans les quartiers populeux et dans les bars oranais.

Chez Sauveur, la tension montait en puissance. Devant le comptoir, en compagnie de Maurice, de Rachid et de Jean-Marie de Lourvainville, j'assistai à une passe d'armes entre Eugénie et Sauveur.

- Arrêtez votre jactance ! Vous les avez voulus, les nouveaux dirigeants, tant pis pour vous et pour nous ! Je vous le dis, vous découvrirez bientôt leurs vrais visages ! Vous allez voir ce qu'ils vont faire de l'Algérie ! Il serait temps de se réveiller, les hommes, au lieu de dormir et espérer je ne sais quoi !

- Po po dè ! Oh ! Eugénie, tu es bien négative ! Qu'est-ce qu'il t'arrive aujourd'hui ? Tu ne vois pas que c'est une manœuvre de Paris pour laisser croire au FLN qu'ils sont favorables à l'indépendance ? Mais le général est un malin ! Tu vas voir comme il va te les leurrer !

C'est dans cette ambiance surchauffée, que nous nous mariâmes, début de septembre. La famille était arrivée la veille : Mes parents, ceux d'André, oncle Léon et tante Louise, mes cousins avec leurs épouses et enfants. Catherine, André et ma filleule étaient arrivés deux jours avant. Ils étaient tous les invités des Irrigaray. Par la même occasion, ils découvraient une région qu'ils ne connaissaient que par les reportages de la Presse sur cette guerre.

La cérémonie se déroula à Saint-André de Mers El-Kébir. Après un passage rapide à la mairie, direction la grande et pittoresque église du père Émilien qui nous attendait. Naturellement, les amis de toujours étaient là : le contre-amiral et son épouse, Dominique Francheschini en tenue civile, et Maria que nous avions réussi à arracher à leur paradis corse, Yannick Moustique Kerboulec et madame, Jean-Marie et Hélène. Maximilien de Monségur était venu en célibataire. Étaient également présents les nouveaux : Papy Lemercier et, bien sûr, les Pieds-noirs, Sauveur et Eugénie, Maurice et Sarah… et aussi Pierre-Jean !

Ce dernier n'aurait manqué mon mariage pour rien au monde, quitte à traverser la planète d'un bout à l'autre. Chez lui, l'amitié était infrangible. Il en oubliait pour la circonstance l'effervescence des Aurès.

- Merci, mon ami… merci, *Rouquin* !

Nous montâmes le grand escalier donnant sur l'entrée de l'église. Dans la semi-pénombre, au milieu des rangées de chaises, nous nous avançâmes vers le chœur décoré de multiples couleurs. Les orgues nous accueillirent d'une musique agréable et douce : *La Marche nuptiale* de Mendelsohn.

J'étais là, bien droit dans mon impeccable uniforme blanc, tenant délicatement mais sûrement la main de mon épouse, tremblante mais plus belle que jamais. J'écoutais, attentionné, le sermon du père Émilien. Durant des décennies, cet ancien missionnaire sexagénaire avait parcouru cette terre d'Afrique afin d'y distiller la parole de Dieu.

- Jean, Mathilde, la maison du Seigneur est heureuse de vous accueillir, mes enfants. Comme tous les chrétiens, vous vivrez votre amour en pensant à notre Créateur, lui qui s'est sacrifié pour le bonheur des hommes sur la Terre…

Au sortir de l'église, nous franchîmes la haie d'honneur sous une pluie drue de riz et de pétales de fleurs. Comme presque tous les jeunes mariés de ce pays, nous nous rendîmes à Notre-Dame de Santa-Cruz.

Nonobstant un soleil de plomb, main dans la main, sueur au front, nous montâmes pas à pas le sentier qui menait à la basilique. En haut dans la chapelle, en offrande à la sainte Vierge, nous apportâmes un bouquet de roses blanches et de lis que Mathilde tenait dans ses mains gantées. Avant de s'agenouiller, elle le déposa délicatement sur le marbre rouge du retable de la Vierge Marie, dans l'absidiole, à droite du chœur.

La partie festive se déroula au Domaine de l'Orangeraie. Là encore, les employés du domaine avaient voulu, à leur manière, rendre hommage aux nouveaux mariés. À notre arrivée sur l'esplanade gravillonnée, impeccablement rangées, des jeunes filles apportèrent des brassées de fleurs à Mathilde et des paniers enrubannés, pleins de gâteaux, sous les salutations des grands. Le buffet avait été dressé sur l'une des grandes terrasses. Un orchestre oranais, des amis de Sauveur, animait la soirée.

De temps à autre, j'observais ma mère. Elle était aussi heureuse que si c'était son propre mariage ! Dans une robe safran, son chignon sous une vaste capeline du même ton, elle se tenait aux côtés de sa belle fille. Mathilde, dans sa merveilleuse robe blanche de soie et dentelles, était rayonnante de bonheur. Son abondante chevelure coulait sur ses épaules dénudées. Sur le haut de sa coiffure, un diadème de famille étincelait comme une couronne d'étoiles. Mon Dieu que ces deux femmes chères à mon cœur étaient belles ! La beauté épanouie… et la fraîcheur de la jeunesse…

Mon père et Georges Irrigaray conversaient comme des amis de longue date. Eux aussi s'étaient spontanément adoptés. L'oncle Léon, impressionné par l'étendue des cultures, n'hésitait pas à enrichir ses connaissances agricoles en discutant avec Ahmed. C'est dans cette ambiance sereine, loin des agitations politiques, que s'écoula la nuit entre danses et farandoles endiablées, mêlées d'éclats de rires autour de plats savoureux.

Au milieu de ce brouhaha, je m'accordai un moment de repos. Dans un coin, près d'un bosquet de palmiers nains, André et les anciens de la 18 s'étaient regroupés. Nous allâmes trinquer avec eux. Mathilde s'assit sur mes genoux, une coupe de champagne en main.

- Au vieux garçon de la 18 : hip, hip, hip, hourra ! Par trois fois ! exulta André. Meilleurs vœux de bonheur à vous deux ! clama t-il en choquant nos coupes.

Ironique, il ajouta :

- Mon pauvre Jean ! Toi qui ironisais lors de mon mariage, sur mon futur « pouponnage », comment pouvons-nous imager le héros d'Indo, célibataire endurci, en train de langer son rejeton, le souillant de son pipi d'ange !

Éclatement de rire général.

Des boutades multiples fusèrent.

Quelle équipe formidable ! Cette sympathique et farouche amitié nous liaient tous depuis des années. Les épreuves et le destin avaient su façonner cette affection comme une forteresse indestructible. Dans une telle ambiance, nous éclipser pour nous retrouver enfin seuls, ne fut pas des plus aisés.

Nous passâmes notre voyage de noces sur les bords des lacs italiens. Les montagnes silencieuses, mystérieuses dans leur écrin de pureté, nous émerveillaient. Pourtant, comme la mer, elles étaient capables du meilleur comme du pire.

Le 14 novembre, décollage au milieu de l'après-midi, destination : le Sud, vers Hi El-Aïcha. Mon *Corsair*, le n° 6, en révision, je volais sur celui de remplacement, le 14. De Monségur et deux officiers mariniers étaient mes ailiers. Nous allions renforcer une patrouille de *T 6*.

Cette dernière avait pris pour cible une caravane de rebelles, venue vraisemblablement du Maroc. À notre arrivée, les aviateurs, à court de carburant, nous transmirent les consignes et repartirent pour Méchéria, leur base. Nos troupes au sol n'étaient pas encore arrivées. Les fellaghas, avec leurs chameaux, se tenaient sur une immense dune terminant un éperon rocheux.

Protégée par le soleil, notre approche gêna les tireurs ennemis. Ils tiraient sans discontinuer. Notre strafing précis, abattit hommes et bêtes.

Seconde passe. Nos balles dessinaient des sillons rectilignes dans le sable doré recouvrant la surélévation. Brusquement, des bruits mats secouèrent mon zinc ! Il fut animé d'inquiétantes vibrations !

- Max, touché ! Je suis touché ! Moteur en vrac ! Je suis trop bas ! Il faut que je me pose ! clamai-je à la radio.

Je sortis précipitamment le train et, après avoir baissé les volets, je descendis derrière la crête, sur l'immense étendue de sable. Celui-ci serait-il assez dur pour soutenir la lourde carcasse du *Corsair* lors de l'atterrissage ? Le variomètre s'affolait, descente trop brusque ; je rectifiai, bien concentré sur les commandes. Pourvu que le sol ne soit pas trop meuble sinon… il n'y aurait pas de deuxième essai !

Les roues touchèrent le sable. L'avion roula à peu près normalement… Ouf! La vitesse décrut très vite. L'appareil, sur lequel un début d'incendie s'était déclaré, sous le capot moteur, s'immobilisa peu après.

Des gouttes de sueurs mouillaient mon visage, mon corps était transpirant, mais j'étais soulagé. Je m'en sortais bien mais il était urgent de dégager. Je me détachai très vite et je sautai sur le sol. La chaleur solaire n'arrangeait rien, l'air était irrespirable. Elle m'écrasait littéralement sous son extraordinaire intensité.

Faisant rapidement le point, je réalisai que je n'avais pas d'eau, et que j'avais soif! Je me débarrassai de mon parachute, inutile, à présent. Que faire ? Attendre du secours. Mais quand arriverait-il ?

L'ennemi ne me laissa pas le temps de répondre à cette lancinante question.

- Nom de nom ! Voilà les fellaghas !

Du haut de leur position, ils avaient surveillé mon atterrissage. Plusieurs dizaines d'entre eux, armes automatiques à la main, dévalèrent en courant la montagne de sable et se ruèrent sur moi ! Abasourdi, je restai figé. Machinalement ma main droite s'empara de mon pistolet GP 38. Sentant le froid de l'acier, le sang s'activa dans mes veines. Une irréelle lueur d'espoir m'envahit d'un seul coup. Mais elle retomba aussitôt. Que pouvaient un simple pistolet neuf millimètres et quelques balles contre les pistolets-mitrailleurs de ces dizaines de fanatiques ? Je réalisai soudain l'utopie de mon entreprise et la dramatique situation dans laquelle je me trouvais. J'allais devoir me battre et, hélas, me préparer à mourir ! Des gouttes de transpiration ruisselaient le long de ma colonne vertébrale. La manifestation de la peur ? Mourir dans son cockpit est une chose, mais là, être tué après d'affreuses tortures et des mutilations les plus honteuses dont ces exaltés ont le secret, en est une autre ! Ma chance insolente m'aurait-elle abandonné ? songeai-je, glacé.

Ils approchaient en poussant leurs cris stridents. Mon Dieu, combien étaient-ils ? Se délectaient-ils à l'avance de cette victoire facile ? Ils étaient avides de vengeance envers les Français, et espéraient donner libre cours à leurs exactions sur l'un de leurs représentants, isolé et sans défense !

Seul devant l'inéluctable, chaque être humain entrevoit à sa façon la marche silencieuse de la vieille dame à la faux. Certains ne pensent plus à rien. Ils prient inlassablement attendant le moment où la grande faucheuse, dans un rire caverneux et glacial, leur prendra la main et les entraînera dans le gouffre sans fin de la mort.

Ma réaction différa. Imaginant les terribles souffrances qui m'attendaient, je regardais mon arme. Le suicide ? La mort rapide ?

Instantanément j'eus peur ! Mais quel courage ou quelle lâcheté dans pareille décision : se donner la mort ! Rapidement, proprement, surtout ne pas souffrir.

Le temps pressait, même si une infime lueur d'espoir assujettissait mon esprit. Je savais qu'il n'y aurait pas de sursis. Si la survie était quelquefois illusoire, la mort, elle, était péremptoire.

Le doux visage de Mathilde, son corps superbe et son sourire amoureux se manifestèrent devant mes yeux. Adieu Mathilde. Adieu ma douce aimée. Quel bonheur avons-nous connu ? Trop bref ! Nous aurions pu avoir toute une vie ensemble. Le grand homme, là-haut, en a-t-il décidé autrement ? Les doux moments de tendresse défilèrent, puis, rapidement, mon enfance, mes parents, les amis, la mer. Ma vision se troubla, les larmes embuèrent mes yeux. Je tenais fermement mon arme.

- Jean ! Allez, courage !...

Les monstres se ruaient à l'assaut ! Hélas, il n'y avait plus d'espoir. Deux cents... cent mètres... les séparaient de moi.

- Allez, Jean ! Tout ira très vite. Courage !

Je levai une dernière fois la tête vers les trois *Corsair* qui mitraillaient mes assaillants, s'acharnant à me protéger. Farouchement, ils voulaient me sauver. Mais, ayant délaissé l'objectif principal, ils avaient permis aux combattants assiégés sur leur dune, de descendre eux aussi vers le naufragé : moi ! À présent, une véritable marée humaine déferlait malgré ceux qui tombaient, balayés par le feu aérien.

Rageur, je m'élançai pour m'éloigner des poursuivants. J'étais trempé. La transpiration inondait aussi mes yeux. Le sol était maintenant meuble, mes pieds s'enfonçaient dans le sable fin...

J'étais essoufflé. Combien de temps avais-je couru ? Deux, trois, cinq minutes, plus... Je m'écroulai ! En cet instant précis, le désespoir et la rage se disputaient l'ultime décision. C'était la fin ! J'allais périr dans cette immensité silencieuse de sable blond, loin de la mer ! Allongé sur le dos, je sentais la raison m'abandonner et je rêvais en regardant, enchanté, le vol gracieux des goélands...

J'étais sur le sable chaud, au Pradon. J'étais redevenu enfant, j'avais dix ans à peine. Les grands oiseaux blancs, dans une ultime farandole, dans un oratorio bruyant, prononçaient mon oraison funèbre !

Je défaillis...

De l'eau, oui ! C'était bien de l'eau qui mouillait mes lèvres, envahissait ma bouche, coulait dans ma gorge. Mon visage était humecté et se rafraîchissait ! Cela me faisait un bien infini, je m'éveillai. Étais-je déjà parvenu au paradis ?

Au début, simplement une vision floue, des contours nébuleux, puis... plusieurs visages étaient penchés sur moi ! Dieu et ses apôtres ? Ma vue s'éclaircissait. Je ne me serais jamais imaginé le Seigneur ainsi accoutré ! Des visages barbus, des têtes hirsutes ! Mais quel était ce langage ? Leurs paroles gutturales m'interpellaient ! Le Seigneur me parlait-il... en allemand ?

Semi-inconscient, je flottais.

Je me sentis soulevé par des bras gaillards. Pas de toges blanches pour mes nouveaux sauveurs. Ils portaient des tenues légères. Je distinguais mieux. Ils avaient des chemisettes et des shorts kaki ! Serait-ce une nouvelle tenue pour les saints ? Lentement, je reprenais mes esprits. J'étais vivant ! Je ne rêvais pas ! Ma chance insolente ne m'aurait-elle pas abandonné ?

Un des hommes, jeune, à la barbe naissante, s'approcha de moi. Je tentai de me relever.

- Ne bougez pas, commandant ! Vous ne craignez rien, vous êtes sauvé. Je suis le lieutenant Lanceray, du troisième régiment étranger de la Légion. Tenez, buvez. Nous tombons à pic à ce que je vois ! Heureusement pour vous que nous arrivions sur la position des fellaghas ! Nous étions encore à un bon kilomètre, lorsque nous avons aperçu votre avion en flammes. J'ai imaginé votre difficulté et j'ai pensé à votre désarroi en voyant les rebelles déferler sur vous. Avec les Jeeps, nous avons accéléré et lâché les camions. Nous n'étions pas nombreux, mais il fallait faire vite. Mes hommes sont de véritables lions. Chacun d'eux vaut au moins dix fells ! D'ailleurs, lorsqu'ils nous ont vus, leur ardeur s'est évanouie car ils craignent nos affrontements. Nous nous sommes positionnés entre eux et vous. Nous les avons allégrement canardés ! Lorsque les deux camions sont arrivés, nous étions au complet. Les survivants ont reflué derrière leurs dunes. Ils n'étaient plus très nombreux car nous ne manquons que rarement notre cible. Les autres, allongés dans le sable, sont allés rejoindre leurs ancêtres. La nuit tombe vite en cette période, nous allons vous ramener avec nous au fortin qui nous sert de casernement. Quinze kilomètres nous attendent. Ça va aller, commandant ?

- Oui. Merci. Merci mon lieutenant, ainsi qu'à vos hommes. Je suis vraiment très, très heureux de vous voir. Voyez-vous, je m'apprêtais au pire !... Commandant Jean Larrieux de l'aéronavale, base de Lartigue, me présentai-je, en lui serrant vigoureusement la main.

Assis dans la Jeep, un coup d'œil à la carcasse encore fumante de mon avion, je me rappelai douloureusement cette fin d'après-midi.

- Avez-vous prévenu ma base ?

- Non. Nous avons indiqué à vos trois collègues que vous étiez sain et sauf. Ils se chargeront d'informer votre hiérarchie. Venez. Il n'est jamais bon de traîner dans le coin !

Après m'être allégrement désaltéré, nous fîmes route vers le fortin de la Délivrance. Nom évocateur dans le piège du désert. Il lui fut attribué par les troupes de Lyautey qui l'avait construit au siècle dernier.

Peu à peu, l'indigo de cette fin de journée laissa place à la voûte étoilée. Elle était passablement installée lorsque nous parvînmes au petit fort. Ses murailles de pierre d'une hauteur de cinq mètres, rejoignaient un porche majestueux sur lequel flottait le pavillon tricolore.

Au fond de la cour, des bâtiments en rez-de-chaussée faisaient office de communs. Les chambrées, le réfectoire, le bureau du lieutenant et l'infirmerie de l'interne, un appelé du contingent chargé des soins médicaux, les occupaient. À l'écart, un petit bâtiment renfermait l'armement et le carburant.

- Commandant, venez par ici que notre toubib, le sous-lieutenant Tiercelin, vous examine. Ce veinard nous quittera dans deux mois. Il aura fini son temps réglementaire et repartira pour Lyon.

- Vous avez eu un bon coup de chaleur et un début de déshydratation. Nous allons soigner celle-ci dès à présent… au foyer! précisa-t-il en riant.

Après cet examen, nous nous rendîmes au réfectoire. Une grosse main s'abattit sur mon épaule. Surpris, je me retournai. Un caporal-chef, la cinquantaine approchante, m'interpella dans un français approximatif et avec un accent allemand prononcé :

- Après, toubib, nous t'offrir la tournée, *afiateur*! Bière très bonne et whisky pas mauvais! annonça-t-il en riant.

Surpris par cette familiarité, j'acceptais néanmoins. Par la suite, le barman, un Polonais quadragénaire, versa une dose massive d'alcool au fond d'une chope de près d'un demi-litre. Il la compléta avec de la bière brune moussante! L'observant, je m'inquiétai sérieusement sur le volume de ce curieux mélange!

- *Fous defoir ingurgiter la saharienne! Ça, meilleure médecine que le toubib*! dit-il en levant sa chope.

Moi qui ne buvais que très rarement de l'alcool, hormis les apéritifs d'anisette, la blanche, chez Sauveur ou au Domaine, l'eau restait ma boisson de prédilection. Je me retournai en direction de Lanceray et de Tiercelin. Ces derniers, sourire aux lèvres, chope en main, me convièrent à trinquer avec les hommes qui venaient de me sauver. Il eût été mal venu de refuser ce verre sans créer une offense impardonnable.

À ma grande surprise, le poison frais descendit agréablement! Ma chope ingurgitée, diligemment le barman l'emplit à nouveau. Pris dans la tourmente euphorique, j'engloutis difficilement mon second demi et, au troisième, sous les rires et les quolibets de l'assemblée, je… m'écroulai!

En riant bruyamment, les Légionnaires me relevèrent et m'assirent sur une chaise.

- Alors, *afiateur, toi pas tenir le cap? La Marine, pourtant, ça boire beaucoup aussi! Non?* éructa grassement le géant, la bouche pâteuse.

Au bar comme au combat, ces Germains étaient plus redoutables que des milliers de fellaghas, pensai-je. Ils étaient en train de m'achever plus efficacement qu'une rafale de mitraillette !

Ma tête bourdonnait. L'émergence des premières nausées relança leur hilarité. Eux continuaient leur soûlographie ! Chope après chope, ils fêtaient dignement, dans la grande tradition des képis blancs, mon héroïque sauvetage, et Dieu seul savait quoi d'autre ! Voyant arriver mon malaise, des bras puissants m'empoignèrent et me transportèrent dans une chambre. Nausées, vomissements, maux de tête aigus, hallucinations, accaparèrent ma nuit avant que je parvienne à m'endormir profondément.

Le réveil fut affreusement pénible et difficile après une telle beuverie !

Le soleil était déjà haut. Combien de temps avais-je dormi ? Les maux de tête persistaient... Les nausées, elles, s'en étaient allées. Je ne me souvenais pas d'une telle gueule de bois. Même pour mon enterrement de célibataire avec les copains, la virée n'avait pas été aussi corsée !

- La nuit aurait-elle été un peu courte, commandant ? Ça ne va pas fort, dirait-on ?

- En effet, ça pourrait aller mieux ! J'ai l'impression que quelqu'un dans ma tête joue de la grosse caisse ! Le son suit une cadence lente mais bien rythmée ! Oh la la, ma tête ! Dans quel traquenard m'avez-vous fait tomber ? Je me demande si j'ai bien fait de vous suivre !

Mon rire était un peu coincé.

- Après un bon café, tout n'y paraîtra plus. Ah ! c'est vrai, vous les aviateurs vous ne connaissez pas ce mode de vie ! Ici, c'est la Légion, les hommes, les vrais !

Vaillants face à l'ennemi, ces hommes sans retenue donnaient libre cours à leurs libations après le combat. Peut-être essayaient-ils d'oublier la dureté de leur existence et de cacher une peur qui les tenaillait et qu'ils tentaient d'occulter ?

- Certains, comme vous l'avez vu, sont des anciens de la

Wehrmacht et même de la Waffen SS ! Ils n'ont jamais revu leur patrie. Après l'Indochine, ce fut l'Algérie : terres de conflits ; leur pays désormais sous la bannière tricolore, m'expliqua Lanceray.

Nous nous rendîmes au réfectoire. J'avalais, sans conviction, un grand bol de café non sucré. L'absorption ne fut pas aisée. Les relents de la veille, whisky-bière, ne facilitèrent pas la chose. La salle était presque silencieuse. Les légionnaires déjeunaient dans le calme, comme si hier soir n'avait jamais existé ! Propres, coiffés, ils étaient impeccables dans leurs tenues sahariennes. À notre entrée, ils s'étaient levés comme un seul homme en signe de respect. Le grand caporal-chef parla pour le groupe :

- *Bonchour*. Bien le respect, commandant… mon lieutenant !

Les hommes du paradoxe ! Hier soir, des braillards, passablement éméchés, grossiers, enfermés dans leurs beuveries… et ce matin, des soldats calmes, respectueux de l'uniforme qu'ils portaient, déférents envers leur chef, prêts à mourir pour lui. Les légionnaires ! L'unité d'élite de l'Armée française. N'étaient-ils pas à l'image de ce pays pour lequel ils combattaient aujourd'hui ? Une France livrée aux divisions politiques ou syndicales, une France des manifestations populaires, des grèves où s'affrontaient réformateurs et conservateurs. Et puis l'autre face, une France à nouveau réunie, retrouvée, plus combattante que jamais dans les grands moments de l'Histoire. Le pays de la liberté d'expression, de la tolérance et du patriotisme. Parfois, une nation déroutante pour nos voisins.

Une heure plus tard, je quittais ces hommes après les avoir salués d'une franche poignée de main. Ils avaient été très touchés par cette marque simple et amicale de remerciement. La poignée de main des hommes de cœur.

L'hélicoptère banane s'éleva rapidement dans l'air surchauffé du désert. Pathétiquement, je regardais s'éloigner la petite construction.

Installé dans la cellule avec le mécanicien convoyeur, je me remémorais distraitement cette folle journée. Et de constater, avec une pointe de superstition, qu'indiscutablement le chiffre 14 me portait la poisse !

C'était un 14 août pour ma première tempête en mer. Le 14 février lorsque j'avais été accidenté dans l'hiver glacial 56 à Hyères. Là, c'était également un 14 et, de plus, avec l'avion n° 14 ! Décidément...

Mon chiffre de prédilection n'était-il pas le 6 ? Mon *Hellcat*, au Tonkin, portait déjà ce n° 6. Enfin, n'était-ce pas tout simplement une superstition surannée de vieille bonne femme ? Superstitions comme savaient si bien les distiller certains vieux sorciers et rebouteux de la Provence mystique ?

Le battement bien rythmé et enivrant du rotor enveloppait tout l'intérieur de la machine. Ma pensée s'enfuyait, je songeais à Mathilde, à ses craintes, à son désespoir. Heureusement nous allions nous retrouver, plus épris que jamais.

Au loin, dans l'est, une immensité rougeâtre, unique et incongrue dans le ciel limpide, occulta le soleil.

- Paulo ! Regarde ce qui arrive vers nous ! Le ciel est bien rouge, d'un coup ! Que se passe-t-il là-bas ? questionna le mécanicien volant.

- Il ne manquait plus qu'elles ! dit le pilote.

- Qui *elles* ? dis-je, surpris dans ma rêverie.

- Les sauterelles ! Un gigantesque nuage ! Ces satanées bestioles vont saccager à nouveau la végétation, annonça le copilote.

Les sauterelles, ou plus exactement les criquets migrateurs, à certaines périodes de l'année, par millions, déferlaient sur les cultures des pays du Nord de l'Afrique. Sous les pharaons, c'était la septième plaie de l'Égypte !

La sauterelle, symbole du mal dans l'Antiquité, est encore considérée de nos jours comme une malédiction des dieux dans certaines régions. Ces grands nuages se déplacent au gré des vents sur des milliers de kilomètres. N'a-t-on pas évoqué le vol de millions de ces insectes qui auraient traversé l'Atlantique il y a deux siècles, pour envahir l'arc antillais ?

Soulagé, je regardais le nuage s'éloigner vers le sud. Incontestablement, je me souviendrai de ce raid !

À Lartigue, la flottille était là pour m'accueillir joyeusement. Même papy Lemercier y alla de son couplet :

- Hé, Jean ! Au-dessus de la mer, tu ne t'en sors pas trop mal. Mais dans le désert... laisse faire les baroudeurs. C'est leur boulot, pas celui des marins comme toi ! dit-il en riant.

Il est vrai que question désert, Monsignori savait de quoi il parlait. Il en avait eu sa dose, entre le Tchad, le Sénégal et le Sahara occidental...

En cette fin d'année, nous passâmes les fêtes au Domaine de l'Orangeraie. Cette année 1961 s'annonçait décisive pour l'avenir de l'Algérie. La fébrilité des Pieds-noirs et l'agitation plébéienne en général étaient palpables. L'équilibre politique se fragilisait dangereusement.

Depuis notre mariage, Mathilde et moi, nous habitions chez elle, à l'école. J'avais libéré mon appartement d'Oran. En mars, Pierre-Jean était venu passer quelques jours chez nous.

Un matin, nous nous rendîmes tous deux au café *Le France*, visiter nos amis. Ce jour-là, nous nous assîmes à une table au calme dans le fond de la salle. Devant un verre de bière pression, le *Rouquin* m'exposa ses souhaits pour l'avenir.

- À propos, Jean, je voulais te faire part d'une décision que j'ai prise depuis quelques semaines, après mûre réflexion. À qui d'autre que toi pouvais-je me confier ? Tu es mon meilleur ami.

- Ho ! *Rouquin*, qu'est-ce que tu me joues là ?

- Rassure-toi ! Tu vas approuver ma démarche. Voilà... dans quelques mois, en décembre, je quitterai l'Armée. J'aurai accompli mes quinze ans. Une petite retraite, certes, avec une petite prime de départ et je rentre à Carqueiranne ! Je vais reprendre la boulangerie familiale… Lorsque je l'ai annoncé à mes parents, ils étaient aux anges. Ils vont pouvoir enfin souffler. De me retrouver à leurs côtés les réjouira. Tu te rends compte, quinze années de guerre ! Des victoires, des défaites, des joies et des souffrances. J'en ai marre ! Moi qui n'ai vécu que pour le plaisir et le combat, j'aspire à fonder une famille. Avoir des enfants, les voir grandir et les accompagner à l'école. Plus tard ils me suivront dans mes tournées, comme je le faisais avec mon père. Tu t'en souviens ?… Dès qu'il discutait avec tes parents, nous lui chapardions quelques pains au chocolat avec André et ta sœur ! Ah, quelle époque magnifique ! Enfin… La guerre c'est fini, j'en ai ma claque. Tuer des gens ou les voir agoniser devant moi, même si ce sont des ennemis capables des pires exactions, me répulse de plus en plus ! Jean, essaie de t'imaginer nos états d'âme. Dans les corps-à-corps lorsque, à la baïonnette, tu fonces sur ton adversaire et que tu l'empales, son sang t'éclabousse, tu sens son haleine, son odeur, l'odeur de la mort qui rôde ! Ses yeux te fixent. Ils te supplient de lui laisser la vie !… Son oraison silencieuse ébranle tes convictions, ton courage, ton ardeur. Son regard, d'un coup, se révulse, il s'écroule… mort. Tu te rends compte, quinze années à vivre ça ! Presque une vie ! Combien d'existences ai-je ôtées ? Vous, les aviateurs, d'en haut vous les voyez tomber comme des marionnettes mais vous n'êtes pas au contact. Vous n'avez pas vraiment l'impression de les tuer. Leurs yeux implorants, leur sang qui souille, et leur désespoir, vous ne les côtoyez jamais. Ces visages ne hantent pas vos nuits. Pour nous, cette vision est une compagne quotidienne. Enfin, à la fin de l'année, l'aventure prendra fin. Là-bas, chez nous, au milieu des oliviers, des champs de tulipes et de glaïeuls, je retrouverai la Provence de notre enfance, de nos jeux, de nos incartades et de nos amourettes… Nos *lendemains ensoleillés*, comme dirait ton père ! Et toi, Jean, vas-tu continuer dans l'Armée ? Les compagnies civiles d'aviation recrutent des pilotes, elles ne t'intéressent pas ?

- Non ! Être le conducteur d'un autobus volant ne m'attire nullement. Je suis un chasseur, seul dans ma machine. Je n'ai pas à me préoccuper d'une centaine de passagers qui piaillent, que des contrées touristiques éloignées attendent. Et puis, ma carrière est un choix de jeunesse. T'en souviens-tu ? Tant que l'Aéronavale ne me remerciera pas, je poursuivrai. N'est-elle pas ma deuxième famille ? C'est une excellente décision que tu as prise. J'en suis heureux pour toi.

Le lendemain, le *Rouquin* repartait pour la Kabylie où les excités de l'ALN défiaient toujours l'Armée de la République. Les tensions atteignirent leur paroxysme en avril.

Dans la nuit du 21 au 22, éclata le Putsch des Généraux à Alger ! Quatre jours qui divisèrent davantage l'Algérie, avec l'arrestation de certains hauts responsables militaires et la reprise en main des Affaires algériennes par le gouvernement. La crainte d'un coup d'État en métropole, même, avait catalysé les drastiques décisions de Paris. Elles étaient déjà galvanisées par les résultats du récent référendum du 8 janvier, favorables à l'Indépendance.

C'est dans cette atmosphère de trahison que le contre-amiral, gaulliste de la première heure, dépité, prit la seconde des plus importantes décisions de sa carrière ! Il venait irrévocablement de choisir son camp. Celui… des opposants ! Celui de l'Algérie française !

Avec Jean-Marie de Lourvainville depuis quelque temps, nous nous sentions, nous aussi, trahis dans notre honneur de Français et de militaires.

Mais pouvions-nous, sur un simple coup de tête, sans réfléchir, décider d'entrer délibérément en rébellion avec le président démocratiquement élu de notre pays ? Je restais muet. Devant mon manque de réaction, Saint-Albin de Thionville réagit calmement.

- Messieurs, vous restez entièrement libres de vos choix. Ce que je m'impose ne vous oblige en aucune façon. Vous êtes des officiers supérieurs habitués à commander, à analyser et à juger toutes les situations qui se présentent à vous et à ordonner. Je vous demande de bien réfléchir avant de vous engager. Mon cas personnel est différent du vôtre par la confiance démesurée et le dévouement que j'ai eu envers de Gaulle depuis 1940. Cette perfidie me hante ! Je suis torturé par cette spéculation politicienne déshonorante ! Mais pourquoi cette volte-face ? Que s'est-il passé dans la tête du général ? Croyez-moi, rejoindre les rangs de l'Algérie française doit être mûrement réfléchi. Sachez que c'est votre avenir que vous allez engager. Réfléchissez ! Prenez votre temps. J'ai totalement confiance en vous. Toutefois... si vous choisissiez de rester fidèles au gouvernement, j'accepterais votre choix sans amertume et je signerais vos demandes de mutation sans rancœur... Messieurs, ce sera tout.

Nous quittâmes le contre-amiral, ébranlés et tendus. Jean-Marie me proposa de venir prendre un verre chez lui et de faire le point. Nous nous rendîmes dans son appartement du boulevard Charlemagne. Celui-ci était meublé ancien. Dans la salle à manger, le mobilier Henri II et les tableaux d'un artiste inconnu côtoyaient un canapé et deux fauteuils en cuir, quelque peu fatigués par les ans. Les grandes tentures bordeaux autour des fenêtres, et l'horloge franc-comtoise au rythme de métronome, accentuaient plus encore le manque de gaieté du lieu. Du grand bahut sombre, Jean-Marie en sortit deux verres en cristal et une bouteille de whisky irlandais.

- Un bon scotch nous changera de l'anisette ! dit-il en riant.

Assis dans le fauteuil, je fixais le liquide ambré et j'écoutais mon ami. Calmement, sans irritation, nous dialoguâmes. La gravité de ce dilemme m'étreignait.

- Jean-Marie, comment en démocratie un homme politique peut-il revenir sur ses promesses, sur sa parole ?

- La démocratie est paradoxale, quelquefois. Churchill ne disait-il pas que *«la démocratie était le meilleur système poli-*

tique créé par l'homme, mais qu'il comportait parfois des imperfections?» Jean, la situation est grave. C'est en puisant dans notre éducation, dans nos souvenirs de militaires et par une réflexion personnelle sur le futur que nous espérons pour l'Algérie, que découlera notre décision.

- Tu as sûrement raison. Prenons encore quelques jours pour arrêter définitivement notre pensée. Nous engagerons notre carrière et peut-être notre vie dans cette entreprise.

Le soleil descendait lentement sur l'ouest algérien lorsque je quittais Jean-Marie et que je rejoignais Saint-André de Mers El-Kébir. Cette nuit-là, le sommeil peina à m'emporter. Mathilde dormait contre moi depuis longtemps. Quelle heure était-il? Je me penchais vers le réveil ; deux heures vingt! J'étais encore partagé entre scepticisme et conviction. Les paroles de mon père en 1947, ressurgirent : « Tu devras rester fidèle à ton pays mais aussi aux hommes qui te font confiance ! »

Rester fidèle, certes! Mais à qui? Au gouvernement de la France qui nous bafouait ou au contre-amiral Saint-Albin de Thionville, cet homme, ce chef qui m'avait accordé sa confiance? Ne jamais décider à chaud! Réfléchis, Jean... *la nuit porte conseil*, dit-on.

- Ventoux du leader, terminé ! Nous rentrons, cap sur la base.

Les quatre *Corsair* survolaient la Méditerranée pour une énième patrouille de surveillance. J'avais été songeur tout au long de ce vol. Ma future décision m'apostrophait. Pas une angoisse, plutôt une réflexion désagréable. Peu à peu, mon choix émergeait du voile obscur de mes contradictions, de mes incertitudes. Néanmoins, je devais me confier à mon épouse.

Le soleil nous abandonnait dans un couchant écarlate, somptueux. Contre Mathilde, sur le canapé du salon, j'entamai la discussion.

- Je dois, je vais prendre une décision cruciale qui nous engage tous deux, lourde de conséquence peut-être. Nous allons atteindre le point de non-retour, comme nous disons en aviation. La destinée de l'Algérie est en jeu. J'aime profondément cette région comme si c'était la mienne. Cette chaleur humaine, ces côtes et ces paysages m'ont conquis. Nous devons protéger cette terre, la sauver de l'intolérance. Nous devons refuser l'Indépendance de toutes nos forces. Elle balayerait inexorablement la générosité de cette contrée. Elle briserait à jamais cette merveilleuse communion entre des hommes, des femmes et des enfants, issus pourtant, d'horizons, de conditions et de cultures différents. Mathilde, toi qui es née ici, n'es-tu pas plus sensible encore que moi à cette richesse humaine ?

- Si, Jean ! Tous les jours en accueillant ces enfants insouciants, je m'inquiète pour eux. Ils sont l'innocence et la joie de vivre. Que deviendront-ils si la France nous abandonne ?

- En Indochine, les premières victimes de notre départ ont été ces gamins si attachants, dont les yeux, rieurs hier, se sont emplis de larmes pour des années. La répression et les exactions qui accompagnèrent notre fuite furent et sont toujours sanglantes. Jetés sur les routes au milieu des flots de réfugiés, malades, blessés et terrifiés, ils essaient de fuir la barbarie des bourreaux d'Hanoi. Ici, se reproduiront les mêmes atrocités ! Ce désespoir, cette misère, comment cette cruauté ne touchent-elles pas nos dirigeants ? N'influenceront-elles pas leurs nouvelles décisions ? Sont-ils devenus amnésiques au point d'avoir oublié les leçons du passé ? N'ont-ils pas de cœur ? Pourtant, ils ne peuvent pas dissimuler cet avenir apocalyptique pour l'Algérie ! Notre combat, c'est pour ces populations ! Pour qu'elles continuent à vivre libres et dans la fraternité. Ma douce… ma décision est à présent sans appel. Je m'engage auprès de l'amiral dans cette lutte pour que la sagesse l'emporte sur la démence. Nous n'avons plus d'autres choix, aujourd'hui ! Les solutions pour une paix partagée se sont envolées il y a quelques années. Nos gouvernants ont repoussé la tentative de conciliation de

Ferhat Abbas, le leader modéré de l'opposition algérienne. Pire ! Lui qui prônait une autonomie fédérée avec la France — la seule solution pour un avenir durable entre ceux que certains appellent «les indigènes de la République» et les Français d'Algérie — a été jeté en prison sur ordre de Paris ! Par cette humiliation, le gouvernement de l'époque a condamné l'Afrique du Nord au chaos. Et depuis cette erreur, nos dirigeants successifs ne font que fuir la réalité. Promesses, mensonges ou langues de bois, guident leurs décisions. Quelle honte ! J'irai jusqu'au bout de mes convictions, comme mon père, en 1940 ! J'ai besoin de toi, de ton soutien, de ton amour.

- Jean, mon amour, je suis avec toi de tout mon cœur. Je suis née ici, ce n'est pas que ton combat, c'est le nôtre ! Je serai toujours à tes côtés. Mon amour pour toi est immense. Si le Seigneur le décide, nous vivrons encore des jours merveilleux, sinon…

Deux jours après, j'informais l'amiral de ma décision, Jean-Marie également. Nous avions décidé. Nous rejoignions, avec lui, les rangs des opposants à l'Indépendance.

Durant l'été, l'Armée secrète naissait. L'OAS devint le fer de lance anti-FLN.

Fin août, Saint-Albin de Thionville nous réunissait. Il était calme, mais une légère excitation transpirait. Du bas d'un tiroir, il sortit et ouvrit une chemise cartonnée de laquelle il dégagea une dizaine de photographies. Il nous les fit passer. Certaines montraient quatre hommes assis autour d'une table, dans ce qui ressemblait à un bar. Les autres, un bateau, un petit cargo à quai dans un port inconnu. Sur l'une des photos, la poupe du navire révéla son nom et son port d'attache : *Lévitan II, Valletta.* Un caboteur maltais. Mais qui étaient ces hommes ? Que venait faire ce cargo ? Les explications ne tardèrent pas.

Saint-Albin de Thionville, habitué des présentations claires et nettes, commenta les clichés :

- Messieurs ! Ces photos ont été prises à Tanger par nos agents. Je dis bien, *nos agents*, pas par ceux du SDEC, par nos amis, il y a trois jours. Les hommes que vous apercevez ne sont pas des inconnus, hormis le géant blond et barbu. Les trois autres sont de vieilles connaissances.

Malgré un manque de clarté des lieux, certainement une arrière-salle, les photos étaient assez claires.

- Le brun aux lunettes à monture d'écailles ambrées, vêtu d'un costume anthracite, est notre ami, monsieur Victor : Victor Voronine, le résident du KGB au Maroc, soi-disant attaché culturel à leur ambassade ! À ses côtés, le gros blond dégarni en chemisette claire est, lui aussi, bien connu de nos services. Le cow-boy, patron de la CIA pour l'Afrique du Nord, Jill Bowers et, en face d'eux, l'Arabe habillé à l'européenne est Youssef El Barani, le pourvoyeur d'armes du FLN. Pour finir, le quatrième est le commandant de ce bateau, un dénommé Olan Bjorn, un Suédois. Vous vous doutez bien que ces lascars ne sont pas là pour boire tranquillement l'apéritif ou apprécier les délices des nuits sensuelles de Tanger ! Ils nous mijotent sûrement quelque chose, mais quoi ? Certainement un chargement d'armes, cela ne fait aucun doute ! La question qui me taraude le plus est : où et quand ? À ce jour, même nos amis n'en savent pas davantage ! Nous allons acheminer ces clichés au SDEC. De leur côté, nos agents vont continuer de suivre ce cargo à la trace. Jusqu'à présent, la CIA ne s'était jamais ouvertement mêlée de notre conflit. Si l'alliance entre l'oncle Sam et le cousin Nikita pour soutenir les rebelles algériens est récente, c'est qu'ils nous préparent tous ensemble un coup fourré ! De Lourvainville… avec ces documents, préparez pour demain matin un rapport circonstancié avec plusieurs hypothèses de travail pour les responsables du SDEC. Nous attendrons les décisions de Paris.

Depuis notre engagement dans l'OAS, c'était certainement la première mission importante qui risquait de nous échoir.

Circonspect, je quittais fort Lamoune. Pourquoi diable les Américains, comme en Indochine, nous tiraient-ils dans les pattes ? Certes, la politique des States s'était modifiée avec l'élection l'an dernier du jeune élu du Massachussets, John Kennedy. N'était-ce pas celui-là même qui, en 1957 déjà, annonçait : « *La France doit quitter l'Algérie !* » Et, il n'était encore que sénateur ! Cette élection n'est certainement pas innocente à l'imbrication du patron local de la CIA dans les affaires algériennes !

Le *Saint-Pierre* était à l'ancre derrière le cap Falcon ; nous appréciions, Mathilde et moi, les plaisirs de la mer et l'intimité amoureuse : plongées en apnée, baignades, bronzage et siestes nous éloignaient des tourments de l'actualité. Pourtant, celle-ci me rattrapa à la mi-septembre, par une convocation d'urgence à me rendre chez le contre-amiral.

- Larrieux, nous connaissons enfin le port de chargement de notre bateau : Rostov, en URSS. Voilà les photos. Mais il y a plus grave !... Jetez-leur un œil attentif.

Installé à côté de de Lourvainville, je me surpris à crier :

- Nom de nom ! Des blindés légers ? Mais ils sont en train de charger des blindés !

- Oui ! Vous avez tout compris ! Très exactement, ce sont des automitrailleuses *ST 41 Molotova* ; de véritables petits bijoux pour une guérilla dans les secteurs montagneux et accidentés. D'après nos espions, les cales du *Lévitan II* en hébergeraient une trentaine ! Ce sont les gens du réseau antisoviétique, les patriotes russes de Nicolaï Tsarévich qui, en nous apportant une aide inconditionnelle, les ont découvertes dans un convoi ferroviaire à Riazan. Les patriotes ont pris ces photos et ils se sont même introduits clandestinement à bord du navire avant qu'il ne lève l'ancre. Ces résistants au régime sont fantastiques ! Pourchassés par les sbires du KGB et de la police soviétique, le MVD, ils réalisent d'ahurissantes performances. Nous avons demandé l'ordre de l'arraisonner en Méditerranée. Paris refuse catégoriquement. Notre contact au SDEC a confirmé que le gouvernement ne voulait pas de vagues qui nuiraient aux futurs pourparlers avec le FLN. Il est donc urgent pour nous d'agir !

- Mais, laisser débarquer ces engins ici relancerait les combats. En haut, en ont-ils conscience ? Nous avons la maîtrise militaire du terrain. Nous avons détruit toutes leurs wilayas. Avec cet armement, les rebelles vont reprendre certains villages isolés. Mais, que diable, pourquoi renoueraient-ils avec les combats alors que l'Algérie va leur être offerte sur un plateau par notre gouvernement ? clamai-je, fort en colère.

- Larrieux, les jeunes loups du FLN, obnubilés par notre défaite de Diên Biên Phu, espèrent réaliser le même coup ici afin d'activer la signature de l'Indépendance !

- Je comprends fort bien, amiral, mais alors… que faire ?

- J'ai bien réfléchi. Nous allons couler ce maudit rafiot ! Plus exactement vos *Corsair* vont expédier par le fond, bateau, armement et mercenaires instructeurs !

- Comment ! Mais… sans l'ordre de l'État-major, couler le *Lévitan II* n'est plus une mission de guerre mais une intervention illégale ! Cela s'apparente à un acte de piraterie !

- Certes ! Mais pourquoi sans ordre ? Moi, je vous en donne l'ordre, Larrieux ! Nous n'allons pas laisser ces machines de mort tomber entre les mains des fellaghas, tout de même ! Permettez-moi deux secondes et je vous explique l'opération : le *Lévitan II* quittera cette nuit Rostov, direction Tanger. Dans quatre-vingt-douze heures approximativement, il sera au large des côtes algériennes. S'il ne connaît pas de problèmes, à une heure trente du matin, après-demain, le cargo naviguera dans le nord-est d'Oran, à 250 km au large. À bord, les patriotes russes ont réussi à introduire un émetteur radio qui fonctionne sur batterie. Un simple système d'horlogerie l'activera, quatre-vingt-dix heures après le départ du port. Ce système émettra un signal radio continu durant quatre heures. Voici le récepteur miniaturisé, réglé sur la même fréquence, et que vous utiliserez à partir de votre avion. Le risque d'attaque d'un autre navire deviendra, de ce fait, improbable. Aucune confusion possible. De plus, vous volerez feux de navigation allumés. Certes, ils vous repéreront, mais ils penseront à une patrouille de surveillance habituelle et, avec la bienveillance des deux grands et de Paris, ils se sentiront en sécurité. Ensuite à vous de jouer. Pour cette opération, vous n'emmènerez que des fidèles. Pas de nouveaux ou de sceptiques. Je ne veux que des gens sûrs.

- Compris. Trois avions suffiront, avec chacun, deux bombes de 250 kg. Je prendrai de Monségur et Léandri. Ils se sont ralliés également à notre cause.

- Très bien. Je signerai l'ordre pour une mission de surveillance nocturne. Tout sera parfaitement en règle. Nos cousins de l'État-major à Alger ne pourront rien soupçonner.

Cette nuit du 29 au 30 septembre, le ciel était limpide, le vent calme. À une heure du matin, les trois *Corsair* sollicitèrent l'autorisation de décoller.

- La tour de Ventoux bleu un, autorisation de décoller avec deux autres appareils pour une surveillance en Méditerranée.

- Ventoux bleu un, autorisé. Quels seront vos cap et altitude ?

- Cap 0-6-0, altitude 3 000 pieds !

- Bonne route, Ventoux ! Terminé.

Éclairage de la piste, les trois avions s'alignèrent. Puis ils s'élevèrent sur Oran endormie. Vingt minutes plus tard, j'activais le mini-récepteur. Un bip bip distinctif, encore faible, résonna dans le cockpit et un clignotement lumineux rouge l'accompagna.

Une dizaine de minutes plus tard, le signal était de plus en plus rapide et fort. Soudain, devant, j'aperçus les superstructures illuminées d'un bateau lent. Sa longueur était d'environ 80 mètres.

Je basculai de fréquence radio, comme convenu avec mes deux coéquipiers : la 100.1, celle que nous utiliserions dorénavant pour certaines missions et ainsi éviter l'écoute de nos messages par les grandes oreilles des légitimistes.

- Nos amis sont exacts au rendez-vous. Faites dodo ! Poséidon va vous accueillir pour un sommeil éternel !

Nous survolâmes le vieux bâtiment pour virer au large et redescendre nous aligner.

- Préparez-vous et visez bien !

- Bien reçu.

Je fixai bien le caboteur pendant ma descente. La distance diminua, encore quelques secondes, top ! J'appuyai sur le largage des bombes et je repris de l'altitude. En dessous, une explosion retentit. Le souffle atteignit l'avion. En virage à droite, j'appréciai le bombardement de mes coéquipiers.

À la surface de l'eau, le navire était entièrement embrasé. Une succession d'explosions accompagna le brasier. Brusquement, le *Lévitan II* se coupa par son milieu. En une poignée de secondes, l'immense clarté fut engloutie par les flots. Le navire rebelle s'enfonça dans les fosses obscures de la Mare Nostrum avec ses engins de mort. Le naufrage n'avait pas excédé plus de cinq minutes. Après l'incendie et les explosions, aucunes traces de l'épave ne subsistaient à la surface. Mission accomplie.

À présent, j'étais serein. Nous avions certainement évité, par cet acte, des centaines de morts dans les rangs de l'Armée française et parmi les populations civiles. Cette satisfaction m'entraîna à sourire humblement.

Deux heures et demie après, à fort Lamoune.

- Tout s'est très bien passé, amiral. Les poissons et les langoustes ont hérité d'une nouvelle HLM et d'une quantité non négligeable de nourriture !

- Vous êtes morbide, Larrieux ! Ces pauvres bêtes risquent tout bonnement une intoxication, voire un empoisonnement. Non ! Paix à leur âme. Ces types sont morts pour une guerre qui ne les concernait pas, en fin de compte.

Nous n'entendîmes plus parler du *Lévitan II*. Les différents protagonistes de cette affaire, que ce fussent le FLN, la CIA ou le KGB, se gardèrent bien d'aborder le drame du cargo. Quant à l'armateur maltais, lui aussi fut d'une discrétion exemplaire.

Tout au plus, une simple allusion à un bateau à nouveau disparu lors d'une tempête dans l'Atlantique Sud.

Au retour d'un vol matinal, en cette fin d'octobre, un second maître de la flottille m'interpella.

- Commandant, un officier d'Alger a appelé pendant votre mission, le chef d'escadron Mercier. Je lui ai répondu que vous étiez en vol. Il a insisté pour que vous le rappeliez dès votre retour, il a ajouté que c'était très urgent !

Bizarrement, je fus contrarié. Mercier était le patron du bataillon de Pierre-Jean. Un baroudeur sympathique que mon ami m'avait présenté. Je le rappelai aussitôt à Alger.

- Bonjour Mercier, Larrieux !

- Ah ! Larrieux... Mauvaise nouvelle, mon vieux ! C'est à propos de... c'est Pierre-Jean !... Tué hier soir ! Une embuscade en début de nuit, m'annonça-t-il d'une voix claire mais où perçaient tristesse et déception... Allô !... Larrieux !... Vous êtes toujours là ?...

Silencieux, abasourdi, je restais plusieurs secondes sans réaction. Pierre-Jean, mort ! Était-ce possible ? Cette fois, sa chance l'avait définitivement quitté ! Mes yeux s'humidifièrent. Je devais pourtant réagir, ne pas me laisser emporter par la déferlante de l'abandon qui roule dans ses flots, l'amertume, l'accablement et le dégoût.

- Heu... oui ! Comment est-ce possible ? Il s'était toujours sorti des pires situations. Mercier, avez-vous déjà prévenu sa famille ?

- Non. Pas encore. Vous êtes le premier que j'informe, malheureusement. Vous étiez son ami le plus cher.

- Je pense qu'il serait préférable que ce soit un proche qui leur annonce la funeste nouvelle avec toute la prévenance et la sensibilité, indispensables, en un pareil moment... avant l'arrivée du funeste courrier

- Oui, vous avez raison. Une grande délicatesse me semble essentielle. Larrieux, mon vieux, vous me levez une sacrée épine du pied car ce genre de communication n'est jamais aisé. Le courrier officiel ne partira que demain d'Alger. Les obsèques, je pense, se dérouleront chez vous, en Provence. Avec l'assentiment de sa famille, nous réglerons tous les problèmes de cette cérémonie. Je vous laisse faire la triste démarche auprès des parents de ce pauvre Pierre-Jean. À bientôt, Larrieux !

J'étais accablé ! Le *Rouquin,* mort ! Lui qui aspirait tant à avoir une vie plus calme auprès de sa famille. Épargné par les balles Vietminh, miraculé de Diên Biên Phu, l'épicurien au grand cœur venait de tomber au cours d'une insignifiante embuscade, tendue par un groupuscule d'insoumis, là-bas, dans l'Est algérien !

Je lâchais le téléphone. Dans un état second, sans but, je me retrouvais marchant au milieu des avions ! Pierre-Jean disparu, comment était ce possible ? Subitement, ce 1er octobre 1938 me revint à l'esprit. Dans la classe, assis sur le même banc, nous faisions connaissance.

- Salut ! Dis, t'es nouveau, toi ? T'arrives d'où ?

- Bonjour, je m'appelle Jean Larrieux, je viens d'Avignon. Et toi, comment t'appelles-tu ?

- Ah ! Moi, c'est Chambon, Pierre-Jean Chambon. Je suis le fils du boulanger. Mais pour tout le monde, je suis le Rouquin, à cause de mes tifs, tu vois !

Et puis, son retour d'Indo après notre interminable attente dans laquelle l'espoir s'amenuisait au fil des jours. Son rêve de famille, avoir des enfants et les voir grandir en s'amusant dans le commerce au milieu des clients, s'est évanoui avec lui. Pauvre *Rouquin !...* Pourquoi cette dramatique destinée, cette fin prématurée ?

Marius et Eugénie, ce couple si attachant, ces braves gens, qu'ont-ils fait pour subir pareil châtiment ? La vie est trop souvent injuste. Je m'arrêtais quelques minutes, fixant l'horizon, le regard humide. Je ne savais plus si la déception qui me paralysait allait l'emporter sur la rage qui naissait. Cette impression de lassitude, d'abandon, me tourmentait à nouveau, quelques années après la mort du petit Quanq. J'étais abattu, incapable de réagir, paralysé par un sentiment de profonde injustice. Il allait me falloir vivre avec cette tristesse, ce grand vide laissé par Pierre-Jean. Pauvre *Rouquin,* il ne trouvera pas ses *lendemains ensoleillés* !

Ne pas tomber dans la désespérance, relever la tête en pensant à lui. Étant à Oran, je ne pouvais prévenir avec précaution Marius et Eugénie Chambon. Les deux personnes les plus intimes et les plus proches pour accomplir cette triste et douloureuse démarche étaient André et Catherine. Je téléphonais immédiatement à André, à la base d'Hyères. Lui aussi, ça allait lui faire un sacré coup !

Surpris avant tout, et heureux que je l'appelle, après mes premières paroles, sa joie s'enfuit instantanément.

- C'est au sujet de... c'est Pierre-Jean. Tué ! Hier soir en Kabylie... une embuscade !...

- Quoi !... Qu'est-ce que tu dis ! Mort ! *Le Rouquin* ? Mon Dieu ! Est-ce possible ? Putain de guerre !

- Oui, André ! Cette fois la chance l'a quitté. Pensons à ses parents. Essayons de leur annoncer ce drame avec beaucoup de délicatesse, avec toute l'affection, tout l'amour possible. Peux-tu t'en charger ? Emmène Catherine avec toi. Tu t'en doutes, j'aurais tant voulu le faire moi-même, mais je suis coincé ici !

- Ne t'inquiète pas, Jean, avec Catherine, nous nous occupons de tout. Ne t'inquiète pas.

- Dis à Marius et à Eugénie que... et puis, rien ! Je viendrai pour les obsèques. Présente-leur mes très sincères condoléances. Assure-les encore de ma profonde amitié et de mon immense affection en ce funeste moment.

Les funérailles se déroulèrent quatre jours après, à Carqueiranne. En milieu de matinée, je décollais de Lartigue. Sous mes ailes défilait le bleu azuré de la grande dame. Elle ne baignera plus le corps d'athlète et la chevelure flamboyante.

Mon esprit était entièrement tourné vers le souvenir du pauvre Pierre-Jean !

La côte provençale approcha.

- Hyères de Ventoux bleu un ! À trois minutes du cap des Mèdes.

- Bonjour, Ventoux bleu un ! Nous vous attendions. La piste 32 en service, le fox écho à 1014 millibars. Autorisé pour une semi-directe main gauche. Rappelez en dernier virage.

J'arrivais sur Porquerolles, la perle des îles d'Or. Qu'elle était belle avec la ville d'Hyères en fond, nichée dans son écrin de verdure ! Une crèche provençale au pied des collines de pins, de chênes-lièges et d'oliviers sur les restanques du vieux castrum. Le paysage était toujours aussi beau.

- La tour de Ventoux bleu un ! Je passe en dernier virage.

- Ventoux bleu un, n° 1 à l'atterrissage, le vent : du 280 pour 6 nœuds, rappelez, piste dégagée.

Sur le tarmac, André et Moustique m'attendaient. Avec André, nous quittâmes la base du Palyvestre pour Carqueiranne. Après les explications et les marques de tristesse sur le tarmac, nous ne parlâmes plus.

Cette veille de Toussaint était ensoleillée mais fraîche. Engoncé dans mon uniforme, la casquette et le manteau posés sur mes jambes, je restais silencieux. La voiture filait à travers les terres agricoles le long de cette côte magnifique et sous les pins centenaires. J'évitais le sujet brûlant de l'Algérie. Ce n'était pas le jour et, connaissant les opinions de mon beau-frère favorable à la politique menée par le gouvernement, j'occultais un débat stérile en cette amère journée.

L'après-midi, une foule immense était massée devant la petite église. Le père Adrien, le jeune officiant qui succédait au père Tanguy, décédé depuis peu, accueillit la famille Chambon, éplorée.

Porté par six parachutistes, fourragères et médailles pendantes, le cercueil, recouvert du drapeau tricolore, pénétra dans la nef. Le béret rouge du lieutenant Pierre-Jean Chambon et un coussin noir accueillant les médailles durement gagnées par notre ami dormaient sur le cercueil, à présent posé sur le catafalque. La messe de requiem et l'homélie du prêtre glacèrent encore plus la petite église bondée. Des sanglots étouffés naquirent au cours du recueillement.

- Enfant de Carqueiranne qu'il affectionnait tant, de cette Provence chaleureuse et accueillante, Pierre-Jean a rejoint Notre Seigneur, loin de cette terre et des siens, là-bas, en terre algérienne. Cette autre région à l'ancestrale générosité que des évènements tragiques déchirent...

Le ciel, à présent, subitement menaçant, laissa échapper quelques gouttes de pluie, renforçant ainsi la tristesse de ce cheminement. Nous accompagnâmes notre ami à sa dernière demeure, dans le petit cimetière voisin en parcourant à pied la courte distance. Un long serpent sombre, recueilli, emmitouflé et silencieux, suivait le cercueil drapé, enseveli sous la gerbe de fleurs.

En novembre, la 18 reçut ses six premiers *Aquilon*. Dix autres arriveraient plus tard. Ce chasseur à réaction poussait le *Corsair* vers une retraite amplement méritée. Cet avion emblématique, symbole de la Guerre du Pacifique, avait connu tous les théâtres d'opérations depuis trente ans. En Indo, puis en Algérie, il avait été le fer de lance de l'Aéronautique navale française. Sa puissance, sa maniabilité, ses virages serrés grâce au dièdre de ses ailes en mouette, en avaient fait l'un des meilleurs avions de combat de sa génération. Les temps changeaient. Le pilotage aussi. Adieu moteur à piston ! Bonjour le réacteur.

Les événements se précipitèrent avec une guerre plus insidieuse, plus larvée. Celle entre l'organisation armée secrète et les barbouzes du gouvernement. Les services de l'État, Police, Armée, services publics divers, étaient devenus peu fiables pour Paris parce que noyautés par les défenseurs de l'Algérie française !

Débarqua donc la nouvelle Armée de la République dont la mission consistait à protéger les institutions démocratiques de la

France. Nous sourîmes, ironiques, en apprenant les origines de ces défenseurs des valeurs républicaines. Malfrats et seconds couteaux du milieu, pour la plupart d'entre eux, Français moyens aux professions diverses et variées, légales ou occultes, voilà le bataillon de recrues désintéressées qui constituait les anti-OAS !

Les enlèvements, les tortures, les mutilations et les assassinats se multiplièrent. Les victimes n'en furent pas toujours des agents de l'OAS. Des innocents, vivant loin des arcanes de la guerre secrète, goûtèrent dramatiquement les délices particuliers que les défenseurs de la République leur offrirent !

Devant les hérétiques manifestations de ces groupuscules de malfrats, le contre-amiral Saint-Albin de Thionville était furieux.

- Le pouvoir nous taxe de traîtres assassins, de dictateurs en devenir, de voyous ! Mais que fait-il, lui, avec des gibiers de potence ? Nous sommes, pour la majorité, des militaires honorables, héros de la Seconde Guerre mondiale, d'Indochine, et parce que nous avons décidé de défendre l'honneur de la France, l'honneur de l'Armée et l'intégrité de ce territoire, Paris nous compare à ces ignobles meurtriers, proxénètes et trafiquants en tout genre !

Bientôt, en cet hiver 61-62, la guerre cynique des parallèles effraya toutes les populations et le pouvoir lui-même. Un samedi après-midi de décembre, nous nous étions rendus avec Mathilde à l'invitation d'Eugénie Esposito. Maurice, Sarah et Rachid étaient présents également. Nous fêtions les dix ans du *France*. De nombreux jeunes, composant l'habituelle clientèle, dansaient au rythme des musiques nord-américaines. Elvis Presley, Bill Haley, Paul Anka, et un tout nouveau en métropole : Johnny Hallyday, dispensaient leurs chansons romantiques ou endiablées.

Mathilde m'entraîna pour une danse suave à souhait. Cet après-midi festif s'étirait. Une coupe de champagne en main, jus d'orange pour Rachid, nous trinquâmes au *France* et à ses agréables propriétaires.

L'exclamation de Maurice nous fit tourner la tête vers l'extérieur.

- Po, po dè, regardez là-bas un peu le frimeur corse, avec sa Traction-avant décapotable ! Il sort d'où, ce gonze ? Ça fait plusieurs jours qu'on le voit un peu trop traîner par ici, celui-là !

- Ho ! Maurice, d'après la rumeur, ça serait un proxo niçois !

- Qu'est-ce qu'il vient foutre ici ? Manquait plus que ça ! Un proxénète ! Mais qu'est-ce qu'il peut bien mijoter chez nous ? Les caïds du coin, les Zaïfour et les Fernandez, ils vont te le faire déguerpir vite vite !

- Maurice ! T'es fou ! Ne crois pas ça ! Les parrains d'ici ils n'y toucheront pas. Le Corse, il n'est pas là pour le business. Il est ici pour la politique. Il se susurre qu'il serait une espèce d'agent secret !

- Pas un agent secret, Sauveur, c'est certainement une barbouze ! Des types d'un service parallèle, envoyés pour lutter contre l'OAS, répliquais je.

- Contre l'Armée secrète ? Alors contre nous, les Pieds-noirs ? Eh bien j'espère que les deltas vont leur faire la fête, à tous ces salopards !

Pauvre Sauveur ! Il ne savait rien concernant ces spadassins. Les renseignements émanant de nos agents faisaient état du pouvoir énorme de ces hommes à qui même les polices officielles se devaient d'obéir !

Cette année, nous partîmes passer les fêtes de fin d'année à Carqueiranne. La famille, une fois encore, était au complet. Mes cousins, leurs épouses et leurs progénitures, nous avaient rejoints pour quelques jours. L'ambiance familiale, sereine ou animée, n'occultait en rien le douloureux souvenir de notre ami Pierre-Jean. Ses parents, qui ne se remettaient pas de sa disparition, avaient mis en vente la boulangerie. Quel malheur ! Pauvres gens. Qu'allaient-ils devenir ?

Un soir où nous n'étions qu'avec mes parents, les Ménard, mon beau-frère et ma sœur, le sujet de discussion, que j'évitais depuis des jours, allait éclore dans les paroles de mon père.

- Je comprends sans l'approuver la démarche des défenseurs de l'Algérie française. Mais l'Indépendance sera bientôt signée. La paix reviendra en Algérie.

André fouillait mon regard en attente de…

Je restais silencieux.

- Dieu t'entende, Charles ! prononça André.

- Ho ! Dieu n'a rien à voir là-dedans. C'est aux hommes de régler leurs problèmes, répondit Charles.

- Le pays est en danger ! Nous, les militaires, devons être fidèles aux institutions de la République et soutenir notre président.

- André, chacun d'entre nous lutte pour ce qu'il croit être juste. La fidélité à telle ou telle personne m'apparaît utopique si sa démarche est incohérente et illogique. Demander à des hommes qui se sentent trahis de renier leurs convictions est inconvenant. C'est un raccourci très restrictif. Que va devenir ce territoire livré aux exactions de quelques excités ? Et puis, nous sommes en famille, les sujets de conversations sont nombreux et variés, sans s'intéresser à celui de la discorde !

Je dus clore par ces paroles sèches le dérapage verbal qui se profilait. Un silence glacial s'imposa quelques instants. Mais la bonne humeur et l'amitié emplirent à nouveau la salle à manger.

À notre retour à Oran, Jean-Marie de Lourvainville m'apprit les attaques réciproques auxquelles se livraient l'OAS et les parallèles. Les populations civiles, comme toujours en pareils cas, n'étaient pas épargnées. Pauvre Algérie, elle semblait s'engloutir inexorablement dans un chaos définitif ! Quel miracle pouvait encore la sauver ? Les enlèvements de tous bords se multipliaient. Les protagonistes de l'ombre se livraient une lutte sans merci, sous l'œil intéressé du FLN.

Le contre-amiral nous communiqua la date de reprise des pourparlers entre la France et le gouvernement provisoire de la République algérienne à Évian : le 7 mars !

- Cette fois c'est la fin, amiral !

- Non, messieurs ! Cette conférence traîne en longueur. Ruptures et reprises des discussions la jalonnent depuis des mois. Rien n'est encore terminé. Gardons espoir. Nos agents travaillent discrètement et ils le font parfaitement. Les leaders de l'Armée de Libération nationale sont surveillés en permanence. Attendons...

À la mi-janvier, André me rendit visite à Lartigue. En provenance de Hyères, son avion se posa en fin de matinée. Prévenu de sa venue, le contre-amiral nous invita à partager sa table. Connaissant les opinions de mon beau-frère, le vieux militaire refusa le débat oratoire et vain qui ne pourrait qu'effacer dix années d'amitié et de respect mutuel. De plus, notre démarche exigeait une discrétion absolue, même si certains de nos collègues pouvaient être suspicieux.

- Bonjour, Ménard ! Je suis très heureux de vous revoir. Le Tonkin est si loin ! Êtes-vous satisfait de ce chasseur à réaction, vous qui volez dessus depuis 56 ?

- Mes respects, amiral. J'en suis également très heureux après toutes ces années. Vous savez, l'*Aquilon* ne se pilote pas comme nos *Hellcat* d'Indo. Mais c'est un très bon appareil.

Par la suite, nous évoquâmes les souvenirs douloureux de l'Extrême-Orient, ceux qui cimentaient durablement l'amitié par-delà les tempêtes.

De retour à Lartigue après avoir pris congé de l'amiral, le moment du départ d'André était venu. Après qu'il eut enfilé sa combinaison de vol, nous fîmes quelques pas sur le tarmac. Je le sentais fébrile, contrarié.

- Jean, je suis venu spécialement pour te parler. Ton combat, votre combat pour l'Algérie française est consommé.

- André, de quoi me parles-tu ? Je ne comprends pas !

- Jean, ne me prends pas pour un idiot ! Je me doute de ce que vous complotez, même si je n'en parle pas et n'en parlerai jamais ! Tout sera fini dans quelques semaines. L'Indépendance sera ratifiée à Évian. Il est encore temps, rentrez dans le rang ! Le gouvernement oubliera ses griefs envers des officiers brillants, que certains états d'âme avaient écartés du devoir essentiel d'un militaire envers sa patrie.

La colère grimpa en moi.

- André ! Comment peux-tu me demander de trahir mes intimes convictions ? D'être déloyal envers mes camarades dont l'honneur a été bafoué, comme l'amiral Saint-Albin de Thionville ! Je me suis engagé dans ce combat pour l'Algérie, ce bout de territoire français qui a vu naître Mathilde, et où est mort Pierre-Jean !

Malgré notre amitié, le ton monta. Le visage d'André s'empourpra.

- Jean, mon frère, je t'en conjure, arrêtez votre délire ! Êtes-vous tous devenus fous ? Est-ce le climat qui agit sur vous ? Vous êtes des soldats perdus, des égarés ! Votre démence occulte vos qualités de raisonnement ! Vous ne voyez plus la réalité. Vous ne comprenez plus l'Histoire ! Jean, le monde est en marche. Les grands empires coloniaux s'effritent, la France comme le Royaume-Uni. Les peuples aspirent à leur liberté, à leur souveraineté. Je t'en supplie, abandonne !

- Ce que tu demandes m'est impossible. Jamais, André, entends-tu ! La guerre n'est pas finie. Nous sommes nombreux à ne pas vouloir fléchir devant les Judas de Paris. Où sont-elles leurs belles paroles de 58 ? Envolées, diluées dans les salons de l'Élysée. Quelle honte ! Et tu oses me demander de rejoindre de tels hommes ! Quelle hérésie ! Des gouvernants qui n'hésitent pas une seconde à employer des voyous, des maffieux, des délinquants de droit commun fraîchement sortis de leurs geôles pour torturer et assassiner des militaires de l'Armée française :

nos camarades, André ! Quelles que soient leurs convictions, ils ont toujours servi loyalement leur mère patrie au péril de leurs vies. Le comprends-tu seulement ? criais-je.

- Vous n'êtes ni meilleurs ni pires que ces hommes, vous êtes pareils ! Ce n'est pas un uniforme qui différencie les assassins. Lui et tes galons ne t'absolvent aucunement de tes erreurs. L'OAS est l'opprobre de l'Algérie ! L'amiral, de Lourvainville et toi, vous soutenez des fascistes. Vous êtes sous la férule de factieux, de dangereux illuminés. Jean, tu es un symbole dans l'aéronavale. Tous les jeunes pilotes rêvent de devenir un Larrieux. Ils souhaitent tous être affectés à la Flottille 18. Quelle image vont-ils avoir de toi ? Tu ruines ta carrière, en es-tu conscient ?

- Comment pourrais-je devenir un carriériste opportuniste, comme tu me l'implores ? Ne penses-tu pas que leur déception serait immense en apprenant que leur héros a pu renoncer à ses principes, à son idéal, pour une éblouissante carrière ? Non André, ja... mais !

- Jean, que vas-tu devenir ? Un hors-la-loi ? As-tu pensé à Mathilde ? Tu seras arrêté, emprisonné ! Si toutefois tu parvenais à t'échapper, tu deviendrais un fugitif ! Tu serais traqué par toutes les polices françaises, par les services secrets ! Votre vie serait un véritable enfer ! Et tes parents, y as-tu pensé ? Ton père républicain inconditionnel, dont la moralité et la défense des institutions forcent le respect de tous. Jean, mon ami, toi qui es mon frère, pour la dernière fois, je te somme de m'écouter. Abandonne !!

- André, c'est vrai, tu es un frère pour moi. Merci de t'être évertué à me convaincre sans y parvenir. Mais après tant d'années, me connaîtrais-tu si mal ? Comment l'idée d'une défection de ma part a pu t'effleurer l'esprit, toi habituellement si perspicace ? Va, André ! Rejoins tes amis gaullistes, les pourfendeurs de l'Armée française !

Puis, je me calmais. Cette guerre allait-elle annihiler un quart de siècle de profonde amitié ? Déjà, elle nous avait privés du *Rouquin*. Nous ne pouvions pas nous déchirer. L'amitié devait absolument l'emporter sur nos intimes convictions sans que toutefois nous les reniions.

- Prends bien soin de notre famille. Je ne la reverrai peut-être plus ! Explique-leur ma décision et embrasse-les très fort pour moi. Adieu, André ! Adieu, mon frère !

André, à son tour, retrouva une certaine sérénité. Malgré notre profond désaccord, nous nous jetâmes dans les bras l'un de l'autre. Ce bref moment fut intense. Ce conflit, heureusement, n'avait aucun droit sur notre amitié. Par les épreuves, elle n'en ressortirait que grandie.

- Enfin ! J'aurais au moins essayé. Adieu, Jean ! Embrasse Mathilde.

Dans sa combinaison verte, et couvert de son casque rouge et blanc, il grimpa dans son avion et me fit un signe de la main en se retournant.

J'étais ébranlé ! Avec un pincement au cœur je regardais l'*Aquilon MK 203*, dans le bruit assourdissant de son réacteur, s'élever dans le ciel limpide de l'Oranie. Dans une heure et demie, il serait en métropole. Nous reverrions-nous un jour ?

Le 29 janvier, la villa Andrea, appelée auparavant *Maison du Bonheur*, PC des mercenaires de la République, ces adversaires des gladiateurs de l'Algérie française, fut entièrement dévastée par une forte charge explosive ! Le funeste bâtiment fut le cercueil des barbouzes. OAS, SDEC : qui était l'auteur de cet attentat ?

- Jean-Marie, nos amis ont-ils plastiqué la villa Andrea ?

- Non, je ne crois pas. Nous en aurions été informés. L'amiral m'a confirmé que l'Armée secrète, malgré son désir de vengeance inassouvi, n'était pour rien dans cet attentat. La rumeur fait état d'une très mauvaise image des exactions de ces voyous pour le gouvernement français. Les édiles parisiens auraient-ils décidé prématurément de se séparer de leurs serviteurs zélés, devenus extrêmement gênants pour la suite des évènements ?

Très probablement. En laissant croire que leurs ennemis en seraient les auteurs.

Au Domaine de l'Orangeraie, un dimanche de février, dans une allée emplie d'exhalaisons d'agrumes en pleine floraison, Georges et moi déambulions. Nous avions souhaité nous entretenir de l'avenir proche.

- Jean… nous allons quitter notre pays en avril… Tout est fini, ici. Plus aucunes illusions. Nul doute que le mois prochain, à Évian, le gouvernement provisoire algérien décrochera le départ de la France et… hélas, des Français ! Nos possessions seront saisies. Les règlements de compte s'intensifieront. Cela va devenir dangereux. Nous devons partir au plus tôt. Depuis quelque temps, déjà, j'ai anticipé cet exode. J'ai acquis un vignoble à Gigondas, dans le Vaucluse. Mes tripes se tordent à l'idée d'abandonner ce domaine à ces salopards ! Cet héritage familial représentait l'espoir et la réussite de Bixente ! Là-haut, il doit être vert de rage, lui qui a tant œuvré en son temps pour le développement de cette région. Avec mon épouse, nous n'en dormons plus, tellement ce départ nous déchire le cœur. Et vous, qu'avez-vous décidé ? Pour vous aussi, les militaires, l'Algérie, c'est terminé.

- Georges, ne vous en offusquez pas mais je ne peux rien vous dévoiler actuellement. Dans quelques semaines, les ordres de nos chefs seront définitifs. Nous rentrerons peut-être en métropole. Serais-je toujours à la 18 ? Notre combat pour l'Algérie française est réfuté et abhorré par nos gouvernants. Ils sont plus enclins à sanctionner qu'à pardonner. Mais nous irons jusqu'au bout, nous ne faillirons pas ! Le contre-amiral en saura plus dans quelque temps. Monsieur… si toutefois le malheur était au rendez-vous, je vous en prie, emmenez Mathilde avec vous !

- Jean, avant d'être votre épouse, c'est avant tout ma fille. Comme vous le savez, elle est la prunelle de mes yeux. N'ayez aucune crainte, elle partira avec nous s'il le faut. Quant à cette idée morbide, oubliez-la. Tout se passera bien. Ne pouvez-vous pas abandonner ? Il est peut-être encore temps ?

- Non, Georges ! On nous a laissés entendre que des pays d'Amérique latine nous accueilleraient au cas où… Dès que le processus d'exfiltration sera décidé, je vous en informerai.

Nous aperçûmes Ahmed qui arrivait avec la Jeep. Il s'arrêta et vint nous saluer.

- Bonjour, monsieur Georges ; bonjour, commandant !

- Bonjour Ahmed ! Qu'allez-vous faire si l'Indépendance est ratifiée ? demandai-je.

- Commandant, ici c'est chez moi ! Je suis arabe ! Je suis né sur cette terre. Mes parents et mes ancêtres aussi. Je ne partirai donc pas ! Si les Bolcheviques prennent le pouvoir, nous créerons un parti d'opposition ! Allah nous protégera. Il ne peut soutenir des incroyants comme ceux du gouvernement provisoire !

- Ahmed, aurez-vous cette liberté d'action ? Regardez au Vietnam ! La guerre a repris, cette fois contre les États-Unis. Après notre départ, un parti politique unique, les opposants ont été emprisonnés, la démocratie galvaudée. En Algérie, il en sera de même ! Vous, les démocrates, vous ne pourrez pas vous exprimer. La répression sera sanglante. Je vous en prie, partez ! Rejoignez la France. Vous êtes un ancien officier, vous serez accueilli comme tel avec votre famille. Ne restez pas ! Les loups ne vous feront aucun cadeau. Pour eux, vous resterez toujours un collaborateur des Français. Vos nobles valeurs, vos idées réalistes pour un pays moderne attiseront la haine des fellaghas. Vous l'avez justement déclaré, ils ne croient pas en Dieu. Allah pourra-t-il vous préserver ?

- Commandant, merci de votre sollicitude, de votre amitié. Je suis revenu de Diên Biên Phu, je m'en sortirai encore. Et puis, je possède des armes et des amis ; nous verrons bien. Allah nous protège ! C'est ma terre, je dois la défendre. Pierre-Jean, mon ami, mon frère d'armes, votre meilleur ami, a donné sa vie pour que mon pays reste libre ! Je donnerai la mienne s'il le faut ! Je suis un fauve blessé ; mais les loups ne m'effraient nullement ! Adieu, commandant !

Familièrement, je le serrai contre moi.

- Adieu, Ahmed ! Que nos dieux vous protègent !

Ce matin-là, quelques gouttes de pluie me rafraîchirent à mon arrivée à fort Lamoune. Le contre-amiral Saint-Albin de Thionville m'avait convoqué en extrême urgence. En présence du fidèle Jean-Marie, j'écoutais les explications du Pacha.

- Une réunion secrète va se dérouler dans un hameau isolé de la frontière marocaine vers Sidi Aïssa. Nos agents musulmans ont été formidables. Après avoir infiltré la tête de l'ALN, la préparation de cette rencontre ne leur a pas échappé. Elle regroupera plusieurs chefs rebelles, un représentant de Paris et encore... notre vieille connaissance : monsieur Victor ! C'est notre dernière chance ! Nous allons les attaquer. Les rebelles crieront à la trahison et quitteront à nouveau la table des négociations.

- Certes, amiral, c'est notre ultime espoir ; mais tuer un représentant français et le patron des services secrets soviétiques en Afrique du Nord déclenchera une crise politique sans précédent en France et générera un conflit diplomatique avec l'URSS ! dis-je.

- Pas du tout, Larrieux ! Comment Paris et Moscou pourront-ils se justifier alors qu'ils organisent ensemble une réunion secrète avec des combattants rebelles ? Parce que l'Armée de Libération nationale n'est pas le gouvernement provisoire de la République algérienne. La seule instance, officiellement reconnue par tous, est le GPRA. Ce sont toujours des insoumis ! Par contre, l'impact chez les fellaghas sera extrêmement important. Ils ne reviendront pas à Évian avant des mois. D'ici là, nous agirons !... Nous ne connaîtrons la date et l'heure de ce rendez-vous que vingt-quatre heures avant. Aussi, Larrieux, avec vos avions tenez-vous prêts à tout moment. Même équipe et même préparation que pour le *Lévitan II* !

- À vos ordres, amiral !

Cette fois, la mission pouvait nous amener devant un peloton d'exécution ! En dépit de cette sombre perspective, j'étais déterminé.

Le 1er mars, l'information tant attendue tomba : la réunion était pour le lendemain, dans la nuit. Jean-Marie de Lourvainville me présenta des photos aériennes, réalisées la veille par un *Neptune*. Celles-ci montraient un hameau isolé, loin dans l'arrière-pays. Sur le flanc d'un éperon rocheux, il surplombait un large défilé. Sur la carte, je situais l'objectif. Il était à quelques kilomètres à peine de la frontière. Vraisemblablement des bergeries abandonnées, utilisées comme refuges par les fellaghas. Ce qui semblait être des figuiers dont le feuillage n'avait pas encore réapparu, entourait les bâtiments. L'approche par l'ouest serait aisée ; un seul passage suffirait.

- C'est pour demain matin, Jean ! Vous décollerez avant le lever du jour. Vous serez sur l'objectif avant le départ des protagonistes. Bonne chance !

Ma surprise était totale. C'était la première fois que le contre-amiral m'appelait par mon prénom ! Pourquoi cette familiarité ? Certes, il m'appréciait, mais cette marque affectueuse n'était-elle pas le prélude à une prochaine séparation forcée et définitive ?

Cette nuit-là, j'entraînai Mathilde dans un tourbillon sensuel enflammé. L'angoissante nervosité que générait en moi cette mission, me contrariait, pourtant. J'essayai de l'oublier momentanément dans les bras de mon épouse. Nos deux corps emmêlés dans une étreinte passionnée reflétaient notre extraordinaire amour. Notre frénésie nous jeta dans les flots impétueux du bonheur. Puis l'éblouissement. L'extase salvatrice ! Elle était la réparatrice de notre bien-être intellectuel. Elle nous plongea dans une douce béatitude.

Ma nervosité, ma faim, n'avaient pas échappé à Mathilde après cette furieuse joute. Alanguie contre moi, elle me questionna :

- Jean, mon amour, que se passe-t-il ? Je te trouve soucieux et bien silencieux, ce soir ! Il n'y a pas que les joies que nous devons partager. Les soucis et les peines aussi font partie de la vie d'un couple. Parle-moi, explique-moi, veux-tu ?

Lui expliquer quoi ? Que j'allais diriger, demain à l'aube, une opération particulière qui pourrait me valoir une accusation de haute trahison ! L'angoisser inutilement par l'éventualité d'une condamnation qui nous séparerait plusieurs années dans le meilleur des cas, définitivement dans le plus mauvais, ne servait à rien. Comment lui faire subir la douloureuse épreuve de ma terrible interrogation ? Comment lui annoncer que le destin, dans le choix impitoyable de ses paradoxes, pourrait briser notre bonheur ? Je ne m'en sentais pas la force. Pas ce soir, Mathilde, ma chère et tendre Mathilde. La vie n'est que combats, luttes intrinsèques dont l'homme est à la fois l'acteur, le spectateur et la victime. Des larmes perlaient dans mes yeux. Mon silence éveilla sa colère.

La faible clarté dispensée par la lumière des étoiles traversant la petite fenêtre s'étirait dans la pénombre de notre nid. Là, maintenant assise, ses beaux yeux bruns me fixant, elle voulut savoir.

- Une fois de plus, tu ne veux rien me dire ? Eh bien, garde-les, tes secrets militaires ! Ton épouse, ce n'est pas moi ! C'est la Marine ! Madame Saint-Albin de Thionville m'avait pourtant mise en garde : « *Mon enfant, ces hommes-là sont nos époux légitimes mais, hélas, nous avons une très grande rivale ! Eh oui, la Marine ! C'est elle, leur véritable épouse première !* ». Je ne voulais pourtant pas y croire ! Pas toi ! Tu es différent d'eux ! Jean ! Mon amour, parle-moi ! Dis-moi que tu es différent de ces officiers ! Ton côté rêveur et idéaliste m'a séduit immédiatement ; tu n'es pas un pragmatique, comme André ! Tu es le romantique que j'espérais. Réponds-moi, je t'en prie ! Le risque est-il si considérable ? Tu peux... ne pas revenir de cette mission ? demanda-t-elle.

- Non, Mathilde ! Rassure-toi, l'opération en elle-même ne présente aucune difficulté particulière... Ce sont les conséquences qui pourraient s'avérer tragiques, irréversibles ! Qu'en sera-t-il des corollaires de cette attaque ?

- Jean ! Depuis des semaines j'ai peur ! Notre sérénité, notre bien-être, paraissent fuir, comme si nous étions balayés par une grande vague. Une immense lame de fond qui nous plongerait dans l'indifférence et l'égoïsme. Mes parents s'inquiètent jour après jour pour notre devenir !

- Le destin de l'Algérie est en train de basculer. Nous tirons nos dernières cartouches. Demain, ce sera notre ultime baroud d'honneur. Il n'y aura pas de prochaine fois ! Cette action sera l'intervention de la dernière chance.

- Reviens-moi, Jean ! J'en implore le Seigneur tout-puissant dans sa miséricorde. Que tout cela finisse vite ! Allons vivre ailleurs notre bonheur, loin des vicissitudes de ce conflit. Nous devenons tous fous ! L'inquiétude des attentats, la peur des enlèvements, ton combat excessif et passionné, nous fragilisent, nous... éloignent ! Je t'en supplie, partons dès demain ! Mon père nous aidera.

- Laisse-moi quelques jours ! L'amiral prépare notre fuite. Il...

- Arrête ! Ne vois-tu pas que Saint-Albin de Thionville en fait une affaire personnelle contre de Gaulle ! Es-tu devenu aveugle à ce point pour ne pas t'en être aperçu ? Vous êtes littéralement fascinés par cet homme ! Il vous a hypnotisés, contaminés ! Vous êtes devenus des marionnettes entre ses mains ! Vous n'êtes plus des officiers responsables, capables de réagir logiquement, intelligemment ! Un seul instant a-t-il seulement pensé que son combat revanchard, son obsession maladive, pouvaient détruire les familles de ces militaires placés sous ses ordres ? La tienne, Jean ! Celle des de Monségur, Léandri, de Lourvainville et même la sienne ! Pense-t-il à la comtesse Sophie, cette femme admirable qui n'a eu de cesse d'accepter la carrière de son mari, au prix d'énormes concessions.

Je fus surpris par la hausse du ton mais aussi troublé par une telle lucidité. Mathilde ne s'était jamais exprimée de cette façon, si vive ! Elle avait raison. Cette obsessionnelle lutte démesurée, oppressante, avait voilé ma vision réaliste de la vérité. Dans le cheminement opaque de nos tourments, nous n'apercevions plus les éclaircies du monde qui nous entourait.

- Encore quelques jours ! Je te le promets, nous partirons.

Un éclair, un songe soudain, nous dansions. La musique était douce, les paroles romantiques : « *Retiens la nuit, pour nos cœurs dans sa course vagabonde, serre-moi fort, contre ton corps, il faut qu'à l'heure des folies, le grand amour, raye le jour et nous fasse oublier la vie… Retiens, la nuit… avec toi, elle paraît si belle…* »

Qu'elles étaient belles nos nuits jusqu'à ce jour. Aurais-tu raison Mathilde ? Quittons vite ce monde bouleversé, chaotique. Partons vivre notre passion dans la douceur poétique des grands espaces naturels, bercés par le cheminement scintillant des torrents qui, en dévalant ces montagnes, grignotent un peu de leur pureté.

L'anxiété nous rejeta dans les bras l'un de l'autre. Dans une étreinte frénétique nous essayâmes d'oublier les lancinantes interrogations qui nous tenaillaient.

Nous ne dormions toujours pas. Le sommeil avait disparu. Mathilde, alanguie et calmée me parla à nouveau :

- Jean, un jour, madame Saint-Albin de Thionville m'a confié quelque chose. Je ne t'en avais jamais parlé auparavant. Le contre-amiral te considère comme son fils. Tu as remplacé dans son cœur, celui qu'il a perdu là-bas, en Afrique équatoriale. Depuis le Tonkin, il a vu en toi son successeur ! Un fils spirituel qui finirait amiral et couvert d'une gloire immarcescible ! Même la comtesse éprouve énormément d'affection pour toi. Par ce combat contre les trahisons de nos gouvernants, il veut te protéger. Mais ne confond-il pas affaire personnelle et affaire d'État ? Il t'admire. Tu lui rappelles le pilote qu'il était durant la Seconde Guerre mondiale. Mais cet enthousiasme affectueux n'est-il pas anachronique, dépassé ?

- Le contre-amiral vit encore avec ses chimères. Il considérait Dominique Francheschini comme son frère cadet et maintenant moi, comme son fils ! C'est bien dans son caractère. Sous son autorité de chef, se cache une étonnante sensibilité. Quelle que soit l'issue de cette tragédie, je ne l'oublierai jamais !

- Jean, mon amour, je ne voulais pas te l'annoncer tout de suite, j'avais peur des évènements. Mais il faut que tu l'apprennes pourtant. Bientôt tu vas devoir partager ma vie avec un petit être. Je suis enceinte ! Je porte en moi ton fils, ou ta fille. Je refusais de t'inquiéter plus encore. Le médecin me l'a confirmé ce matin, dénonça Mathilde, les yeux pleins de larmes.

- Qu'as-tu dit ? Répète, veux-tu !

- Tu vas être papa !

- Notre enfant ? C'est magnifique ! Mais pourquoi attendre pour me l'annoncer ?... Mathilde, je t'adore !

- Mais dans quel monde va-t-il naître ? Regarde autour de nous, ce n'est que désordre, incertitudes et interrogations. J'ai peur pour lui !

- Aie confiance, nous nous en sortirons. Le monde que notre enfant connaîtra sera celui de la liberté, de la générosité et de la tolérance.

Je la serrai fort contre moi, et nous nous assoupîmes pour une courte nuit.

À quatre heures du matin, je quittais Saint-André pour Lartigue. Après avoir satisfait à l'obligatoire contrôle à l'entrée de la base, je rejoignis mes deux coéquipiers.

- Salut, Jean ! Les trois avions sont prêts, les bombes sont en place, annonça Maximilien de Monségur.

- Max, Antoine, vous pouvez encore refuser de me suivre. Cette fois, le risque est énorme. Le peloton d'exécution nous attend peut-être ! Je ne vous en voudrai pas, je comprendrai très bien.

- Jean, nous nous sommes engagés à tes côtés dans ce combat pour l'honneur : le nôtre et celui de la France. Nous t'accompagnons. Assez parlé, décollons !

Je regardais ces deux hommes si différents. De Monségur, grand et mince, avec son visage d'éternel adolescent réservé sous sa tignasse blonde filasse, m'impressionna par sa détermination. Léandri, plus petit mais plus costaud, le teint mat, les cheveux noirs et drus, conservait son habituel sourire sympathique. Quel courage et quelle énergie les habitaient en ce matin d'hiver 62 !

Les trois chasseurs bombardiers quittèrent le tarmac dans la nuit.

- La tour de Ventoux bleu un. Demande l'autorisation de décoller pour trois *Aquilon*, direction le sud vers la frontière.

- Ventoux bleu un. Autorisé, le vent du 300 pour 4 à 5 nœuds. Rappelez en sortie de zone.

Les avions lourdement chargés s'élevèrent dans le ciel étoilé. Là-bas, loin au-dessus des Aurès, les prémices du lever de l'astre solaire coloraient de rouge l'horizon. À l'approche de l'objectif, nous basculâmes sur la 100.1. Le jour était, à présent, levé, la visibilité parfaite.

Dans la proche vallée, les négociateurs de l'ombre terminaient leurs palabres. Ils étaient sereins, loin de se douter que la mort approchait ! Subitement, des cris à l'extérieur, des tirs et des bousculades les réveillèrent de leur apathique satisfaction.

Kaled ! Yacine ! Là ! Les avions ! Vite ! Il faut partir ! cria un fellagha en arme.

Le dénommé Kaled, en tenue militaire, et le turban traditionnel sur la tête, s'écria dans une furieuse et soudaine colère :

- Nous avons été trahis ! Sales Français ! On ne peut pas leur faire confiance.

- Charmouta !

Son déchaînement verbal et la peur qui se dessinait sur son visage, frôlaient la démence.

- Tavernier ! Salopard ! Vous nous le paierez cher ! Il n'y aura jamais de paix possible entre nous. Nous allons reprendre la guerre ! Nous brûlerons vos maisons. Nous tuerons vos enfants et nous violerons vos femmes ! Sales porcs ! Vous périrez tous ! exultait-il.

Victor Voronine et Tavernier, l'agent français, sortirent de la bâtisse et essayèrent de gagner un illusoire abri en ce lieu. Dans l'aube naissante, je vis plusieurs hommes courir.

- Jean, regarde, on dirait que les rats sortent du nid ! Merde ! Vise à trois heures, à côté des arbres ! Un hélico ! C'est un *H 34* ! Je n'aperçois pas ses marques d'identification, annonça Léandri.

Nous n'avions prévu qu'un seul passage. À la suite, les trois avions plongèrent dans la vallée. Les bombes furent larguées…

En remontant, dans un virage à gauche, je mesurai l'ampleur des dégâts. Le hameau, ou ce qu'il en restait, était un tas de ruines en flammes. L'hélicoptère était également soufflé et en feu. De part et d'autre, des corps jonchaient le sol. Mission accomplie.

Qu'adviendrait-il des négociations après ce dernier baroud ? Et nous ?… Qu'allions nous devenir ?

Les trois avions se posèrent dans la touffeur naissante. Je contactai Jean-Marie et l'informai à mots couverts de la pleine et totale réussite de l'opération. Puis, avec un pincement au cœur, j'appelai Mathilde à l'école. Le soulagement perça dans sa voix.

Une semaine passa. Les négociations reprirent à Évian.

Le contre-amiral nous réunit, Jean-Marie et moi. À l'annonce de la reprise des discussions, je fus stupéfait et déçu ! Notre raid n'avait strictement servi à rien !

- Mais, amiral, comment les Algériens ont-ils pu revenir à la table des négociations ? Sont-ils eux aussi devenus amnésiques, hypocrites ? Nous avons frappé leurs chefs militaires. Comment peuvent-ils l'oublier ?

- Moi aussi, je suis décontenancé ! Les évènements prennent une tournure que je n'envisageais nullement. Ils sont contraires à toutes logiques. Jean, les arcanes de la politique sont très complexes. Les divisions au sein de la coalition algérienne ne datent pas d'hier. Le gouvernement provisoire essaie d'offrir au monde une image de responsables modérés, soucieux de la paix. Les exaltés de l'Armée de Libération nationale deviennent de plus en plus gênants pour les futurs maîtres de l'Algérie. Votre opération, au lieu de les déstabiliser, leur a offert sur un plateau la disparition d'alliés embarrassants ! La condescendance entre ces hommes n'existe pas ! D'autant plus qu'entre eux, le torchon brûle depuis des mois. Aujourd'hui, les trahisons et les ambitions personnelles démesurées occultent tous les raisonnements.

En écoutant notre supérieur, avec Jean-Marie, nous demeurions interdits devant cette analyse.

- Mais il y a plus grave ! Une équipe du Service de Documentation extérieure et de Contre-espionnage est arrivée hier soir à Alger. Elle est épaulée par les hommes de la Direction de la Surveillance du Territoire. Le patron de ce groupe n'est autre que le n° 3 du SDEC, le colonel Adam Deville ! Il était avec nous en Indo. Vous ne le connaissez pas, mais moi, oui ! C'était un jeune commandant, à l'époque. Il dirigeait les opérations tortueuses des forces spéciales. Sa carrière a débuté dans la résistance en 1940. Il avait à peine dix-sept ans ! Un véritable héros ! À son retour d'Extrême-Orient, il a intégré les rangs des services secrets. C'est un type honnête et loyal, si toutefois dans le milieu où il vit, l'honnêteté et la loyauté ne sont pas trop galvaudées ! Par contre, son adjoint, le commissaire Verly a mauvaise réputation. Prétentieux, un tantinet mégalo et, comme si cela ne suffisait pas, il voue une haine viscérale à l'OAS !... Encore une chose, messieurs : la 19 est de retour à Alger-la-Blanche !

- Comment ! La 19 ? La flottille d'André ? Mais si la guerre est bientôt finie, que vient-elle faire ici ?

- Je crois savoir qu'elle est là pour nous ! Paris met le paquet. Les policiers à terre et les avions en l'air ! Ils redoutent tous, et à juste raison d'ailleurs, notre départ et celui de nos amis pour l'Espagne. Les questions essentielles, pour eux, sont : « Qui, quand et comment, avion ou bateau ? ». La 19 surveille depuis hier l'espace aérien entre l'Espagne et l'Algérie !

- Mais, il y a d'autres flottilles disponibles ! Alors pourquoi la 19 en particulier ? demanda Jean-Marie.

- Allons, messieurs, ouvrez les yeux ! Réfléchissez ! Tout simplement parce que l'indéfectible fidélité du capitaine de corvette Ménard pour les institutions de la République et ses sympathies Gaullistes sont bien connues en haut lieu. Paris envoie ses dévoués : Deville et Ménard ! Jean, vous connaissez votre beau-frère, il est tenace, autant que vous, et son devoir passe avant tout ! Il ira jusqu'au bout, c'est sûr !

- Jusqu'à nous abattre en vol s'il le fallait ? Je ne puis croire cela ! Aurait-il changé à ce point qu'il puisse froidement nous ôter la vie ?

- J'espère que non ! Mais les ordres sont clairs : prendre les séditieux… morts ou vifs !

- Pour l'instant, ils n'ont pas encore de preuves, sinon nous aurions déjà été arrêtés. Des présomptions, peut-être ? Restons sur nos gardes et poursuivons notre travail habituel. Peut-être nous laisseront-ils tranquilles encore quelques jours ? Mais prenez tout de même vos dispositions. Jean, mettez Mathilde à l'abri, en sûreté en Espagne. Elle doit quitter Oran dès aujourd'hui pour Madrid ! Nos hommes, que les services secrets espagnols assistent, la prendront sous leur aile. Quant à vous, vous partirez demain matin. Vous quitterez l'Algérie à bord de votre *Aquilon.* Vous n'aurez pas d'ordre de vol, discrétion oblige. À vous de convaincre la tour de vous laisser décoller. La partie épineuse et irréversible de votre évasion sera d'échapper aux avions de votre beau-frère ! La distance entre ici et Alméria est courte. Là-bas, vous serez obligé de vous éjecter ! Il est hors de question d'atterrir sur un aérodrome espagnol. Les Franquistes nous soutiennent dans l'ombre mais ils ne souhaitent pas de complications diplomatiques avec la France ! Tout est prévu. Un chalutier vous attendra à vingt kilomètres dans le sud du cap de Gata, à sept heures trente, demain matin. Vous contacterez nos amis sur la fréquence spéciale. Votre indicatif sera « Icare », celui du bateau *Horizon.*

- Icare, amiral ? Mais n'est-ce pas ce héros grec qui se brûla les ailes sous la chaleur solaire et se noya en tombant à la mer ? Je m'inquiète de ce nom de code, pour un pilote ! N'est-il pas le signe d'un mauvais présage, assez prémonitoire pour nous, aujourd'hui ?

- Non, ne soyez pas superstitieux ! Justement, Icare a réussi à s'échapper du labyrinthe de Crête que son père, Dédale, avait construit. Le roi Minos les avait enfermés à l'intérieur tous les deux, pour les punir d'avoir favorisé les amours adultérins de la reine Phasiphaé. Celle-ci les délivra et ils s'enfuirent en s'envolant avec des ailes en cire que Dédale avait inventées. Vous aussi, vous vous envolerez, mais vous, vous réussirez ! J'en suis convaincu ! De plus, vous emporterez ceci.

En joignant le geste à la parole, l'amiral sortit de derrière le fond mobile d'une armoire, une sacoche en cuir de cinquante centimètres sur trente environ, et referma le panneau.

- Jean, vous emmènerez cette précieuse cargaison avec vous. Nos agents ont réussi à la subtiliser à Alger, avant l'arrivée de Deville et de sa clique. C'est le trésor de l'Armée secrète ! Elle contient toute la liste de nos camarades en fonction dans les trois armes, nos contacts à l'étranger, nos filières et nos pourvoyeurs d'armes. Vous comprenez aisément l'importance vitale de ces documents ! Jean, si toutefois vous vous sentiez en mauvaise posture, n'hésitez aucunement, détruisez-la !... Vous vous en doutez, il en va de la survie de centaines de militaires de tout rang qui nous ont été fidèles. Nous leur devons bien cela. De Lourvainville la mettra en sécurité à l'extérieur. Elle sera acheminée dans la soirée à Lartigue. Ne cherchez pas à savoir comment. Ce n'est pas votre problème et encore moins votre souci principal. Rien ne doit vous distraire de votre évasion. Demain avant votre décollage, un officier s'annoncera sous le nom de code « Vulcain ». Il vous remettra ces dossiers, emballés et protégés de l'eau de mer. Ils seront également plombés afin de couler et de disparaître en cas de problème. Je vous le réitère, n'hésitez surtout pas à les jeter à la mer si vous ne pouviez parvenir à vous échapper. En aucune façon, ils ne doivent tomber en possession des hommes de Deville. Ce serait un véritable désastre ! À présent, de Lourvainville, veuillez nous laisser, je voudrais m'entretenir un instant avec Larrieux…

Jean-Marie se leva et quitta le bureau en refermant la porte sur lui. Saint-Albin de Thionville était en chemisette blanche. L'impressionnant support des barrettes de décorations, aux couleurs multiples, tranchait sur la blancheur immaculée de sa tenue. Face à moi, là sous mes yeux, la carrière exemplaire de ce soldat était épinglée : Légion d'Honneur avec rosette, Croix de Guerre, Médaille militaire… Et, sur la poche de poitrine, à droite, son macaron de pilote. Depuis 1938, ce dernier brillait sur son uniforme. Deux étoiles dorées paraient ses épaulettes noires. Mais, dans l'apparence de cet homme couvert de gloire, c'était son regard bleu qui m'interpellait le plus ! Ce fait me troubla quelque peu. Le bleu de ses yeux avait-il changé ? Ou son regard était-il tout simplement envahi par une attendrissante douceur ?

Je me surpris à fixer cet homme emblématique. Il contourna son bureau et posa ses mains… sur mes épaules ! Mon trouble s'accentua. De sa haute stature, il me dominait. Dans mon esprit, en cet instant, la familiarité me parut impensable ! Subitement, je repensais aux paroles de Mathilde : « *Il te considère comme son fils et…* »

Ce n'était plus le contre-amiral qui me parlait, le chef à la prestance légendaire. C'était un père qui s'adressait à son fils !

- Jean… vous êtes le meilleur pilote de l'Aéronavale. Vous réussirez à leur échapper. Ils ne vous auront pas. Malgré mes craintes, je crois fermement à votre réussite. Tout est prévu pour Mathilde et vous. De Madrid, vous gagnerez l'Amérique du Sud avec de faux papiers. Là-bas, plusieurs pays nous accueillent et soutiennent notre lutte contre les Marxistes. La police gaulliste vous laissera tranquilles. Soyez heureux… et que Dieu vous protège. D'autre part, j'ai préparé un rapport pour dédouaner de Monségur et Léandri. Dans celui-ci, j'explique qu'ils ont obéi aux ordres. J'espère qu'ils seront épargnés par la Justice et qu'ils continueront dans la Marine ! En ce qui vous concerne, vous, ainsi que de Lourvainville, même si j'en faisais pareillement, je doute que Deville vous croie innocents ! Ce monsieur, soyez-en sûr, a oublié d'être idiot. Sa carrière au sein du SDEC et son extraordinaire ascension le prouvent. De Lourvainville embarquera sur un cargo grec qui va faire une brève escale à Oran. Après-demain, celui-ci appareillera pour le Brésil. J'espère que nous bénéficierons encore de quelques jours de calme avant la charge des chiens de garde.

- Si vous me le permettez… Et vous, amiral, qu'allez-vous devenir ?

- Ne vous inquiétez pas pour moi. Pensez plutôt à vous. Soyez rassuré, je n'irai pas en prison ! Que peuvent-ils contre un vieux militaire au crépuscule de sa carrière ? Ne vous laissez aucunement distraire par mon sort. Vous n'êtes pas encore sauvé. Jean, je… non, rien. À présent partez.

Nous nous quittâmes sur une accolade brève et respectueuse, mais je la sentis pleine d'affection, celle, incroyable, que me portait cet homme ! Puis…

- Adieu, Jean !

- Adieu, amiral ! Que Dieu vous préserve !

Mathilde quitta l'aéroport de la Sénia, à destination de Madrid, par l'avion commercial, à midi trente. Je ne l'avais revue qu'une poignée de minutes, ce matin, pour lui expliquer nos démarches respectives. Durant ce laps de temps, je lui avais confié les codes d'identification, indispensables pour les personnes qui la réceptionneraient à l'aéroport madrilène. La séparation fut difficile tant elle redoutait de ne plus me revoir. Elle était partie sur-le-champ, en direction du domaine familial, faire ses adieux.

Georges l'avait accompagnée jusqu'à la Sénia. Au décollage de l'aéronef, il ressentit un profond chagrin de voir s'éloigner sa fille pour une durée inconnue, mais émit un ouf de soulagement. Sa fille bien-aimée était presque sauvée. Pour son gendre, demain serait un autre jour…

À six heures du matin, je me présentais à Lartigue. Pendant la nuit, j'avais dormi d'un sommeil assez agité au domicile des Esposito. Il n'était pas question d'aller à Saint-André. Les loups nous avaient peut-être déjà identifiés !

J'avais abandonné la deux-chevaux à fort Lamoune. Malgré les risques, mon ami Sauveur avait absolument tenu à me véhiculer jusqu'à la base. Lorsque, la veille au soir, je l'avais sollicité pour la nuit et pour m'accompagner le lendemain en n'occultant pas les dangers encourus, il m'avait répondu simplement :

- Jean, nous prenons tous des risques ! Toi, ce n'est pas la terre qui t'a vu naître et pourtant tu as accepté malgré tout de la défendre. Nous, c'est la nôtre ! La moindre des corrections était de participer à vos actions et de vous épauler. Nous sommes avec vous depuis longtemps, tu le sais. Le péril, nous le partageons tous. Et puis, Jean, tu es un ami. Un véritable ami. Je t'aiderai jusqu'au bout !

Depuis des mois, à l'insu d'Eugénie, il nous servait de boîte aux lettres. C'était lui qui, hier après-midi, m'avait informé de la mise en sécurité de Mathilde, à Madrid.

Brave Sauveur ! Je l'embrassais. Nous avions tous deux la larme à l'œil. Nous reverrions-nous un jour ?

Je restais calme en me présentant à l'entrée de la base. Néanmoins, l'angoisse m'étreignait et me serrait l'estomac. Si nous avions été découverts, j'étais fait comme un rat ! Les fusiliers marins m'arrêteraient sûrement. Alors, adieu Mathilde ! Adieu mon enfant !

Le contrôle se déroula sans anicroches. Je poussais un ouf de soulagement. Tout avait l'air de bien se dérouler. Un peu en retrait, à l'abri des éventuels curieux, de Monségur m'attendait dans une Jeep. En m'apercevant, lui aussi fut apaisé car il avait craint le pire.

- Comme tu me l'as demandé, j'ai fait préparer ton avion. Juste du carburant pour quarante minutes et pas de munitions. Ton *Aquilon* est allégé au possible. Tu pourras semer tes poursuivants si tu les rencontres... Malgré tout, le risque est énorme !

- Ne t'inquiète pas, tout va bien se passer.

Nous pénétrâmes dans la salle des vols. Un moment après, quelques coups frappés discrètement à la porte imposèrent le silence. Léandri ouvrit et questionna :

- Oui ! Que voulez-vous ? Qui êtes-vous ?

- Le commandant Larrieux, je vous prie... J'ai du courrier pour lui.

Dans la clarté blafarde distillée par la lampe de bureau, je découvris un officier supérieur de Marine. Un capitaine de frégate, de taille moyenne, cheveux, moustache et barbe poivre et sel, tenait dans sa main droite un sac en toile beige.

- Larrieux, puis-je m'entretenir seul avec vous ? *Puis, en chuchotant* : Icare, je suis Vulcain.

- Commandant, n'ayez aucune crainte, ce sont des amis fidèles, des hommes de l'Armée secrète, comme nous.

- Voilà votre bagage, dit-il, en sortant la fameuse sacoche, enveloppée dans une toile plastifiée, vert foncé. Je ne vous rappelle pas les consignes de qui vous savez. Bonne chance ! Vous ne me connaissez pas. Ce matin, moi aussi je quitte Mers El-Kébir. Mon bateau regagne Brest. Que Dieu nous protège tous. Adieu, messieurs, et bonne chance !

L'officier ressortit et ferma la porte. Le bruit d'un moteur de voiture qui s'éloignait accompagnait la disparition de l'agent de liaison.

Combinaison de vol et Mae West enfilées, casque sous le bras, je rejoignais, le plus détendu possible, mon *Aquilon*. Avant de monter dans le cockpit, j'étreignais mes deux fidèles amis.

Deux anciens du Tonkin, eux aussi : le lieutenant de vaisseau Maximilien de Monségur et le maître principal Antoine Léandri. Leurs yeux humides les trahissaient, en me regardant ! Eux aussi étaient fortement inquiets. Ils espéraient ma réussite mais ils redoutaient également le pire !

Je me sanglais. Je vérifiais les attaches de mon parachute et, machinalement, je jetais un œil à la poignée rouge du siège éjectable, au-dessus de ma tête. Mon casque bleu ciel en place, le trésor bien calé entre mes jambes, j'allumais le réacteur. Le bruit assourdissant, telle une explosion, brisa le silence de ce début de jour. Vérification des instruments et des paramètres de vol opérée, je levais la main en signe d'adieu. À leur tour, mes deux coéquipiers, la main en l'air, me saluèrent. Adieu, mes amis. Fasse que vous soyez épargnés par les corollaires inhérents à notre conduite, pensais je.

- La tour, Ventoux bleu un, demande autorisation de décoller.

- Mais... commandant ! Nous n'avons pas votre ordre de mission !

- Comment ? ! Vous devriez l'avoir depuis hier soir ! Je réglerai tout cela à mon retour de mission !

- Je regrette, commandant, je ne peux pas vous autoriser à décoller !

Je blêmis ! Il fallait que j'arrive à les convaincre.

- Écoutez, c'est une mission spéciale. Vous encourez des sanctions venues du plus haut niveau si je ne l'effectue pas !

Hésitation dans la voix du contrôleur aérien, puis :

- Commandant, les ordres sont formels ! Sans ordre de mission aucun avion ne peut décoller !

- Appelez donc l'amiral Saint-Albin de Thionville ! Il vous le donnera, lui, l'ordre en question !

- Déranger... qui ? Le Pacha ? Vous n'y pensez pas, commandant !

Hésitation, puis...

- Bon ! Ok ! Ventoux bleu un... autorisé à décoller. Quels seront votre cap et votre altitude ?

- Cap 3.5.0, basse altitude pour cette opération, 1 200 pieds maximum.

Réacteur à pleine poussée, l'avion prit rapidement de la vitesse et décolla dans l'aube paresseuse. Je survolais Mers El-Kébir et je volais en direction de l'Espagne. Un profond sentiment de culpabilité m'accompagnait. Je m'échappais, je m'en allais chercher la liberté. L'impression désagréable d'abandonner mes amis à leur triste sort m'affligeait. Serais-je resté que je n'aurais rien pu y changer. Penser avant tout à la mission confiée par l'amiral. Ne pas me laisser attendrir par ce sentiment. Je suis un soldat, je n'ai pas le droit de faiblir. Rester très vigilant et très concentré. Inévitablement les chasseurs étaient là, en l'air ! Il ne pouvait en être autrement.

De mon regard, je scrutais le ciel clair. Rien pour l'instant. Cette relative tranquillité ne saurait durer. C'était trop calme !

Ce que j'appréhendais se produisit quelques minutes après. Brusquement, deux autres *Aquilon* m'encadrèrent. Je ne m'étais pas trompé. Ils étaient là, quelque part, à me guetter ! Les inscriptions de l'avion de gauche m'invitèrent au sourire : 19 F1 ! L'appareil d'André !

Ses paroles rompirent le silence radio.

- Ventoux bleu ! Jean ! Suis-nous sur Alger. C'est un ordre !

- Ah ! Salut, André. Mais de quoi me parles-tu ? Et puis, que faites-vous, si loin d'Hyères ?

- Nous surveillons les allées et venues de la 18 depuis des jours. Même les *JU 52* de Lemercier sont contrôlés ! Nous nous doutions bien que vous alliez essayer de rejoindre l'Espagne ! Tu es tout seul ? Où sont les autres ?

- Que me dis-tu ? De quoi me parles-tu ? J'effectue un vol de routine et quels sont ces autres auxquels tu fais allusion ?

- Jean, fais-moi plaisir, arrête de nous prendre pour des demeurés ! Le centre du complot est à l'amirauté, à Oran. J'en devine même qui en est le cerveau. Le temps presse. Vire à droite et reprends de l'altitude, direction Alger. Nous avons ordre de t'abattre si tu n'obtempères pas ! Épargne-moi cette douloureuse épreuve ! Prends immédiatement le cap 1.6.0 et monte à 4000 pieds.

Que faire ?... sinon obéir !

Mais à tout prix, je devais leur échapper. Je ne pouvais pas me rendre. Être dégradé... emprisonné, durant des années... séparé de Mathilde, de mon fils... jamais ! C'était hors de question ! Elle était à présent à Madrid. Elle m'attendait, certainement, morte d'inquiétude. Je *devais*... j'allais la retrouver !

- Mathilde, mon amour ! Ton angoisse va disparaître. J'arrive ! Juste le temps de lâcher mes deux amis et je suis dans tes bras... pensais-je à haute voix.

Je repris de l'altitude. Mon *MK 203* plus moderne et plus récent que ceux d'André et de son coéquipier, et allégé au maximum pour l'occasion, allait m'offrir le moyen de m'échapper. De plus, me permettre de reprendre de l'altitude me donnait un atout supplémentaire. Volontairement, André avait-il commis cette erreur d'appréciation, en connaissant ma finesse de pilotage ? Je virais à droite et je remontais à 4000 pieds. Certainement convaincu de mon obéissance, André se déconcentrerait, calculais-je. Légèrement en arrière, les deux poursuivants accompagnaient leur gibier. Nous nous éloignâmes de l'Espagne.

Le temps passait... Le carburant diminuait vite. Déjà vingt minutes que j'avais quitté Lartigue. Il me fallait réagir immédiatement.

Brutalement, pied à fond sur le palonnier de gauche, le manche lui aussi à gauche et en avant, je basculai l'avion et... je plongeai vers la mer. Je poussai la poignée de gaz à fond. L'aiguille de l'indicateur de vitesse annonça 400 nœuds... 450... Le variomètre s'affolait, redresser maintenant, tirer le manche à soi, stabiliser avec les palonniers. La ressource effectuée, je remis le cap au nord-ouest.

Surpris, les deux autres appareils se lancèrent à ma poursuite. Au loin, une bande de stratus m'interpella. Je fonçai dessus à travers la brume légère comme du coton qui recouvrait l'eau. La vitesse croissait toujours. Mes poursuivants auraient du mal à me rattraper. Du ras des flots, je remontai vers les nuages. Plus de visibilité, la grisaille opaque m'emprisonnait mais me sauvait aussi. Je m'éloignais du point de rendez-vous ! J'étais trop au nord, vers Carthagène. Qu'importait ! Il me fallait les semer en passant en dessous du balayage des radars espagnols ! Je plongeai à nouveau en virant vers l'ouest.

- Jean ! Arrête-toi ! Nous allons devoir t'abattre !

- Avant, retrouve-moi ! Si toutefois tu y parvenais, tu ne tirerais jamais sur moi, André ! Même si ce sont tes ordres, tu ne le ferais pas !

- Jean, s'il faut te sauver de cette folie et récupérer les documents que tu emportes avec toi, je n'hésiterai pas une seconde !

Une voix, que je connaissais parfaitement, éclata dans mes écouteurs.

- André ! Tu n'y penses pas ! Tu es fou ! Abattre Jean ! Aurais-tu la mémoire si courte ? Souviens-toi qu'il t'a autrefois sauvé la vie, en Indo ! Tu n'as pas oublié tout de même ?

Brave Moustique ! C'était lui le coéquipier de mon beau-frère.

- Salut, Yannick. Je ne suis plus qu'à quelques minutes de l'espace aérien espagnol. Désolé, les gars ! C'est trop tard pour vous !

- Alors salut, Jean ! Jamais je ne tirerais sur un avion français, sauf si c'est lui qui m'attaque ! Et encore moins sur toi. Adieu, et bonne chance !

Brutale, une injonction en espagnol sortit de nos écouteurs :

- *Aviones desconocidos, aqui control aéro Espagnol ! Acabais de penetrar en nuestra espacio aéro ! Identifiquense !**

Nom de nom ! La tentative d'interception d'André et de Moustique nous avait fait violer l'espace aérien de l'Espagne ! Notre poursuite et nos échanges verbaux nous avaient éloignés de notre navigation aérienne !

Après mon plongeon vers la mer, j'avais mis le cap au nord-ouest sans me préoccuper de ma position. C'est vrai qu'avec la vitesse de nos appareils, les distances étaient vite couvertes. Et en guise de discrétion, bravo !

- Contrôle aérien espagnol? Excusez-nous! Avions de l'Aéronavale française! Nous nous sommes écartés de notre route ! Nous faisons demi-tour, excusez-nous encore, s'exprima André.

Je réduisis ma vitesse et virais cap au sud. La montre du tableau de bord indiquait 7h34 ! Cette satanée interception, heureusement manquée, m'avait mis en retard sur l'horaire prévu.

- Yannick ! C'est terminé ! Rentrons ! prononça André, d'une voix résolue et soulagée à la fois.

- Adieu, Jean ! Bonne chance !

- André, mon frère, merci ! Prends bien soin des nôtres ! Adieu, Yannick !

- Adieu, Jean ! Que Dieu te garde !

Après ces paroles touchantes, je changeais de fréquence radio et me fixais sur la 100.1. Je pris un cap au sud-sud-ouest.- *Horizon*, Icare appelle !

- Icare ? *Horizon* ! Que se passe-t-il ? Quels sont ces autres avions que nous avons entendus ? Vous êtes en retard !

- Un petit problème ! Mais tout est réglé, à présent. Je vous aperçois à deux heures.

- Icare, visuel. À vous de jouer !

J'effectuai un virage serré et revins sur le chalutier. L'avion en léger cabré, je repris de l'altitude. À 1 000 pieds, je larguai la verrière et vérifiai la fixation de la sacoche. La vitesse affichée à 120 nœuds, l'appareil à l'horizontale, j'étais bien droit sur le siège, tendu nerveusement ; depuis l'école de pilotage je n'avais pas eu à m'éjecter, je compensais cette tension par une grande concentration.

---

* Avions inconnus, ici le contrôle aérien espagnol. Vous venez de pénétrer dans notre espace aérien. Identifiez-vous !

Je tirai la poignée rouge au-dessus de ma tête. Un choc ! L'extraordinaire poussée me propulsa hors de l'avion. Peu après, séparé du siège éjectable, je redescendais, ballotté par mon parachute. Le contact avec l'eau fut saisissant ! La température de la Méditerranée était encore fraîche, à cette époque. Une explosion déchira le calme. Le crash de l'*Aquilon* dans les flots. Ses morceaux pulvérisés allaient disparaître dans les profondeurs de la mer...

Le chalutier s'était rapidement rapproché du lieu de mon amerrissage. Par une échelle de corde, je montai à bord d'un vieux bâtiment en bois d'une vingtaine de mètres de long. Sur le pont, près de deux tas de filets rangés sur les côtés, plusieurs hommes m'accueillirent. Un grand gaillard, en particulier, mal rasé, dans un ciré vert de marin, me serra énergiquement la main.

- Bienvenue en Espagne, commandant ; venez vous changer dans la cabine.

- Merci. Prenez ceci, c'est pour vous.

Je lui présentai la sacoche dont il s'empara hâtivement.

- Je préviens immédiatement Madrid de votre arrivée parmi nous.

La radio grésillait...

- Alpha, d'*Horizon* ! Icare à bord. La pêche a été très bonne...

Le cap sur Alméria, le chalutier perça le voile léger de la brume. Des relents de poissons séchés m'invitèrent à la rêverie, après la rude tension nerveuse, oppressante, de ces dernières heures. Vêtu d'un pantalon de toile et d'un pull en laine grise, je m'assis contre l'un des tas de tramail et je fermais les yeux.

Le *Marie-Pierre* d'Adrien Marel à Carqueiranne... J'ai dix ans... je chahute André... Nous naviguons vers l'îlot de la Fourmigue sous les cris hystériques des goélands...

Ce même jour à des kilomètres de là, à Oran, se jouait un autre registre !

La nuit tombait lorsque deux tractions Citroën surgirent dans la cour de fort Lamoune. Cinq hommes en sortirent. Trois civils et deux militaires en armes ! Ils pénétrèrent précipitamment dans le bâtiment et bousculèrent les marins à l'entrée du bureau de Jean-Marie.

- Commandant de Lourvainville ?

- Oui, messieurs ! De quoi s'agit-il ?

- Ne bougez pas ! ordonna le premier.

L'homme athlétique, dans un costume gris foncé à fines rayures blanches qui le seyait à merveille, imposa d'entrée son autorité. Sa chemise blanche était barrée par une cravate sobre, gris clair, incrustée d'un motif en ton blanc. Sa chevelure, mi-longue, ondulée, était sombre comme ses yeux. Malgré l'énergie et l'autorité émanant de lui, l'homme paraissait sympathique.

- Où est l'amiral Saint-Albin de Thionville ?

- Dans son bureau ! Mais qui êtes-vous pour m'apostropher ainsi ? questionna Jean-Marie de Lourvainville.

Le civil ne répondit pas. Aussitôt, il se glissa dans le grand bureau.

L'amiral était assis. Sa pipe encore fumante reposait sur le cendrier en marbre rose. Une odeur de tabac blond envahissait le bureau. Il finissait d'écrire une page. Levant les yeux, arborant un sourire qui se voulait accueillant :

- Ha ! Bonsoir, Deville, je vous attendais !

- Bonsoir, amiral. Vous connaissez donc la raison de ma présence ici ?

- Je vous en prie ! Pas de faux-fuyant entre nous ! Nous avons passé l'âge des ronds de jambes !

- Certes. Vous allez devoir nous accompagner à Paris ! Un avion militaire nous attend à la Sénia. Mais avant, dites-moi comment un gaulliste de la première heure, un héros de la France libre, admiré de tous, a-t-il pu devenir l'un des patrons de l'OAS en Oranie ?

- Mon colonel, j'ai été élevé dans l'esprit chevaleresque et le sens de l'honneur ! J'ai suivi de Gaulle. J'en ai été fier. J'espérais que son retour au pouvoir allait sauver l'Algérie, comme il s'y était engagé. Sa volte-face, ses promesses oubliées, mais surtout son dédain des militaires qui l'ont soutenu après l'avoir appelé en 58, m'ont profondément déçu ! Il n'est pas facile de m'en faire accroire. Mais là, je ne m'y attendais pas ! J'ai reçu cela comme une immense claque. J'en ai été blessé ! Le monde s'est écroulé ! Notre monde : celui de la parole donnée ! Je n'ai nullement accepté la défaite, comme lui en 1940 ! N'ai-je pas aujourd'hui suivi son exemple : l'honneur contre la trahison ? !

- Malgré votre décision, c'est un choix qui vous honore, amiral. Je comprends votre réaction, même si je la déplore.

- Tout est fini, maintenant ! L'Algérie plongera dans le chaos, pareillement à l'Indochine, le Vietnam à présent. Dix ans après, nous abandonnons à nouveau un territoire français avec les dramatiques conséquences qui l'accompagneront : les représailles sur les populations civiles, les purges au sein des responsables administratifs et des anciens fonctionnaires de la République. Quel désastre ! Quel dégoût, Deville. Quelle honte !

- Même si, quelque part, je vous rejoins sur les incompréhensibles décisions du président, néanmoins, ma fonction et mes ordres m'empêchent d'avoir des états d'âme. Ah !... une information qui va peut-être vous rassurer. Le commandant Larrieux nous a échappé ! Le plus grave, c'est la fuite de vos archives, tout l'organigramme de cette armée secrète ! L'Aéronavale a été incapable de l'arrêter ! Pourtant, les ordres étaient clairs : l'abattre s'il refusait d'obtempérer ! Enfin...

En cet instant, un sourire ironique barra le visage de Saint-Albin de Thionville.

- Vous m'en voyez très heureux. Larrieux a, comme beaucoup d'entre nous, été englouti par une guerre qui l'a dépassé. Son idéalisme a fait le reste !... Allons, Deville... pensiez-vous vraiment que des militaires français allaient tirer sur l'un des leurs ? Nous ne vivons pas dans votre monde ! Dans les eaux glauques et troubles des services secrets dans lesquels les coups bas et les assassinats sont monnaie courante ! Dans la Marine, pas de tueurs froids, indifférents, programmés comme des robots ! Je n'aurais pas aimé vivre dans votre milieu ! Non… assurément !

- Amiral, chacun combat à sa manière ! Dans l'ombre, il n'y a pas d'esprit chevaleresque. La mort insidieuse, latente, est notre quotidien. Le sursis n'existe pas chez les espions ! Vous voyez, nous sommes semblables, amiral, mais nos méthodes divergent ! Pardonnerez-vous un jour à de Gaulle ?

- Avec le temps, peut-être… lorsque nous nous retrouverons là-haut, près du Magistrat Suprême !

- Il est temps ! Allons-y, amiral !

- Deville, voudriez-vous m'accorder une faveur : quelques minutes, je vous prie ? Je souhaiterais terminer cette lettre à madame Saint-Albin de Thionville, mon épouse. Soyez rassuré, je ne chercherai pas à quitter ce lieu ! s'exclama en riant ironiquement le vieux militaire.

- Entendu, amiral. Je vous accorde trois minutes !

Le haut responsable des services secrets s'en retourna dans le bureau de l'aide de camp. De leur côté, les deux autres civils chamboulaient tous les tiroirs, les armoires.

- Commandant, vous nous accompagnez également à Paris ! Verly, vous ne trouverez rien ici : tout a disparu, envolé vers l'Espagne !

Inattendu, brutal, un coup de feu éclata ! Les hommes se précipitèrent dans le bureau voisin…

Le contre-amiral François-Xavier Saint-Albin de Thionville était avachi dans son grand fauteuil de cuir noir, le regard fixe. Du sang souillait la pureté de sa chemise. Il jaillissait d'un petit orifice, sur le côté du front. À terre, un revolver, incongru sur le vaste tapis persan, signait l'ultime bataille du vieux guerrier ! Par son geste, il s'était évité le déshonneur d'une condamnation et une longue et redoutable existence derrière les barreaux d'un centre pénitentiaire, comme un vulgaire délinquant de droit commun ! Dernier sursaut chevaleresque de ce descendant des maréchaux de France !

Sur le bureau, net de tout dossier, deux photographies lui faisaient face : sur la droite, celle de son fils bien-aimé, et sur la gauche, le visage souriant de madame la comtesse Saint-Albin de Thionville. Posée à même le cadre, une enveloppe blanche avec juste un prénom marqué d'une belle écriture bleue : « Sophie »...

ÉPILOGUE

1970, quelque part vers Santa-Cruz, Argentine

Deux hommes marchaient côte à côte dans l'herbe rase de l'immense étendue plate, à perte de vue. Au loin, les sommets enneigés de la cordillère des Andes perçaient le ciel ensoleillé. Les promeneurs nonchalants se dirigeaient vers un groupe de bâtiments en rez-de-chaussée dont la blancheur illuminait les vastes terres vertes qui l'entouraient. Voisin, un hangar de pierres claires et au toit de tuiles rouges accompagnait l'architecture recherchée de la maison et de ses dépendances.

Un important troupeau de chevaux paissait derrière les habitations.

- La page est définitivement tournée, Jean. Te voilà amnistié. La Marine te réintégrera dans ton grade, si tu le souhaites. Tu découvriras le pilotage sur les nouveaux appareils de l'Aéronavale : les *Étendard IV* et les *Crusader*. Des véritables monstres de puissance, par rapport à nos antiques *Hellcat* !

- Certes, pour un as comme toi, il doit être agréable de voler sur de tels appareils mais… non, André. Tu viens de le dire, la page est tournée. Crois-moi, c'est avec un profond regret que je l'ai tournée… *Silence… puis :* à présent, nous vivons ici, en Argentine, avec Mathilde et les enfants. Lorsque nous sommes arrivés sur ce continent, nous habitions à Buenos Aires, sous un faux nom et, bien sûr, de faux papiers. Informé par nos amis de ma présence dans son pays, le général Védella, le patron de l'Armée de l'Air, nous a soutenus et aidés. Par la suite, il m'a proposé de devenir instructeur pour son école de chasse. J'ai accepté. J'ai formé les élèves pilotes sur les vieux *Gloster Météor* argentins durant deux années. Par la suite, Mathilde et moi, nous nous sommes convertis. Nous avons acquis ces terres et fait construire cette hacienda. Mario est né en septembre 62. Son frère, Paul-Robert en 66. L'aviation de combat, c'est fini, terminé. À présent, je suis bien, ici... La beauté et le calme de ces vastes espaces naturels vierges nous ravissent. Nous évoquons parfois l'Algérie et le Domaine de l'Orangeraie, mais les enfants ne souhaitent pas connaître le pays d'origine de leur mère. Nous n'en parlons que très peu. Je peux te l'avouer, la Méditerranée me manque. Ici, c'est l'océan, rien de comparable avec notre belle amie. Parfois, nous effectuons des sorties en mer à partir de Riganà, un petit hameau de pêcheurs sur la côte. C'est agréable... et les enfants apprécient la mer, même si Mario aime les chevaux. La bonne nouvelle que tu m'apportes me fait réellement plaisir. Je n'y croyais pas ! Les années sont passées mais la nostalgie de notre Provence est toujours restée ancrée au fond de mon cœur. Quand Mathilde et moi nous repensons à cette époque algérienne, nous n'éprouvons aucun regret. Par contre, ne plus jamais revoir la Provence était ma hantise. Dès cette année, nous allons envisager un séjour de plusieurs semaines pour revoir enfin notre famille. Huit années sans voir les nôtres, du courrier seulement. Par la suite, viendra le temps des amis. Nos parents ne connaissent nos enfants que par des photographies ! Tu sais, André, malgré notre tranquillité, nous nous sentions comme des prisonniers, même si la geôle semblait dorée. La France ne sera qu'un lieu de vacances, plus tard, peut-être... Pour l'instant, notre vie est ici au *Domaine de la Sérénité,* comme nous l'avons baptisé. À propos, j'ai appris la fin tragique de l'amiral. Bien dans son caractère chevaleresque jusqu'au bout ! Pauvre Sophie ! Elle craignait sa grande rivale la Marine, c'est l'autre, la Chevalerie, qui lui aura enlevé son époux ! Mathilde et moi, nous pensons quelquefois à lui.

- Oui ! Un homme admirable ! Ce drame algérien aura détruit des hommes brillants !

- Au fait, André, m'aurais-tu abattu ce matin de mars 62 ?

- Jean, m'en crois-tu capable ? Jamais je n'aurais tiré ! Et je vais te faire une confidence. Te connaissant, je m'attendais à une réaction, je l'espérais. Lorsque tu nous as échappé, j'étais soulagé. Yannick encore plus. Après notre atterrissage à Alger, il m'a tapé sur l'épaule en souriant et m'a dit : « *Je suis content pour Jean ! Et puis... nous n'avons pas désobéi ! Son avion était plus rapide, il nous a simplement glissé entre les pattes ! Les gros bonnets de Paris vont en faire une maladie, mais il paraît que cela se soigne très bien ! En plus, ils sont payés pour avoir des maux de têtes, ces gens-là ! Non ?...* »

- Sacré Moustique ! À propos, que devient-il ?

- Oh ! Il a quitté la Marine en 65. Il est parti constituer une petite équipe de pompiers de l'air, pour appuyer les moyens au sol, lors des incendies de forêt en Provence. Tu sais, tous ces pionniers sont issus de l'Aéronavale. Ils utilisent des amphibies *Catalina*, reconvertis en bombardiers d'eau ! En période de sécheresse et de canicule, ils ne manquent pas de travail. Ces trois avions sont basés sur l'aéroport de Marseille-Marignane. Malgré sa discrétion et son respect des ordres, je soupçonnais ce brave Yannick d'avoir adhéré à vos idées.

- Si tu savais !... Je pense que tu serais surpris de connaître tous ceux qui étaient avec nous ! Enfin, c'est du passé, à présent. Mais bientôt tu ne voleras plus ? Dans quelques mois, contre-amiral Ménard, vous serez assis dans votre bureau de la préfecture maritime ! Les avions, vous les observerez lorsque les jeunes pilotes viendront survoler la plus belle rade d'Europe, et narguer les papys de l'aéronavale... ironisai-je.

- C’est ça, plaisante, moque-toi bien de moi ! Que nenni ! Je piloterai quand même ! Je ne serais pas le premier officier général à continuer à voler ! Et puis moi, je connais bien un ancien as de l’Aéronavale française qui pilote maintenant… des troupeaux ! Tu le connais certainement, c’est un dénommé… Jean Larrieux !

Ha ! Ha ! Ha ! De concert, nous éclatâmes de rire.

Que c’était bon de se retrouver, l’amitié infrangible, solide comme de l’acier. Et dire que nous avions failli nous déchirer ! Où était la vérité ?

Qui pensait la détenir, André ou moi ? La vérité est-elle unique ? Est-elle l’exclusivité de telle ou telle personne ? Certainement pas ! Nos choix ont été dictés par des sentiments diamétralement opposés : le cœur pour moi, la raison pour lui.

Au loin, dans un ciel d’un bleu clair, un gracieux petit monomoteur blanc et rouge, à ailes hautes, s’apprêtait à atterrir.

- Ah, voilà Mathilde et Catherine qui reviennent de Santa-Cruz !

- Dis, elle se débrouille bien, pour une femme !

- Oui. Je lui ai appris à piloter lorsque nous sommes venus nous installer ici. Elle voulait connaître et partager avec moi cet amour de l’aviation. Elle y a pris goût, d’autant plus que, dans cette région, les routes sont défoncées, les pistes inondées ou impraticables, et la première ville est très éloignée ! Une journée entière était nécessaire pour la rejoindre ! Il y a trois ans, j’ai acheté cet avion, un *Cessna Cardinal*. Un petit quatre-places de 200 CV. Certes, c’est une bicyclette par rapport aux *Corsair* ou aux *Aquilon* ! Mais pour nous, c’est largement suffisant. Nous volons souvent en famille et découvrons de nouveaux paysages. Allez, André, allons accueillir nos épouses et voir ce qu’elles nous ramènent !…

À présent la nuit s'installait sur Carqueiranne. Un souffle léger balayait les fleurs de bougainvillées. Leurs feuilles dessinaient sur les murs du salon des ombres chinoises, féeriques, qu'éclairait la lumière dorée des vasques murales. Les oiseaux s'étaient tus. Ils avaient délaissé leurs chants au profit de ceux des grillons.

Après un repas léger, nous nous assîmes à nouveau autour de la table basse, devant une liqueur de verveine. Je repris le cheminement de mes aventures... Nous en avions fini, à présent. Mathilde, attendrie, était assise dans le fauteuil voisin et, amoureusement comme à nos premiers jours, me tenait tendrement la main.

- Nous avons vécu près de quarante ans en Argentine ! Jusqu'en 1970, nous avons vécu sous nos fausses identités. Pendant trois ans, nous avons habité Buenos Aires. Nous circulions avec discrétion. Nous nous retournions souvent, craignant toujours d'être suivis par des envoyés de Paris. Nous n'étions pas en prison, pas dans une cellule, bien sûr, mais nous étions des fugitifs... dans un exil hasardeux ! Nos parents souhaitaient venir en Argentine. Mais ce n'était pas possible, ils le comprenaient et l'acceptaient... malgré leur immense peine ! La raison l'emportait sur le cœur. Il en allait de notre sécurité, de notre survie. Au début, le courrier de France arrivait chez des amis, à leur nom. À l'intérieur, une autre enveloppe portait le nôtre. Dans ces moments difficiles, nous avons puisé nos ressources dans l'extraordinaire amour qui nous unissait, mon épouse et moi, et qui nous unit toujours, d'ailleurs. Les premiers à nous avoir rendu visite ont été André et ma sœur, en 1970, apportant avec eux la bonne nouvelle de mon amnistie. C'est à partir de cette année-là que nous avons repris notre véritable identité. Le pénitencier doré ouvrait enfin ses portes !... Nous allions, après ces années de doutes et de craintes, retrouver nos familles, nos amis et... la France. Par la suite, nous avons fini par acheter cette petite villa aux Pins Penchés. Il y a dix ans déjà !... C'est à partir de cet instant que nous avons décidé de terminer notre vie ici. Les enfants, eux, demeurent toujours à Santa-Cruz. L'Argentine est leur pays, en fait... leur seule patrie. En France, ils n'ont que des attaches familiales. Elle est lointaine, pour eux ! Comment pourraient-ils abandonner les grands espaces de leur enfance, en Amérique du Sud ? Ils n'ont connu que cela. Leur choix est logique, même si nous regrettons d'être si loin d'eux et... de nos petits-enfants que vous pouvez voir là, sur cette photo. Par contre, nous, nous envisageons d'aller prochainement visiter le Vietnam en amoureux. Cinquante années plus tard, je revivrais ma jeune carrière et les souvenirs qui l'ont soulignée ! peut-être irons-nous un jour en Algérie... Enfin... nous verrons bien ! Même à notre âge, nous aimons toujours autant la mer et nous y retournons avec le bateau d'André. Les voiliers de mon époque, c'est fini aussi ! Quoique les vieux gréements reviennent à la mode. En 1985, André a quitté la Marine. Nos parents, nos amis, ne sont plus de ce monde depuis longtemps. La vie a continué... Tout a passé si vite !...

« Mon cher Michel, vous savez tout, à présent. Mathilde, André et Catherine, seuls, connaissent en détail cette histoire... Même mes parents n'ont jamais appris certaines circonstances particulières qui l'ont jalonnée ! Notre passion pour l'aviation nous a plongés dans les affres des guerres coloniales. Emportés par les flots impétueux de nos principes, de notre éducation, de nos caractères, nous n'avons pas su discerner les rivages lointains d'une réalité politique incertaine, balbutiante, que nous cachaient nos intimes convictions ! C'était l'avènement d'un monde nouveau, à la fois réformateur et libéral. Notre action en Algérie, relève-t-elle de l'hérésie... ou de l'héroïsme ? Michel, chacun jugera notre comportement et notre choix selon sa conscience. Seule l'histoire retiendra le bien-fondé ou l'ineptie des décisions françaises de cette époque. Voyez dans quel chaos, dans quelle misère intellectuelle et matérielle, les divisions et les choix politiques de leurs dirigeants ont précipité les Algériens depuis quarante ans ! Regardez ce qu'est devenu ce pays !... Cette terre a-t-elle été abandonnée sciemment ? Nos dirigeants connaissaient-ils, ou seulement imaginaient-ils, un seul instant l'avenir anarchique que l'Indépendance secréterait ? Le drame algérien s'est poursuivi avec l'exode des Pieds-noirs et des Harkis ! Des flots humains rejetés hors de leurs maisons... de leur pays ! Les enlèvements et les disparitions se sont amplifiés ! Plus de barbouzes ou d'agents de l'OAS pour les perpétrer ! Les auteurs de ces turpitudes étaient les nouveaux maîtres de l'Algérie ! Les anciens loups des montagnes nord-africaines, assoiffés de pouvoir, étaient devenus des serpents aux visages d'anges !... Peut-être suis-je dur... ou manqué-je de tolérance envers les gouvernants de ce pays ?... Mais je ne peux être indifférent à la misère de cette région, qui n'était pas la mienne mais que j'avais appris à aimer ! La France paie, encore aujourd'hui, son manque de discernement et d'objectivité dans le traitement de la crise algérienne ! »

- Savez-vous ce que sont devenus tous vos amis après votre départ précipité ?

- Sauveur et Rachid disparurent un matin de juillet 62... Personne ne connut leur sort !... Eugénie et ses enfants, ainsi que Maurice et Sarah, gonflèrent la vague des réfugiés à Marseille ! La déferlante de l'humiliation... Ahmed, le lieutenant de Diên Biên Phu, malgré sa détermination et les armes qu'il avait cachées dans les caves du Domaine de l'Orangeraie, mourut assassiné par ceux-là mêmes qu'il honnissait !... Sa famille l'accompagna dans son funeste destin... Georges Irrigaray et les siens, apportèrent leurs connaissances au vignoble vauclusien. Paul perpétue l'exploitation... Le capitaine de corvette Jean-Marie de Lourvainville fut condamné à cinq ans de réclusion pour haute trahison ! Le cargo de la liberté arriva trop tard, pour lui ! Il fut libéré dix-huit mois plus tard et il réintégra la Marine, comme civil contractuel, après l'amnistie... Maximilien de

Monségur a été épargné. Sa carrière continua dans l'Aéronavale et son épouse lui offrit quatre magnifiques enfants ! Destinée étonnante, il remplaça André à la tête de la 19 en 1970 !... L'ancien défenseur de l'Algérie française succéda au gaulliste... Quant à Antoine Léandri, après la dissolution de la 18, il a quitté la Marine. Il est retourné dans sa Corse natale retrouver son ami : Dominique Francheschini... Épilogue douloureux de ce que certains appelleront encore longtemps : « la France abandonnée »...

- Une dernière question, monsieur Larrieux, si vous me le permettez. Avez-vous pardonné aux gouvernants français de l'époque, quarante ans après ?

Mathilde, restée silencieuse jusqu' alors, et attentive au récit de son mari, de rétorquer :

- Monsieur ! *Le temps cicatrise les blessures*, dit-on. Bien sûr, pour certaines personnes les plaies ne se refermeront jamais ! Mais nous, nous avons fini par pardonner. Le pardon n'est-il pas la force morale de l'homme ? Depuis toujours, celui-ci combat pour son idéal : la Liberté. Les êtres humains exigent le droit de s'exprimer librement et aussi de vivre en vraie démocratie ! Les hommes, malgré leurs pérégrinations intellectuelles et philosophiques, ne sont pas tous prêts à construire un monde de paix, de prospérité et de générosité. Les gouvernements, et les hommes politiques de certains pays, semblent irrémédiablement sourds aux lamentations de leurs peuples ! Les faux-fuyants, les coups bas, les trahisons, sont trop souvent l'apanage de dirigeants autoritaires de notre planète !

- Madame Larrieux, les pages du *Grand Livre de l'Humanité*, dans leur implacable similitude, ne s'écrivent-elles pas avec des larmes de sang ?

- Oui, malheureusement ! Mais cela doit-il se perpétuer pour autant ? Le pardon est pourtant une force considérable. Celle qui cimentera les fondations solides d'un avenir durable pour les nations qui ont la capacité à comprendre ce geste !

- Monsieur Larrieux, que vous inspirent aujourd'hui ces deux tragédies ? Pouvaient-elles être évitées ?

- Vraisemblablement ! Le refus de dialogue constructif, l'absence de vision d'avenir, et l'esprit conservateur et colonialiste des gouvernants de l'après-45, ont contribué à instaurer un climat délétère. Les solutions de paix partagée existaient probablement. Les refuser a ouvert la porte aux intolérants qui n'attendaient que cette opportunité politique pour déferler sur ces paisibles communautés. Indochine, Algérie, mêmes aberrations, mêmes drames humains inconcevables.

- Allons, monsieur Larrieux, madame ! Les hommes politiques défilent avec leurs réformes, leurs décisions frileuses ou autocratiques et leurs discours éphémères ! Seule l'Histoire demeure. Depuis des millénaires, il en est ainsi. Le monde est ballotté par les flots impétueux des luttes immuables auxquelles se livrent les défenseurs du bien et les guerriers du mal ! Est-ce là une vision simpliste, illusoire de la réalité, peut-être ? Mais n'est-ce pas de cette façon que nous l'interprétons ?

- Sans doute, toutefois rien n'est moins sûr. Les hommes détiennent leur propre destinée. Mais dites-moi, la trahison relève-t-elle du bien ou du mal dans votre démarche politico-philosophique ?

- Monsieur Larrieux, en politique la trahison n'existe pas ! Nos édiles, par leurs manipulations rhétoriciennes, ont banni ce mot de leur dictionnaire. Trahison ? Non ! Seulement une divergence d'opinions!

- Mon cher Michel, essayez-vous de m'expliquer que la tragédie algérienne ne serait simplement qu'une... divergence d'opinions ?

Longtemps après le départ du journaliste, le rêve m'emporta à nouveau sur les sentiers de ma jeunesse perdue… Je gambade au milieu des restanques, entre les touffes de thym, les buissons de romarin et les genêts en fleur. C'est le printemps ! Les tulipes en pleine floraison égaient le paysage, féerie de couleurs. Je retrouve les odeurs de mon enfance, les senteurs enivrantes de ma Provence…

Ce sont… mes *lendemains ensoleillés* !!

Hyères, novembre 2005.

SOMMAIRE

Première partie
Le bonheur en Provence . . . . .p. 5

Deuxième partie
Les larmes de la mousson . . . . .p. 55

Troisième partie
Algérie, adieu… . . . . .p. 149

Épilogue . . . . .p. 208